EIN LORD ZUM KÜSSEN

HEARTBEAT ROMANCE

(9)

Ein Lord
zum Küssen

Alisha Bloom

1. Auflage 2020

Alisha Bloom, c/o Papyrus Autoren-Club, R.O.M. Logicware GmbH, Pettenkoferstr. 16-18, 10247 Berlin.

Cover: Wortschmiede

Fotos by ©Vasyl Dolmatov-iStock-1160577774

Lektorat: Wortschmiede

Korrektorat: Das kleine Korrektorat

ISBN: 9798658817040

MELISSA

»Iss, Melissa«, fordert meine beste Freundin Bridget, während sie mir demonstrativ ein silbernes Tablett auf Augenhöhe hinhält. Darauf befinden sich zu meinem Leidwesen ihre soeben fertiggestellten Schoko-Macarons.

Eigentlich wollte ich heute auf mein Frühstück verzichten. Es ist einfach ungerecht, dass ich auf dem Weg zur Arbeit ausgerechnet noch in der Pâtisserie meiner Freundin vorbeischauen muss, weil sie mal wieder ihren Hausschlüssel in unserer gemeinsamen Wohnung liegengelassen hat.

»Oh mein Gott! Ist das Mascarpone?«, frage ich, während ich mir die cremige Füllung zwischen der teigigen Schokoladenumhüllung genauer ansehe.

»Mit Erdbeeren«, bestätigt Bridget nickend und ihre ohnehin schon großen Augen werden noch größer.

»Ich habe gar keinen Hunger.« Um das noch zu betonen, halte ich mir eine Hand an den Bauch. In letzter Zeit haben meine Hosen angefangen zu kneifen, selbst meine elastische Stretchjeans gibt mir deutlich zu verstehen, dass der Winterspeck so langsam aber sicher sein erträgliches Maß überschreitet.

»Dazu brauchst du auch keinen Hunger.« Wieder schiebt sich das Tablett mit den verbotenen Köstlichkeiten ein Stück näher und ich seufze, als ich den Duft der frisch gebackenen Süßigkeiten nicht länger verdrängen kann.

»Also gut, aber nur einen.«

Das verzückte Lächeln auf Bridgets Gesicht, als ich mir eines der kleinen Teile greife, verrät mir bereits jetzt, dass es köstlich schmecken wird.

Innerlich schimpfe ich mit mir, weil ich schon wieder schwach geworden bin, obwohl der Frühling längst da ist und ich nicht mehr viel Zeit habe, um meinen Bikini lieben zu lernen, aber trotzdem schiebe ich mir die süße Verführung in den Mund.

Egal, dann muss ich nachher eben umso schneller in die Pedale treten.

Automatisch schließe ich die Augen und koste die Sünde voll aus. Beinah entfährt mir ein Stöhnen.

»Und?«, fragt Bridget ungeduldig.

»Absolut perfekt. Lecker«, bestätige ich ehrlich, sobald mein Mund wieder frei ist. Wenn Bridget etwas kann, dann ist es backen.

Bridgets Grinsen nimmt ungeahnte Ausmaße an, was ihr spitzes Kinn betont. Überhaupt ist alles an ihr spitz und kantig. Wie kann sie bei dieser Arbeit nur so dürr bleiben?

Und ich? Ich arbeite mit Blumen und nehme ständig zu. Wie ungerecht.

»Sag ich doch«, erklärt Bridget fröhlich und zieht das Tablett zurück, um damit hinter der Ladentheke zu verschwinden.

Verzweifelt lasse ich meinen Blick durch ihren kleinen,

aber feinen Laden schweifen. Überall süße Leckereien. Ein ganzer Raum voller Versuchungen. Zeit, zu gehen.

»Ich bringe dir heute Abend noch welche davon mit«, höre ich Bridget in dem Moment sagen.

»Bloß nicht«, wehre ich ab, erkenne dann jedoch sofort an Bridgets überraschter Miene, dass das falsch angekommen ist. »Die sind super, aber ich darf echt nicht mehr so viel essen.«

»Gut. Dann bringe ich dir nur einen mit.« Spitzbübisch grinsend hebt sie einen Finger, um ihre Worte zu unterstreichen.

Ich seufze und deute hinter mich in Richtung der Ladentüre. Davor steht mein alter roter Drahtesel mit dem großen Korb, der am Lenker hängt. »Ich muss dann mal los.«

»Ja, beeil dich lieber. Sonst überlegt es sich Maisie vielleicht noch einmal«, scherzt Bridget.

»Zu spät«, kontere ich, dabei brauche ich das Bridget nicht zu erklären. Schließlich haben wir es vor zwei Wochen ausgiebig gefeiert, als die vierundsiebzigjährige Maisie Webster am 1. April ihren Blumenladen mit dem schönen Namen *Eden* an mich übergeben hat. Und das war kein Aprilscherz.

Seither bin ich meine eigene Herrin, Geschäftsführerin eines Geschäfts, das seit Jahrzehnten ein fester Bestandteil von Little Compton ist. Da es weit und breit keinen anderen Blumenladen in den Cotswolds gibt, kann ich mich über fehlende Kundschaft nicht beklagen. Und gerade jetzt im Frühjahr, wenn die Hochzeitssaison wieder eröffnet ist, werden einige Veranstaltungen ordentlich die Kasse klingeln lassen. Die erste große Hochzeit steht schon vor der Tür.

»Bis später«, rufe ich Bridget noch zu, dann verlasse ich

ihr Reich.

Gegen die enge Jeans kämpfend schwinge ich mein Bein über das Fahrrad und hieve mich in den Sattel.

Quietschend setzt sich das Rad in Bewegung, als ich in die Pedalen trete und mich ordentlich ins Zeug legen muss.

»Du solltest deine Reifen aufpumpen, Melissa«, tönt die freche Stimme eines Dorfbewohners zu mir herüber, der mit einer Zeitung unter dem Arm zu mir hinüberwinkt.

Unsicher schiele ich nach dem Vorderreifen und muss dem Mann recht geben. Sieht so aus, als führe ich auf einem Platten.

Keine fünf Minuten später erreiche ich *Eden*. Die offenstehende Tür zeigt mir, dass Maisie längst da ist, um schon einmal frische Luft in die Räume zu lassen. Eines hat die winzige alte Dame bei der Geschäftsübergabe sehr deutlich gemacht: Sie wird in diesem Geschäft arbeiten, so lange der liebe Herrgott, so sagte sie, es ihr zugesteht. Und ich habe nichts dagegen. In meinem Herzen ist für ewig ein fester Platz für Maisie reserviert.

Als ich die Fahrradbremse ziehe, gibt sie mir mit einem ohrenbetäubenden Klagelaut zu verstehen, dass sie nicht mehr ewig funktionieren wird. Ich komme gerade noch eben mit meinem Rad vor Maisies geparktem Seniorenflitzer, einem kleinen Elektromobil, zum Stehen.

»Guten Morgen«, höre ich Maisies kratzige Stimme. Die alte Dame im blau geblümten Kleid streckt ihren Kopf aus dem Geschäft und lächelt dabei sanft. Natürlich trägt sie etwas mit Blumenmuster. Seit ich aus Birmingham hierherkam, gab es keinen Tag, an dem Maisie nichts Geblümtes getragen hat. Sogar, als wir ihren Mann Daniel beerdigen mussten, blieb sie den Blumen treu.

»Guten Morgen«, erwidere ich. Konzentriert kämpfe ich mich von dem Fahrrad und stelle es ab. »Ist Larry schon weg?«, erkundige ich mich nach unserem Lieferanten und ziehe den quer liegenden Riemen meiner Handtasche über den Kopf. Die Schnalle verheddert sich in einer Strähne meines langen rötlichen Haares. Während ich Maisie in den Laden folge, versuche ich mich ohne zu große Verluste zu befreien.

Maisie, die schon immer ein gutes Auge dafür hatte, wenn irgendwo Aufgaben auf sie warten, greift beherzt ein und entwirrt gekonnt die Haarsträhne. Mit liebevollem Blick streicht sie mir danach sanft das Haar glatt. »Ja, ist er. Ich habe die Blumen für Chastleton House auch schon fertig.«

Stimmt. Heute ist es wieder so weit. Seit ich denken kann, fährt Maisie die regelmäßigen Bestellungen höchstpersönlich in ihrem Seniorenporsche nach Chastleton House, das nur wenige Meilen von Little Compton entfernt liegt.

Ich glaube, der adlige Greis, der dort wohnt, hat es ihr irgendwie angetan. Nicht einmal, als sie durch eine heftige Grippe eigentlich nicht in der Lage war, die Fahrt zu erledigen, hat sie es sich ausreden lassen.

»Wie lange bist du heute schon da?«

»Senile Bettflucht«, erklärt Maisie schulterzuckend, ohne mir eine Uhrzeit zu nennen, und wirkt dabei so zuckersüß wie ein kleines Mädchen. Bevor sie sich umdreht, um die Blumen für Baron Kingsley zu holen, deutet sie auf meinen Mundwinkel.

»Da hängt etwas. Zu viel Makeup mal wieder?«

Instinktiv fahre ich mit dem Finger an die Stelle und begutachte die Überreste von Bridgets Leckerei. »Nein, das ist kein Makeup.«

Maisie wird einfach nicht müde, mich wegen meiner abdeckenden Schichten im Gesicht aufzuziehen.

»Du weißt ja. Meine Haut ist nur deshalb so zart wie ein Babypopo, weil ...«

»Ja, ich weiß. Weil du immer sparsam mit Kosmetikprodukten umgegangen bist.«

»Du sagst es«, erklärt Maisie zwinkernd.

Sie hat gut lachen. Hätte sie mit derselben Invasion der Sommersprossen zu kämpfen, wie ich sie im Gesicht habe, wäre sie vermutlich die Erste, die sich tonnenweise Spachtelmasse darüber schmieren würde.

Tja, auch wenn Maisie nichts Unnatürliches an ihre Haut lässt, handelt sie nicht so konsequent, sobald es um ihre Haare geht. Irgendwie habe ich immer den Eindruck, ein Kind hätte versehentlich eine gewaltige Portion Zuckerwatte auf Maisies Kopf vergessen.

Grinsend presse ich die Lippen zusammen, damit mir dazu kein Kommentar entfährt. Dabei weiß ich, dass Maisie das vertragen kann und eine gekonnte Retourkutsche nicht lange auf sich warten lassen würde.

»Wo ist der Akku? Ich wollte ihn doch aufladen?«

Irritiert folge ich Maisies Blick zu der Steckdose, an der sie für gewöhnlich die Batterie ihres Flitzers auflädt, damit sie die Fahrt bis nach Chastleton House und zurück ohne Störung bewältigt. Das Aufladegerät hängt am Netz, aber vom Akku fehlt jede Spur.

»Hm«, gebe ich von mir und sehe mich um. Dann durchfährt es mich wie ein Geistesblitz. Als ich vorhin beinahe mit meinem Fahrrad in das kleine Mobil gekracht wäre, hätte ich schwören können, dass das Batteriefach geschlossen war. Ein eindeutiges Zeichen dafür, dass Maisie den Akku nicht entnommen hat.

Mit schnellen Schritten verlasse ich das Geschäft. »Hast du ihn rausgenommen?«, frage ich dabei.

Maisie folgt mir und schlägt sich die Hand an die Stirn. »Tatsächlich, das habe ich vergessen. Was mache ich jetzt nur? Mr Kingsley wartet auf die Blumen.«

»Er wird schon nicht gleich sterben, wenn die Blumen etwas später bei ihm ankommen.«

Da spüre ich Maisies Hand wie eine Kneifzange an meinem Arm. Ich hätte gar nicht gedacht, dass die alte Dame so viel Kraft hat. »Sag das nicht. Du weißt ...«

»Ja, ich weiß, dass er ein armer Witwer ist, der um seine Frau trauert.« In meinem Kopf kann ich den alten Baron förmlich vor mir sehen, der sich mit einer wöchentlichen Lieferung von Blumen an seine große Liebe erinnert und damit beweist, dass er noch immer an seine Frau denkt.

Ich weiß nicht, was ich davon halten soll. Jahrelang Blumen kaufen ist ja schön und gut, und der Laden stünde ohne diese Bestellungen längst nicht so da, wie er es tut, aber ob das noch gesund ist? Muss man nicht irgendwann einmal abschließen und weiterleben?

»Arm ist er nicht«, erklärt Maisie grinsend und nimmt ihre Hand von meinem Arm.

»Nein, das ist er nicht. Was hältst du davon, wenn ich ihm die Blumen vorbeifahre?« Der Kunde ist schließlich König.

»Mit dem Fahrrad?«

»Ja, mit dem Fahrrad.« Das ist die beste Gelegenheit, den vorhin gegessenen Süßkram abzuarbeiten. Außerdem ist meine kleine Piaggio APE heute noch in der Werkstatt. Die große Hochzeit, für die ich am Wochenende jede

Menge Blumenarrangements liefern werde, darf auf keinen Fall durch einen defekten Wagen boykottiert werden.

»Kommst du so lange klar?«, frage ich nach und merke sofort, dass das ein Fehler war.

»Na hör mal. Ich komme immer klar«, weist Maisie mich zurecht, aber ich erkenne sehr wohl, dass sie nicht wirklich entrüstet ist. »Ich packe die Blumen ein.« Schon verschwindet sie im Laden und ich werfe meinem rostigen Drahtesel einen zweifelnden Blick zu.

Ich habe keine Kondition, ich habe keine Luftpumpe und ich habe ehrlich gesagt überhaupt keine Lust auf eine Fahrradtour. Aber es hilft nichts, da muss ich wohl durch.

Keine fünf Minuten später sind die edlen Rosen sicher verpackt und in dem Fahrradkorb verstaut. Ich setze mich in Bewegung, wobei der Lenker immer wieder wackelt, weil der Blumenstrauß so ausladend ist.

Zum Glück ist es erstaunlich warm für Mitte April. Während ich gemütlich in die Pedale trete, lasse ich mir die Sonne ins Gesicht scheinen und betrachte die Gegend, in die es mich verschlagen hat.

Im Frühjahr, wenn die üppige Natur zum Leben erwacht, ist es hier besonders schön. Die Cotswolds werden nicht umsonst als das Herz Englands bezeichnet. Jeder, der die Landschaft kennt, hat sofort saftige Wiesen, unendliches Grün und eine Vielzahl an Blumen vor Augen.

Kein Wunder, dass ich mich sofort in diese Gegend verliebt habe, als ich vor über fünfzehn Jahren meine Brieffreundin Bridget Miller hier in den Ferien besucht habe.

Aus dem Briefkontakt wurde eine innige Freundschaft, sodass ich hierherzog, als eine Stelle im *Eden* frei wurde. Den Entschluss, mir hier eine Zukunft aufzubauen, habe ich nicht bereut.

Wer Blumen und Pflanzen liebt, ist in den Cotswolds immer gut aufgehoben. Und die verschrobenen Einheimischen in ihren niedlichen Kalksteinhäusern haben mich inzwischen auch in ihre Herzen geschlossen, obwohl ich anfangs nur die Zugezogene war.

Nur den Baron habe ich noch nie persönlich getroffen. Seine Kreise und meine Kreise treffen sich logischerweise eher selten, und Maisie ließ mir auch nie die Gelegenheit, die Blumen zu liefern. Nun, da ich die Geschäftsführerin des *Eden* bin, kann es nicht schaden, wenn ich mich mit dieser Lieferung gleich mal persönlich bei ihm vorstelle. Schließlich verbindet das *Eden* und die Bewohner des Chastleton House eine langjährige Geschäftsbeziehung. Wegen der anstehenden Hochzeit am Wochenende, die dort stattfindet, hatte ich immer wieder telefonischen Kontakt zu Hannah, einer Assistentin des Barons, aber die Planung vor Ort hatte sich Maisie nicht nehmen lassen.

Mit dem Fahrrad ist es mitunter etwas mühsam, die hügelige Gegend zu erkunden. Ich benötige den vollen Körpereinsatz und lehne mich nach vorne, während ich mich einen der unzähligen Hänge hinaufquäle. Doch die Belohnung folgt sogleich. Auf der anderen Seite geht es nämlich wieder bergab, so dass ich mit Schwung in Chastleton House ankommen werde.

Der Fahrtwind bläst mir die Haare aus dem Gesicht und ich genieße das frische Lüftchen. Das Papier, das um den großzügigen Rosenstrauß gewickelt ist, knistert zwar, aber der Korb ist so tief, dass ich mir keine Sorgen um die Blumen mache.

GAVIN

Natürlich haben wir genug Erfahrung auf diesem Gebiet und sorgen selbstverständlich auch für die musikalische Untermalung, wenn der Kunde dies wünscht. Ansonsten kümmert sich der Veranstalter selbst darum.«

Was für eine dämliche Frage! Wozu sind wir weithin bekannt als das führende Unternehmen für Veranstaltungen jeder Art? Und das war nicht die erste Frage dieser Art während des Telefonats mit einer Frau, deren Stimme den Schluss nahelegt, dass sie nicht mehr die Jüngste ist. Wie hat es diese Person eigentlich geschafft, zu mir durchgestellt zu werden? Per se kein Problem für mich, aber wenn es mit potentiellen Kunden dieser Couleur zu keinem Abschluss kommt, bin ich jedes Mal erleichtert. Die Erfahrung der letzten Jahre hat mir gezeigt, dass das zu 90 Prozent unangenehme Zeitgenossen und in der Folge noch unangenehmere Aufträge sind.

Am liebsten ist es mir, wenn ich einen puren Vermietungsauftrag bekomme. Wünscht der Kunde das volle Rundum-Sorglos-Paket, brauche ich eine klare Linie und anschließende Handlungsfreiheit. Es ist in einem solchen Fall anstrengend genug, Dienstleister und Zulieferer und ihre vielen Wehwehchen unter einen Hut zu bekommen. Zickige Auftraggeber oder solche, die es sich alle paar Tage anders überlegen, sind schlicht die Pest. Nur gut, dass meine Assistentin Hannah mir die meiste bürokratische Arbeit stets vom Leib hält.

Als hätten meine Gedanken sie gerufen, öffnet sie in diesem Moment die Tür und bringt mir die übliche Erfrischung um zehn Uhr vormittags: starken Earl Grey, zwei Stücke Shortbread mit viel Ingwer, zwei Würfel Whisky-Fudge und ein Glas Champagner.

Für den Kreislauf, wie sie mit einem sparsamen Lächeln betont. Lieber wäre es ihr, ich würde tagsüber gar nichts trinken. Der Konzentration wegen, sagt sie. Doch da beißt sie bei mir auf Granit. Dass sie sich eine derartige Bemerkung überhaupt erlauben darf, ist nur der Tatsache geschuldet, dass Diana sie sehr schätzte. Hoffentlich überspannt sie diesen Bogen nicht noch mehr.

Immerhin verzichte ich seit geraumer Zeit auf stärkere Getränke vor achtzehn Uhr. Diese Phase habe ich hinter mir. Früher gab es auch schon mal härtere Sachen um diese Uhrzeit, aber das ist vorbei.

Zum Glück.

»Mr Kingsley ...«

»Ja?« Mein Blick kehrt vom Ausblick aus dem Fenster zu ihr zurück, ich stelle das Glas ab und greife nach einem Stück Fudge. »Was haben Sie auf dem Programm, Hannah?«

»Der Baron wünscht Sie zu sprechen«, verkündet sie förmlich und streicht sich eine Haarsträhne hinters Ohr. Der burschikose Pferdeschwanz, aus dem sie sich gelöst hat, lässt sie jünger wirken, als sie ist. Laut Personalakte könnte sie beinahe meine Mutter sein, doch sie wirkt wie eine Frau in meinem Alter. Dazu trägt ihr etwas farbloser aber immerhin auch zeitloser Look mit neutralen Tweedkostümen das Seine bei.

»Sagen Sie ihm, ich komme nach dem Earl Grey hinauf.«

Sie lächelt und nickt. Längst weiß sie, dass ich meinen Vormittagstee in Ruhe genießen möchte, schließlich ist das eine der wenigen Ruhepausen, die ich mir am Tag gönne.

Hannah schließt leise die Tür meines Büros hinter sich und ich nehme die Tageszeitung zur Hand, um mich flüchtig über die Lage jenseits meiner eigenen Welt zu informieren.

Noch bin ich nicht beim Feuilleton angelangt, geschweige denn, dass ich mir die zweite Tasse Tee eingeschenkt habe, als Hannah erneut den Kopf zur Tür hereinsteckt.

Ich sehe auf. »Ja, was ist?«

»Eine der Brautjungfern der nächsten Hochzeit ist hier. Sie sagt, sie hätte noch etwas mit Ihnen zu besprechen. Etwas *Persönliches*.«

Das letzte Wort betont sie auf eine Art und Weise, die keinen Zweifel an ihrer Meinung über dieses Anliegen lässt. Dafür hätte sie auch durchrufen können, ohne selbst noch einmal hereinzukommen, doch vermutlich erwartet sie, dass ich unter einem Vorwand ablehne.

Ich denke aber gar nicht daran.

»Schicken Sie sie herein.«

»Nach dem Earl Grey?«

»Nein, jetzt gleich.«

Dass sie auf mein schiefes Lächeln mit einem Ausdruck zwischen Verwunderung und Missbilligung reagiert, ignoriere ich. Weder ihr noch irgendjemandem sonst bin ich

Rechenschaft über mein Tun schuldig, und dass ich meine heilige Teepause von Liv unterbrechen lasse, hat Gründe, die niemanden etwas angehen.

»Wie Sie wünschen. Ich bin dann in den nächsten zwei Stunden außer Haus, um den Konditor aufzusuchen.«

»Ist gut, danke Hannah. Und viel Erfolg mit ihm.«

Hannah verdreht die Augen und geht. Die Konditorei von Little Compton ist eine Besonderheit und bekannt für ihre ansprechenden Tortenkreationen. Und den launischen, schwulen Konditormeister Albert. Schon vor Jahren bin ich mit ihm heftig aneinander gerasselt, seitdem meiden wir einander so gut es geht, und die beruflichen Kontakte, auf die keiner von uns beiden verzichten möchte, werden von unseren Mitarbeiterinnen aufrechterhalten.

»Sie können jetzt zu ihm«, höre ich meine Assistentin von draußen und weiß natürlich, mit wem sie spricht.

Olivia Hamilton-Jones. Die Brautjungfer. Was so unschuldig klingt, ist eine wandelnde Sexbombe, die mich seit dem ersten Kontakt, den sie vor ein paar Wochen zusammen mit der Braut zu mir und meinem Unternehmen hatte, immer wieder aufsucht.

»Guten Morgen, Sir«, sagt Liv mit rauer Stimme.

»Guten Morgen, Miss Hamilton-Jones. Wie geht es Ihnen heute?«

»Danke, sehr gut, Mr Kingsley ...«

Kaum hat sich die Tür hinter Hannah geschlossen, ändern sich sowohl Tonfall als auch Wortwahl der ehemaligen Miss Dorset.

»Ich hoffe, ich störe dich nicht, Gavin, aber ich hatte solche Sehnsucht nach dir.«

»Nun bist du ja hier, Liv. Und nein, du störst nicht.«

Dass meine zweite Tasse Tee noch auf mich wartet,

verschweige ich. Ich will ja nicht allzu pingelig erscheinen. Außerdem erwartet mich etwas, das sicherlich heißer ist als ein lauwarmer Earl Grey.

»Oh ja, hier bin ich. Allerdings. Und wie ich hier bin.« Mit einer geschmeidigen Bewegung wendet Liv sich um und dreht lautlos den Schlüssel im Schloss herum. Dann kommt sie zu mir herüber. »Es ist viel zu lang her, findest du nicht auch, Gavin, Darling?«

Darling? Wann noch mal sind wir an diesem Punkt unserer losen erotischen Treffen angekommen, dass sie mich so nennt?

Verflucht, das schreit nach Distanz! Kaum etwas empfinde ich als lusttötender, als den Versuch, mir in irgendeiner Form Ketten anzulegen oder allzu vertraut mit mir zu werden.

»Meine Zeit ist heute leider sehr knapp. Der nächste Termin wartet schon.« Um nicht zu sehr wie ein gefühlloser Arsch zu wirken, der nur auf seine eigene Befriedigung aus ist, führe ich eben den Termin mit dem Baron ins Feld.

Sie zögert etwas. »Wir können es ja trotzdem versuchen.«

»Du wirst heute nicht auf deine Kosten kommen.«

Unschlüssig hebt sie die Brauen, doch dann zuckt sie mit den Schultern und zeigt sich überraschend einsichtig. »Dann komme ich für meinen eigenen Teil eben ein andermal wieder.« Dem Funkeln in ihrem Blick entnehme ich, dass sie genau das mit ihrer Aussage meint, was ich glaube, darin gelesen zu haben. An dieser Stelle bleibe ich ihr eine Antwort schuldig. »Vielleicht revanchierst du dich ja ein anderes Mal.«

Na schön. Ich hatte sie gewarnt.

Noch während Liv mit wiegenden Schritten auf mich zukommt und sich dabei mit langsamem, laszivem Hüftschwung die Bluse aufknöpft, verziehe ich mich hinter meinen Schreibtisch und lasse mich in den schwarzen Ledersessel fallen. Trotz meines Zeitdrucks sind meine Bewegungen mindestens so herausfordernd wie ihre, als ich Gürtel, Knopf und Reißverschluss meiner Hose öffne und ihrem irritierten Blick entgegensehe. Wenn sie schon mal hier ist, kann sie auch ... »Nimm dir jetzt ein Kissen vom Sofa und knie dich vor mich. Knöpf deine Bluse auf und lass mich deine Brüste sehen, solange du mir einen bläst ...«

So deutlich war ich bisher noch nicht, und während sie meiner Aufforderung nachkommt und mit geöffneter Bluse und entblößtem Dekolleté meinen Schwanz nach allen Regeln der Kunst verwöhnt, bin ich zumindest anfangs mit meinen Gedanken woanders. Dies ist Livs dritter Besuch in meinem Büro. Die anderen beiden Male hat sie ebenfalls einen Grund gefunden, warum sie mich unbedingt aufsuchen musste. Ich hatte natürlich nichts dagegen und habe sie über meinen Schreibtisch gebeugt gevögelt. Heute aber habe ich dazu keine Lust, sondern muss erst den Darling-Schock verdauen, ehe ich richtig in Stimmung komme.

Leider ist das viel zu häufig so: Man lässt die Ladys an sein bestes Stück und sie wollen sich den Kerl, der daran hängt, auch noch krallen.

Aber nicht mit mir.

Letztendlich schafft Liv es tatsächlich, dass ich in ihrem Mund komme, und ich gebe ihr gleich darauf deutlich zu verstehen, dass wir damit alles besprochen haben, was es zu besprechen gibt. Dass mein eingangs angekündigter Termin gleich stattfindet, wenn auch mit meinem Vater, hält mein schlechtes Gewissen in Grenzen. Sofern ich denn eins hätte.

Mit einem vielversprechenden Lächeln verlässt sie mein Büro, noch ehe ich mein bestes Stück wieder richtig verpackt habe.

Der Tee ist inzwischen kalt, daher lasse ich auch das Shortbread liegen, schnappe mir nur das verbliebene Stück Fudge und verlasse mein Büro.

»Miss Hamilton-Jones und ich haben alles geklärt, was zu klären war«, verkünde ich meiner Sekretärin Phoebe im Vorbeigehen. »Wenn sie vor nächstem Samstag noch einmal ohne ihre Braut hier erscheint, dann bin ich nicht anwesend, verstanden?«

»Ja, Mr Kingsley«, piepst die Kleine gehorsam und wendet sich sofort wieder ihrem Bildschirm zu.

»Gut.« Das wäre also geklärt.

Auf dem breiten Flur mit dem hochflorigen Teppich, der zu den Räumen meines Vaters führt, kommt mir Margret, die Hausdame entgegen.

»Guten Morgen, Gavin. Wie ist dein Tag bisher?«

Margret ist ein echter Sonnenschein und dabei so resolut, dass nicht einmal mein griesgrämiger Vater ihrer meistens guten Stimmung etwas anhaben kann.

»Gut bisher. Und deiner?«

»Geht so. Der Baron ist fürchterlicher Laune heute Morgen, ich hoffe, das gibt sich bald wieder.«

Die Frage nach dem Grund spare ich mir, da mir erstens klar ist, dass ich diesen ohnehin gleich erfahren werde, und ich zweitens weiß, dass Margret es wie immer eilig hat.

In all den Jahren, die sie nun schon als meines Vaters Hausdame tätig ist, habe ich sie noch nie langsam gehen, geschweige denn gemütlich irgendwo sitzen sehen.

Margret ist stets aktiv und in Bewegung, wirkt dabei aber nie hektisch. Manchmal fände ich es wünschenswert, sie hätte mehr Einfluss auf meinen alten Herrn.

»Dann will ich mal sehen, was ich zur Verschlechterung seiner Laune beitragen kann«, gebe ich zum Besten und verabschiede mich mit einem Nicken von Margret, um sie nicht allzu lang in ihrem Tun aufzuhalten.

Schon als ich die Tür zum Salon meines Vaters öffne, kann ich ihn vor sich hin grollen hören. Nach jedem dritten Wort klopft er ärgerlich mit seinem Stock auf den Fußboden. Aha, er hat also wieder mal seine Krücken in die Ecke gestellt und begnügt sich mit seinem eleganten Spazierstock. Wie eitel er doch auf seine alten Tage noch immer ist! Die Krücken weisen ihn sofort als gehbehindert aus, der Spazierstock ist für ihn eher ein Statussymbol.

»Du wolltest mich sprechen, Vater?« Ich ignoriere seinen Unmut und schließe lautstark die Tür hinter mir.

»Was hat denn da so lang gedauert«, ereifert er sich und knallt die Spitze seines Spazierstocks auf das arme Parkett. Ungerührt sehe ich ihm dabei zu, wie er sich in seinem überdimensionalen Polstersessel zurechtrückt und versucht, eine bequeme Sitzposition einzunehmen. »Ich verlange von dir, mir sofort einen neuen Hausarzt zu suchen«, schleudert er mir entgegen, ohne eine Antwort auf seine Eingangsfrage zu erwarten.

Umso besser, ich hätte ihm ohnehin keine gegeben.

»Und warum dieses Mal?«, erkundige ich mich und muss einen gelangweilten Unterton in meiner Stimme unterdrücken.

»Dieser Quacksalber hat schon wieder behauptet, man könne mir nur mit einer Operation helfen. Dabei weiß er so gut wie du oder irgendjemand sonst in diesem Haus, dass ich mich nicht operieren lassen werde.«

Nun nimmt seine Stimme einen geradezu quengelnden Unterton an. Das kennen wir alle schon. Seit Jahren wird sein Hüftleiden schlimmer, werden seine Schmerzen größer, sein Gang immer mühsamer, doch er ist nicht davon zu überzeugen, sich endlich unters Messer zu legen und ein neues Hüftgelenk verpassen zu lassen. Wir alle wären grenzenlos erleichtert darüber, denn es würde seine Laune und damit auch unsere erheblich verbessern, wenn er endlich aufhören würde, ständig zu nörgeln und wegen seiner Schmerzen zu jammern.

»Wenn du so weitermachst, werden wir dich zwangseinweisen«, drohe ich ihm an. »Gab es sonst noch irgendetwas, weswegen du mich sprechen möchtest, oder war es das schon wieder?«

Er starrt mich finster an, seine buschigen Augenbrauen zittern geradezu vor Empörung. »Sei nicht zu vorlaut, mein Junge. Du vergisst wohl, wer hier immer noch der Herr im Haus ist.«

Das amüsierte Lachen, das mir in der Kehle hochsteigt, kann ich gerade noch unterdrücken. Nicht, dass ich meinen Vater nicht respektieren oder lieben würde, aber wenn er den Landadeligen heraushängen lässt, kann ich ihn einfach nicht mehr ernst nehmen.

»Ich vergesse vor allen Dingen nicht, wer uns hier im Haus laufend mit seiner schlechten Laune auf Trab hält«, erwidere ich mit der üblichen Strenge, die ich ihm gegenüber seit einiger Zeit an den Tag lege. »Und wenn es sonst nichts gibt, was du mit mir besprechen möchtest, dann entschuldige mich bitte. Ich habe zu tun und es reicht, dass du Margret den letzten Nerv kostest.«

»Sie steckt ja mit diesem Pferdedoktor unter einer Decke«, beschwert er sich, doch dann wedelt er mit der linken Hand, als wolle er eine Fliege verscheuchen. »Aber gut, hab schon verstanden, also verschwinde wieder. Geh du nur an die Arbeit, das ist wichtiger, als dich mit deinem Vater zu unterhalten. Ich werde mir inzwischen die Zeit mit einem guten Buch vertreiben, das ist meiner Gesundheit zuträglicher als diese Operation und dein Unverständnis.«

Wenn er dieser Laune ist, hilft es absolut nichts, auf ihn einzugehen, sondern macht es nur schlimmer, also übergehe ich sein Gejammere. »Wir sehen uns beim Dinner, Vater,« verabschiede ich mich. Aus dem Augenwinkel bemerke ich, dass er tatsächlich nach einem Buch greift, das neben ihm auf dem Beistelltisch liegt. Noch so ein Charakteristikum meines alten Herrn. Seit er nicht mehr regelmäßig ausreiten kann, hat er sich der Literatur verschrieben. Keine Ahnung, was er an Gedichten findet, meine Welt ist das nicht.

Dieses Mal schließe ich die Tür etwas leiser hinter mir und nehme mir vor, in den nächsten Tagen selbst einmal seinen Arzt zu konsultieren und mir ein Update zu verschaffen. Irgendwie muss dieser alte Sturkopf doch dazu zu bewegen sein, im Interesse seiner eigenen Gesundheit eine Operation zu wagen.

Mit dem dringenden Bedürfnis nach frischer Luft trete ich aus dem Haus, um eine schnelle Runde über das Anwesen zu drehen, bevor ich mich wieder hinter den Schreibtisch setze.

MELISSA

Mit Schwung nehme ich die Kurve durch das offene Tor des großzügigen Landsitzes. Vielleicht bin ich doch ein bisschen zu schnell unterwegs. Der platte Reifen schiebt sich nur mit Mühe durch die Kiesel und ich komme unweigerlich ins Schlingern.

Schnell trete ich in die Pedale, um geschmeidig die Unebenheiten zu meistern. Leider will der Lenker nicht aufhören, zu vibrieren und ich werde ziemlich durchgeschüttelt. Ich sehe überhaupt nichts jenseits meines engen Fokus, so sehr muss ich mich konzentrieren, im Sattel des alten Drahtesels zu bleiben. Zum Glück führt der Weg geradewegs auf das stattliche Herrenhaus zu. Rechts und links von mir sehe ich die Büsche und Bäume der gepflegten Parkanlage an mir vorbeirauschen.

Verbissen versuche ich, mein Gefährt wieder unter Kontrolle zu bekommen. Das kann doch nicht so schwer sein!

Knapp vor mir bückt sich eine Gestalt unter einem der Bäume durch, kommt direkt aus dem Grün nebenan und macht einen großen Schritt auf den Weg. Ich erschrecke fast zu Tode, während ich in seinem Gesicht nur eine gewisse Verblüffung erkennen kann. Absurderweise nehme ich glasklar wahr, wie der Ast, den er mit einem Arm beiseitegeschoben hat, zischend in seine Ausgangsposition zurückschnellt.

Der Schreck darüber und über das unerwartete Auftauchen dieses Mannes lässt mich völlig unüberlegt den Lenker herumreißen. Gleichzeitig ziehe ich die Handbremse.

Fataler Fehler! Der Kies unter mir knirscht bedrohlich und schon blockiert der dämliche Vorderreifen. Wie in Zeitlupe registriere ich, dass ich das Rad nicht mehr unter Kontrolle halten kann und dass ich einen Unfall bauen werde. *Shit, der Blumenstrauß!* Das ist mein letzter klarer Gedanke.

»Aah!«, schreie ich, als das Fahrrad unter mir abschmiert und seitlich wegrutscht. Mit lautem Getöse schlittert es über den Boden, Steinchen spritzen davon. Voller Panik schließe ich die Augen und hebe schützend einen Arm vor mein Gesicht. Gleich werde ich auf dem Kiesweg aufschlagen und mir alles aufschürfen.

Noch ehe sich mein Kopf wieder einschalten und die Situation analysieren kann, packt mich jemand blitzschnell und zieht mich an sich. Na ja – jemand ... Ist ja niemand hier außer mir und diesem aus dem Nichts aufgetauchten Phantom. Langsam öffne ich die Augen, immer noch außer Atem, aber wohlbehalten, und starre in das Gesicht des Mannes, der mich vor dem Sturz bewahrt hat und jetzt festhält.

Sein Gesicht ist mir viel zu nah und ich bemerke, dass er sehr ... ansprechend aussieht. Nein, damit meine ich nicht, dass er langweilig wie das verblödete Covermodel eines Frauenmagazins wirkt. Dieser Typ hier besticht durch seine markanten Gesichtszüge und etwas, das ich Charakternase nenne.

Allerdings funkeln mich seine Augen auf eine Art an, die ein gewaltiges Aufbegehren in mir weckt: Sie sehen mich nämlich ziemlich wütend an.

Schweigend schauen wir uns noch einen Moment lang an, bis mir ein Detail nach dem anderen meiner Umgebung auffällt. Das Vogelgezwitscher in den Bäumen zum Beispiel. Oder dass ich meine Finger in sein Hemd kralle. Und die Blumen, die ich ausliefern soll.

Himmel!

Endlich erwache ich aus meiner Erstarrung und hole tief Luft. »Können Sie nicht aufpassen?«, fauche ich den Mann an und drücke mich hastig von ihm weg.

Er zieht überrascht die Augenbrauen hoch.

»Moment mal! Ich?«, hakt er nach, lässt mich aber trotz seiner sichtbaren Irritation nicht los.

Das nehme ich dankbar zur Kenntnis, denn würde er mich in dieser Rückenlage einfach loslassen, stünde einem Sturz nichts mehr im Wege.

»Ja, Sie. Sind Sie hier der Landschaftsgärtner? Oder warum lauern Sie im Gebüsch?« Ich riskiere einen flüchtigen Blick auf sein Outfit. Wahrscheinlich liege ich mit dem Gärtner falsch.

»Also das ist doch ...«, beginnt er, schüttelt dann aber nur den Kopf. »Sie kommen wie eine Irre hier langgefahren, und zwar auf einem Fahrrad, das eher auf den Schrottplatz als auf die Straße gehört, und werden dann auch noch frech?«

Ich und frech? Na ja, ... vielleicht manchmal ... aber für

so etwas habe ich jetzt wirklich keine Zeit. Der Baron wartet sicherlich schon auf den Strauß und ich muss dringend nachsehen, ob er noch so aussieht, dass man ihn ohne schlechtes Gewissen überbringen kann.

»Lassen Sie mich jetzt bitte los?«, frage ich nun deutlich weniger aggressiv, weil ich mich langsam wieder beruhige und mich daran erinnere, dass das wirklich nicht die feine Art ist, so mit einem Fremden zu reden. Aber er könnte sich ruhig dafür entschuldigen, dass er mir eine solche Heidenangst eingejagt hat.

»Wie Sie wünschen«, knurrt er gereizt und stellt mich aufrecht hin, als müsse er sicherstellen, dass ich einen festen Stand habe, bevor er sich entfernt. Seine warmen Hände schlüpfen dabei unter meine Jeansjacke und ich spüre durch den dünnen Stoff meines Shirts die Berührung des Mannes. Instinktiv atme ich ein, aber da ist der Moment bereits vorbei, weil er mich nun endgültig loslässt.

»Ein Dankeschön dafür, dass ich Sie vor dem Sturz bewahrt habe, wäre schon angemessen«, brummt der dunkelhaarige Riese. Dann sieht er von mir zu dem Fahrrad und wieder zu mir. »Ist das überhaupt verkehrssicher?«

»Natürlich«, entgegne ich rasch und recke dabei kampflustig das Kinn.

Das bleibt ihm nicht verborgen. Lässig verschränkt er die Arme und schüttelt missbilligend den Kopf.

»Was haben Sie hier zu suchen?«, hakt er nach.

»Ich bin geschäftlich unterwegs.« Was mich wieder zu meiner Aufgabe zurückbringt. Mit wenigen Schritten bin ich bei meinem Fahrrad und bücke mich nach dem in Papier eingewickelten Blumenstrauß, der aus dem Korb gefallen ist. Es raschelt, als ich durch die mit Tesafilm verklebte Öffnung auf die Blumen schiele. Scheint alles noch an seinem Platz zu sein.

»Geschäftlich?« Seine Stimme klingt wie eine Mischung zwischen ungehalten und skeptisch.

»Ich liefere die Blumen für Baron Kingsley«, beantworte ich die Frage.

»Für den Baron? Sicher?«

»Ja, sicher. Maisies Fahrzeug ist nicht einsatzbereit.«

»Ach!«, sagt der Mann jetzt. »Dann sind Sie Melissa Lambert!«

Überrascht schnellt mein Blick zu ihm. Immer noch mustert er mich mit verschränkten Armen. Wie soll ich seine Feststellung deuten? Egal. Vielleicht kennt er Maisie.

»Richtig«, sage ich daher nur.

Er hält es offenbar nicht für nötig, sich vorzustellen. Wie unhöflich! Aber das habe ich nach meinem Ausbruch vorhin wohl auch verdient. Ich sollte jetzt die Blumen loswerden und dann ganz schnell Land gewinnen.

»Ich bin spät dran, also ... würden Sie mir bitte den Weg zum Baron zeigen, damit ich ihm die Blumen übergeben kann?«, frage ich deutlich sanfter, da ich ja nun schließlich seine Hilfe brauche.

Er bleibt einen Augenblick lang reglos stehen, als müsste er erst über eine Antwort auf meine Bitte nachdenken, und sieht mich auf eine Weise von oben herab an, die meinen vorherigen Ärger wieder aufflammen lässt. Dann aber nickt er und löst seine abwehrende Armverschränkung auf, ehe ich mit irgendwas herausplatzen kann, das ich später bereuen würde.

»Hm. Dann kommen Sie mal mit, Miss Lambert.« Damit dreht er sich um und geht auf das stattliche Herrenhaus zu.

Mein Fahrrad hätte er ruhig aufheben können. Oder wenigstens den Strauß halten, bis ich es selbst getan habe. Der Mann hat echt keine Manieren. Also hebe ich umständlich mit einer Hand das Fahrrad an und verfrachte die Blumen in den Korb. Auf den ersten Blick kann ich keine neuen Schrammen im Lack erkennen.

Wenigstens etwas.

Trotzdem schiebe ich das Rad sicherheitshalber und versuche, mit dem Kerl Schritt zu halten, der entspannt auf das Haus zugeht.

»Arbeiten Sie schon lange hier?«, frage ich, kurz bevor ich ihn erreiche.

Leider kann ich seine Antwort nicht verstehen, weil mein Fahrrad unendlich laut über den holprigen Weg scheppert. Obwohl ich die tönende Fahrradklingel festhalte, kann ich nur erahnen, dass er mir antwortet. Vor den steinernen Stufen, die zum Eingang hinaufführen, deutet er auf eine gepflasterte Stelle.

»Sie können Ihr Fahrrad hier abstellen.«

Geduldig wartet er ab, bis ich den rostigen Ständer meines Rads nach unten gezwungen habe und ihm mit den Blumen in der Hand folge. Mein Herzschlag hat sich nach dem Beinahe-Sturz kaum mehr beruhigt. Jetzt aber bin ich nervös, weil ich jeden Moment einen echten Baron kennenlernen werde.

Kaum haben wir die Stufen genommen, kommt uns aus der geöffneten Haustür ein älterer Herr entgegen. Sollte er das sein? Nein, denn dieser hier trägt weiße Handschuhe und hält eine kleine Gießkanne in den Händen. Zielstrebig steuert er auf einen hängenden Pflanzkübel zu.

»Würden Sie bitte Peter fragen, ob er die passende

Luftpumpe für das Fahrrad der jungen Dame hat?«, fragt mein Begleiter den älteren Herrn.

Der angesprochene Mann erstarrt sofort und deutet eine knappe Verbeugung an. »Sehr wohl, Sir.«

Ich muss mir ein Lachen verkneifen. Wo bin ich hier gelandet? Drehen die hier Downtown Abbey? Und warum erteilt der ungehobelte Kerl aus dem Gebüsch diesem Mann Anweisungen? Da habe ich es mir wohl mit einem leitenden Angestellten verscherzt.

Ich überlege, wie ich eine Entschuldigung formulieren kann. Normalerweise bin ich nicht so frech zu Fremden und schon gar nicht zu Kunden. Das muss der Schock gewesen sein.

Aber ehe ich eine passende Formulierung gefunden habe, geht mein Begleiter zielstrebig voran und ich habe keine Ahnung, wie ich es am besten anstellen soll, ihn anzusprechen. Offensichtlich ist er verärgert und daran bin ich schuld. Stattdessen mustere ich unauffällig das prachtvolle Innenleben von Chastleton House. Man könnte meinen, die Zeit sei stehengeblieben. Die komplette Inneneinrichtung wirkt wie die Kulisse für eine Jane-Austen-Verfilmung. Neugierig folge ich dem Mann, der mit großen Schritten einen Raum betritt, der wie ein Salon aussieht.

»Du hast Besuch«, sagt er.

Mir rutscht das Herz in die Hose. Trotzdem betrete ich, ohne zu zögern, nach ihm den Raum, verschanze mich dabei ein bisschen hinter dem verpackten Strauß und lächle den sitzenden Mann an, der von seinem Buch aufsieht. Irritiert rückt er seine Brille zurecht und richtet sich auf. Dann klappt er die Lektüre zu und legt sie auf das kleine runde Tischchen. Der alte Mann sieht von mir zu meinem Begleiter und wieder zurück zu mir.

»Guten Tag, Herr Baron«, beginne ich, weiß aber dann nicht weiter.

Der Angesprochene nickt mir zu, sagt jedoch nichts. Also muss ich wieder ran.

»Maisie schickt mich«, erkläre ich in der Hoffnung, dass nun eine Reaktion von ihm kommt, aber ... immer noch nichts. »Mein Name ist Melissa Lambert und heute liefere ich ausnahmsweise Ihre Blumen.«

»Maisie hat Blumen für mich? Ich ... verstehe nicht.« Wieder sieht der Alte zu dem anderen Mann, als handle es sich hier um einen schlechten Scherz.

»Das ist die neue Eigentümerin des Blumenladens«, erklärt dieser dem Baron. Warum sieht er so aus, als warte er auf irgendeine Pointe?

»Das habe ich wohl verstanden. Meine Ohren sind einwandfrei«, erklärt sich der Baron. »Also, junge Dame. Ist das ein unmoralisches Angebot von Maisie oder wie komme ich zu der Ehre?«

»Aber ...« Habe ich etwas falsch verstanden?

Mit einem Mal lacht der ungehobelte Kerl, der mich hierhergebracht hat.

»Maisie hat Ihnen also gesagt, die Blumen sind für den Baron?«, hakt er nach.

»Ja, hat sie.«

Jetzt lacht auch der alte Mann in dem nostalgischen Ohrensessel. Sein ganzer Körper bebt dabei. »Sie wird es nie verstehen, oder?«

Wenn mich nicht bald jemand darüber aufklärt, was hier los ist, dann möchte ich bitte in ein Loch verschwinden. Kraftlos lasse ich die Hände samt dem Strauß sinken, aber der große Mann kommt mit einem schiefen Lächeln zu mir und nimmt mir die Blumen ab.

»Danke«, sagt er knapp. »Die Blumen sind für mich.«

Der alte Baron lacht noch immer und schüttelt den Kopf.

»Für Sie?« Niemals zuvor habe ich mich so dumm gefühlt.

»Genaugenommen gibt es in diesem Haus nur einen Baron und das ist mein Vater.« Der Mann unterstreicht seine Erklärungen, indem er einmal kurz auf den Herrn im Sessel deutet. Während ich diese Worte sacken lasse, wickelt der Sohn des Barons das Papier von den Blumen und begutachtet sie kurz. »Maisie weigert sich standhaft, diese Tatsache zu akzeptieren. Für sie sind mein Vater und ich Barone.«

»Dabei bist du nur ein gewöhnlicher Bürgerlicher«, erklärt der Baron mit erhobenem Zeigefinger. »Und ich habe nicht vor, dir den Titel zeitnah zu überlassen.«

Möglichst unauffällig verfolge ich die neue Entwicklung, als wäre ich nicht hier, sondern würde mir eine Dokumentation über das Leben des Landadels anschauen. Leider bin ich so was von anwesend und wünschte, ich könnte die Zeit ein paar Minuten zurückdrehen. Sicherlich wäre ich dann etwas langsamer in die Einfahrt geradelt, höchst elegant vorm Haus von meinem Fahrrad abgestiegen und dann hätte ich mit einem strahlenden Lächeln im Gesicht, die Blumen an den zufriedenen Kunden überreicht. Stattdessen habe ich mich vor ihm beinahe auf die Nase gelegt und ihn auch noch dafür beschimpft, dass er mich davor bewahrt hat, zu stürzen.

»Gavin Kingsley«, stellt er sich nun vor und reicht mir seine freie Hand.

Verkrampft und reichlich verlegen lächelnd reiche ich ihm meine. »Melissa Lambert«, sage ich überflüssigerweise. Als ob er das nicht schon längst wüsste!

Moment mal! Die Blumenlieferung sollte für einen

trauernden Witwer sein, dessen Frau Blumen liebte. Das ist er? Meine aufgerissenen Augen verraten wohl meine Gedanken zu deutlich, denn Mr Kingsleys Miene verhärtet sich noch mehr als vorhin nach unserem Zusammenstoß. Sein Blick weicht meinem aus und er wendet sich ab.

Befangen wende ich mich dem Baron zu. »Entschuldigen Sie. Ich dachte wirklich, die Blumen wären für Sie.«

Währenddessen huscht mein Blick zu seinem Sohn, der die Blumen in eine Vase stellt. Wie alt mag er wohl sein? Auf jeden Fall zu jung, um den Rest seines Lebens seiner verstorbenen Liebe nachzutrauern.

»Keine Sorge. Ich werde mich damit abfinden, dass Maisies Herz nicht für mich bestimmt ist«, scherzt der Baron.

Nickend versuche ich ein missglücktes Lächeln und deute hinter mich. »Gut. Auftrag ausgeführt. Ich werde dann mal wieder gehen. Auf Wiedersehen.«

»Richten Sie Maisie viele Grüße aus.« Der Baron hebt zum Abschied kurz die Hand und wendet sich dann wieder seinem Buch zu.

Gavin Kingsley ist noch dabei, die Blumen in der Vase zu arrangieren und registriert meinen Aufbruch anscheinend gar nicht, wie mir ein rascher Blick über die Schulter zu ihm verdeutlicht.

Gut, dann nichts wie weg. Eilig drehe ich mich um, und versuche mich zu erinnern, wo der Ausgang ist. Mein Fluchtinstinkt führt mich ins Freie, wo der Butler wackelig auf einer kleinen Trittleiter steht und liebevoll die Hängepflanze bewässert.

»Auf Wiedersehen«, rufe ich ihm zu, als ich an ihm vorbeieile.

»Miss!«, ruft er mir nach. »Die Luftpumpe kommt gleich.«

»Ach, das ist nicht nötig. Danke«, winke ich ab und greife mir mein Fahrrad. Kaum habe ich dem Herrenhaus den Rücken zugekehrt, höre ich die strenge Stimme von Gavin Kingsley hinter mir.

»Stopp!«

GAVIN

Warum noch gleich habe ich die kleine Kratzbürste auf ihrem Weg nach Hause aufgehalten, anstatt sie endlich gehen zu lassen? Als sie sich mit erhobenen Brauen umdreht und mir einen scharfen Blick zuschießt, ist mir klar, dass das keine gute Idee war.

»Ja?«, fragt sie hörbar ungeduldig. Offenbar hat sie es eilig, davonzukommen. Verständlich.

»Maisie geht es hoffentlich gut?«, rette ich mich in eine völlig überflüssige Frage.

»Ja, danke. Soll ich ihr etwas von Ihnen ausrichten, Sir?«

»Nein danke. Ich hoffe, ihr fahrbarer Untersatz funktioniert bald wieder.« Nun, das klingt zwar so, als wollte ich ihr zu verstehen geben, dass mir Maisie als Lieferantin lieber ist als sie, aber das kann ich jetzt auch nicht mehr ändern.

Miss Lambert mustert mich einen Moment lang, ehe sie antwortet. »Es ist nur die Batterie für den Elektromotor«, teilt sie mir dann kühl mit. »Noch was, Sir?«

Irre ich mich oder hat ihr *Sir* eine besondere Betonung?

»Nichts, vielen Dank.«

»Gut. Dann ... Bye.«

»Auf Wiedersehen.«

Sie nickt und setzt ihren Weg fort, das Fahrrad mit dem noch immer platten Reifen an der Hand. Hatte ich nicht angeordnet, dass man ihr eine Luftpumpe bringen solle?

»Stopp!« Wieder dieser Ruf, der sie in der Bewegung abbremst. Dieses Mal aber dreht sie sich nicht um, sondern bleibt einfach nur reglos stehen. Sogar von hinten drückt ihre ganze Haltung eindeutig eine unübersehbare Ablehnung aus.

Was für eine starrsinnige Person!

»Ja?«, fragt sie und klingt hörbar genervt.

»Ihr Fahrrad! Der Reifen ist noch immer ohne Luft.«

»Ich weiß«, wirft sie mir über die Schulter hinweg zu. »Damit hatte ich auf der Herfahrt kein Problem und werde auch auf der Rückfahrt keines haben.«

Irritiert blinzle ich ihr hinterher, als sie ihren Weg unbeirrt fortsetzt, die Hand am Lenker und ohne weiteren Blick zurück.

»Sir, tut mir leid, dass es mit der Luftpumpe länger gedauert hat, aber Rob konnte in der Eile keine andere finden. Hier ist die von seinem eigenen Fahrrad.«

Peter, unser Stallmeister, steht atemlos neben mir und will mir das gewünschte Utensil reichen, doch ich gönne ihm nur einen strafenden Blick.

»Zu spät, Peter. Die junge Dame wollte nicht so lange warten.«

»Oh«, meint er und lässt die Hand samt Luftpumpe sinken. »Dann werde ich sie wohl besser wieder zurückbringen zu Rob.«

»Hätte der Stallbursche dafür nicht selbst kommen können?«

»Nein Sir. Er hat sich den Knöchel verstaucht, als er gestern versuchte, Ihrem Pferd auszuweichen.«

Mit einer Handbewegung scheuche ich ihn davon. Der eindeutig missbilligende Tonfall, in dem er meinen widerspenstigen Hengst erwähnte, gefällt mir nicht. Ich hatte den Jungen gewarnt, sich dem Tier keinesfalls zu nähern, wenn ich es auf die Weide lasse, doch das hatte Rob mit seinem Spatzenhirn wohl schon wieder vergessen. Und ich selbst war gestern zu sehr damit beschäftigt gewesen, das Tier danach unter Kontrolle zu bekommen, um mich auch noch um den Stallburschen zu kümmern.

»Ach – so eine finstere Miene? Was ist Euer Gnaden denn über die Leber gelaufen?«, ertönt neben mir eine spöttische Stimme.

Verflucht – reichte denn der Beinahe-Zusammenstoß mit dem Blumenmädchen nicht aus? Muss nun auch noch Richard hier auftauchen? Allein schon die Anrede! Eine seiner üblichen Frechheiten, um mich zu provozieren. Aber gut, ich bin geneigt, das zu ignorieren, denn je mehr ich auf ihn eingehe, umso mehr Angriffsfläche biete ich ihm. Trotzdem kann ich den unwirschen Unterton nicht aus meiner Stimme heraushalten. »Was willst du? Du warst doch erst letzte Woche hier.«

Er stellt sich neben mich auf die oberste Stufe der Treppe, die zu unserem weitläufigen und sehr gepflegten Vorplatz führt, und blickt in dieselbe Richtung, in die ich vorhin gesehen habe.

»Heißer Feger«, sagt er süffisant. »Eine deiner neuen Eroberungen? Warum kenne ich sie noch nicht?«

Betont langsam wende ich mich ihm zu und lege eisige Kälte in meinen Blick. »Von wem sprichst du?«

Er grinst breit. Und anzüglich obendrein. Schon immer habe ich dieses ganz spezielle Grinsen verabscheut, heute tue ich das noch mehr.

»Na, von der adretten Kleinen, die da gerade mit ihrem Fahrrad vom Hof geradelt ist.« Was für eine primitive Ausdrucksweise! Bis heute hat sich mir nicht erschlossen, was Diana jemals an ihm gefunden hat.

»Miss Lambert hat eine Lieferung gebracht«, lasse ich kurz angebunden verlauten und wende mich zum Gehen. Ich habe nicht die Absicht, mich mit Richard darüber auszutauschen, warum, weshalb und wieso Lieferanten ins Haus kommen und was sie bringen. Schlimm genug, dass ich ihn überhaupt hier ertragen muss. Zu Zeiten unserer Vorfahren hätte man ihm einfach Hausverbot erteilt, aber heutzutage ...

»Und was hat die hübsche Maid geliefert?«, bohrt er nach.

»Rattengift«, werfe ich über die Schulter zurück und verkneife mir knapp den Zusatz *für dich*. Dann sehe ich zu, dass ich wegkomme, doch Richards Lachen hallt noch lange in meinen Ohren nach.

Den restlichen Tag verbringe ich in meinem Büro. Zu tun gibt es stets genug, es ist keine Kleinigkeit, diese Besitzungen zu verwalten. Irgendjemand möchte immer irgendetwas von mir. Seit mein Vater nicht mehr voll einsatzfähig ist, ist die Verantwortung für die meisten der Entscheidungen auf mich übergegangen. Auch die Anfragen für Firmenfeiern und private Feste aller Art reißen nicht ab. Ich bin allerdings froh, zu tun zu haben, so komme ich wenigstens nicht zum Nachdenken.

Erst am späten Nachmittag reiße ich mich von meinem Schreibtisch los und ziehe mich für den täglichen Ausritt um. Auf Poseidons Rücken über unsere – meine – Ländereien zu reiten, ist etwas, dessen ich niemals müde werde. Hier habe ich das Gefühl, frei atmen zu können, vollständig ich selbst zu sein. Hier treten Probleme und unangenehme Aufgaben in den Hintergrund. Sogar die Erinnerung an die Begegnung mit Richard am späten Vormittag kann mich nicht mehr verärgern.

Ich treibe Poseidon zu einem scharfen Trab an, dann darf er galoppieren und sich eine gute Stunde lang austoben, ehe ich ihn über sattgrüne Wiesen zurück in Richtung Anwesen lenke. Jetzt, wo er müde ist, lässt er sich einigermaßen bändigen. Auch das ist ein Grund, warum ich ihn jeden Tag mindestens einmal bewegen muss: Er ist einfach zu jung und zu wild und seine überschüssige Energie ist momentan nicht anders im Zaum zu halten.

Als ich aus dem Stall zurückkomme und zum nahe gelegenen Seiteneingang des Wohntraktes gehe, kommt Maisie mit ihrem kleinen Elektrofahrzeug auf den Platz gefahren. Will sie zu mir? Abwartend bleibe ich stehen, und tatsächlich zieht sie eine weite Kurve und steuert das Gefährt dann direkt vor meine Füße.

»Schönen guten Abend, Herr Baron.«

Wie schon so oft in der Vergangenheit verzichte ich darauf, sie wegen der falschen Anrede zu verbessern. Es würde zu nichts führen, also lasse ich es lieber und grüße sie stattdessen zurück. »Guten Abend, Maisie. Nun, offensichtlich geht Ihr Fahrzeug wieder.«

»Ja, zum Glück.«

»Möchten Sie zu mir oder zu meinem Vater?«

Irritiert sieht sie mich an, weil ich für sie der Baron bin und bleibe. »Zu Ihnen, Herr Baron.«

»Und was kann ich für Sie tun, Maisie Webster?«

»Ach, ich bin auf dem Heimweg und wollte Ihnen nur sagen, dass es mir sehr leidtut, dass ich Ihre Blumen heute nicht selbst vorbeibringen konnte, Sir, aber ich hatte vergessen, die Batterie für dieses Schmuckstück hier zu laden ...« Sie klopft auf das Cockpit ihres Elektromobils, als müsste sie einem Pferd den Hals tätscheln. »Deshalb war ich bedauerlicherweise nicht mobil.«

Das deckt sich mit der Information, die ich von der kleinen Kratzbürste bekommen habe. »Kein Problem, Maisie, ausnahmsweise geht das schon. Miss Lambert hat Sie ja außerdem bei der Lieferung würdevoll vertreten.« Beim Gedanken daran, wie falsch diese Aussage ist, kann ich mir ein schiefes Lächeln gerade noch verkneifen.

Maisie strahlt. »Ja, sie ist eine außergewöhnlich charmante junge Dame.«

Charmant? Sprechen wir tatsächlich von derselben Person? Habe ich da etwas nicht mitbekommen oder einfach nur falsch verstanden? Immerhin habe ich meine Gesichtszüge so weit im Griff, dass man mir meine Skepsis daran nicht ablesen kann. »Aha«, entringe ich mir noch, ehe Maisie weiterspricht.

»Oh ja. Ich bin sehr froh, dass ich sie gefunden und ihr den Laden verkauft habe.«

»Das freut mich sehr, zu hören. Hoffentlich werden Sie Ihre Nachfolgerin noch lange mit Energie und Sachverstand begleiten und so zum dauerhaften Erfolg des Geschäfts beitragen.«

»Das hoffe ich auch, Herr Baron, aber ich habe keine Bedenken. Melissa ist mit Leib und Seele dabei und hat wirklich ein Händchen für alles, was grünt und blüht. Sie wird mich bald in die Tasche stecken, was Dekorationen und Blumenarrangements betrifft.«

»Das dürfte nicht so einfach sein.« Dieses Kompliment wiederum meine ich ernst. Maisie hat in ihrer aktiven Zeit umwerfende Dekorationen kreiert. Das Eden ist deshalb schon seit Jahren auch unsere bevorzugte Adresse für Pflanzenschmuck, nicht nur die vieler unserer Kunden aus der näheren und weiteren Umgebung. Seitdem Maisie aus Altersgründen verkauft hat, hatte ich gewisse Bedenken, was passieren würde, wenn sie eines Tages nicht mehr als die gute Fee im Hintergrund wirken kann. Ohne es zu wissen oder gar zu wollen, hat sie mir mit dieser Aussage ein wenig Zuversicht verschafft, dass es auch in Zukunft eine zufriedenstellende Zusammenarbeit geben kann.

»Und ich freue mich ja auch so, dass das liebe Mädchen auch schon so große Aufträge bekommt wie die Hochzeit von Emily Lawson nächsten Samstag«, schwärmt sie weiter.

»Ja, die Hochzeit«, presse ich hervor und versuche, das unangenehme Gefühl, das ich bei dem Gedanken habe, zu ignorieren.

»Das hat Melissa sich wirklich verdient, so fleißig, wie sie immer ist. Sie arbeitet nämlich wirklich hart, müssen Sie wissen, Sir.«

Ach – ich muss das wissen? Hm. Diese Überzeugung teile ich zwar nicht, doch das behalte ich ebenso für mich wie die Magenschmerzen, die mir das Projekt vom kommenden Samstag bereitet.

»Wie lang lebt Miss Lambert schon in Little Compton«, erkundige ich mich aus einem spontanen Impuls heraus, obwohl es mich nicht im Mindesten interessiert. Ich bin der Frau noch nie zuvor begegnet, was auch kein Wunder ist. Meine Berührungspunkte mit der Bevölkerung des nahen Dorfes sind sehr überschaubar. Das liegt hauptsächlich an meinem vollen Terminkalender und wenn ich mal Zeit habe, genieße ich diese lieber in aller Stille.

»Oh, das sind nun ein paar Jahre«, beantwortet Maisie meine Frage mit einem fröhlichen Lächeln. »Ein wirklicher Glücksfall, anders kann ich das nicht ausdrücken.«

Auch ich wiederhole mich. »Das freut mich sehr für Sie.« Mein bekräftigendes Nicken sieht wohl nicht sehr überzeugend aus, denn Maisie schaut mich zweifelnd an, dann schlägt sie sich mit der flachen Hand an die Stirn.

»Himmel, ich muss ja los. Ich habe Melissa versprochen, morgen noch etwas getrocknetes Moos für ein Gesteck mitzubringen. – Guten Abend, Mylord!«

Maisie winkt mir zu und gibt Gas. Nein, tut sie mit dem Elektromotor natürlich nicht, aber sie tritt wohl heftig aufs Pedal, da trotz der relativ schwachen Leistung des kleinen Motors die Kieselsteine unter ihren Reifen hervorspritzen.

Kopfschüttelnd sehe ich ihr hinterher und setze schließlich meinen Weg fort. Maisies Bemerkung zu kommendem Samstag hat mich daran erinnert, dass ich in diesem Haus eigentlich nie wieder eine Hochzeit sehen wollte. Aber dann gab es gewisse Umstände, die mich zwangen, meine Position dazu aufzugeben.

Wie erwartet finde ich Mrs Lawson im Wirtschaftsraum, wo sie um diese Uhrzeit damit beschäftigt ist, den zweiten täglichen Spaziergang mit meinem Vater vorzubereiten. Die Krücken trägt sie – mein alter Herr will von ihnen ebenso wenig wissen wie von der Luxusausführung eines Rollators mit USB-Anschluss und WLAN-Empfänger. Wenn er wollte, könnte er damit auf seinen Rundgängen im Park sogar fernsehen.

Will er aber nicht.

»Guten Abend, Gavin«, begrüßt mich Margret und

unterbricht das Zusammenlegen einer Decke aus Tweed, die sie auf den Spaziergängen stets mit sich führt, falls mein alter Herr sich irgendwo hinsetzen und die Landschaft bewundern möchte.

»Guten Abend, Margret.«

»Dein Vater ist noch im Salon beim Tee.«

»Ich suche nicht meinen Vater, ich suche dich.«

»Ja?« Sie schenkt mir ein warmherziges Lächeln. »Was kann ich für dich tun?«

»Ist deine Nichte mit den Vorbereitungen für Samstag zufrieden?«

»Oh ja, sehr sogar. Sie kann ihren großen Tag kaum noch erwarten.« Margret strahlt so sehr, als wäre sie selbst es, die mit ihrem Liebsten das Gelöbnis sprechen wird.

»Dann ist es ja gut.« Ich nicke. »Ist sie auch mit der Auswahl der Floristin zufrieden?«

Margret ist fertig und legt sich die Decke über den Arm. »Der Floristin? Ach, du meinst Miss Lambert.« Ihr Strahlen wird breiter. »Ja, die beiden haben sich ein paar Mal getroffen und alles bis ins kleinste Detail ausgetüftelt. Dieses Mädchen hat ein unglaubliches Händchen für Blumen und Arrangements.«

»So, hat sie das?« Nebeneinander gehen wir auf den Ausgang zu. »Das freut mich sehr.«

Margret bleibt stehen und wendet sich zu mir. »Und uns alle freut es unendlich, dass du diese Feier hier im Haus ermöglicht hast, Gavin.«

»Schon gut«, wehre ich ab, weil der Stein in meiner Magengrube gerade anschwillt. »Wenn nicht für deine Nichte, für wen dann?«

Schnell suche ich mit einem flüchtigen Gruß das Weite, ehe mich meine Erinnerungen überfallen.

MELISSA

Endlich zu Hause!

»Ich kann nicht mehr«, stöhne ich und atme lautstark aus.

Nach einem überaus arbeitsreichen Tag, an dem ich mit Maisie wie verrückt die Gestecke für die Hochzeit vorbereitet habe, falle ich müde in die Sitzkuhle der ausgeblichenen Couch, die in dem Wohnzimmer steht, das Bridget und ich uns teilen.

»Hier ist dein Nachtisch«, singt Bridget, als sie den Raum betritt. Sie hält mir das angekündigte süße Teilchen vor die Nase, welches sie liebevoll mit ein paar Weintrauben und einem Berg Sahne verziert hat.

»Puh«, gebe ich von mir, greife dann aber dankbar nach dem kleinen Teller. Ein bisschen Nervennahrung kann nicht schaden. Lustvoll lasse ich die Dessertgabel in die Sahne gleiten und häufe mir eine riesige Portion auf.

Bridget lässt sich neben mir nieder und wartet erneut gespannt meine Reaktion auf ihre Kreation ab, dabei habe ich die doch heute Morgen schon ausgiebig gewürdigt.

»Immer noch absolut perfekt«, lobe ich mit vollem Mund, während ich mit der Gabel auf das Dessert deute.

»Danke«, erklärt sie erfreut und sieht mich dann mitleidig an. »Macht die Hochzeit viel Arbeit?«

»Ja, aber das allein ist es nicht. Ich war heute mit dem Fahrrad in Chastleton House.«

»Nein! Maisie hat dich gelassen?«

»Sie nicht, aber ihr leerer Akku.«

Bridget versteht sofort und kichert leise. »Hast du Gavin kennengelernt?«

Schon sitze ich aufrecht da und stelle den Teller auf den Couchtisch vor mir ab. »Du kennst ihn?«

»Jeder kennt ihn oder besser gesagt: Jede Frau in der Gegend kennt ihn.«

Na toll. Bin ich etwa die Einzige, die bisher keine Ahnung hatte, dass Maisie von einem überaus jungen und attraktiven Witwer spricht, wenn sie den Baron erwähnt?

Seit ich den faszinierenden Gavin getroffen habe, verfolgt mich ein Gefühl der nervösen Aufregung. Dabei hat er sich nicht gerade wie ein Gentleman benommen, eher wie ein aufgeblasener Aristokrat.

»Er hat etwas, oder?«, hakt Bridget nach, die meinen Gesichtsausdruck völlig falsch deutet.

»Na ja«, wiegle ich ab. Dabei könnte ich ihr zustimmen. »Er hat auf mich eher den Eindruck gemacht, dass er einer der Männer ist, die immer das Sagen haben müssen. Alles tanzt nach seiner Pfeife und wehe, es kommt ein Wort des Widerspruchs. Ganz zu schweigen von dem Stock im Arsch.« Ich greife nach einer Weintraube und schiebe sie mir in den Mund.

Bridget lacht vergnügt auf, hält sich dann aber sofort eine Hand vors Gesicht, als wäre es nicht angemessen, so über die hiesigen Adligen zu reden.

»Also, als er einmal bei mir im Laden war, da war er wirklich sehr charmant und sogar ein bisschen flirty drauf«, flüstert sie und errötet dabei leicht.

Ich verschlucke mich fast an der Weintraube, weil ich das Bild nicht mit meiner Erfahrung vereinbaren kann. Bridget klopft mir sanft auf den Rücken, aber ich gebe ihr mit einem Handzeichen zu verstehen, dass ich mich schon wieder gefangen habe.

Seufzend sieht sie mich an. »Ronald hat es wirklich gut verstanden, dir die Männer für alle Zeit zu vergraulen.«

Ron. Allein schon die Erwähnung meines Ex-Mannes verdirbt mir die Laune.

»Das ist aus und vorbei.« Es ist nicht so, dass ich nicht über ihn reden will. Unsere kurze Ehe, die nicht einmal ein Jahr gedauert hat, ist eine der Episoden in meinem Leben, mit denen ich abgeschlossen habe. Und keine, auf die ich besonders stolz wäre. »Wir waren einfach nicht füreinander geschaffen.«

Und genauso wenig wäre ich für einen Gavin Kingsley geschaffen. Wie Ron, der als erfolgreicher Anwalt eine namhafte Kanzlei führt und sich in Kreisen der Gesellschaft bewegt, in denen ich mich nicht wohlfühle, ist ein zukünftiger Baron ein Umgang, mit dem ich nichts anfangen kann und will. Ich bin einfach nur Melissa und ich bin stolz darauf, völlig normal und durchschnittlich zu sein. Nie wieder möchte ich mich für einen Mann verbiegen müssen.

»Er ist einfach nur ein Kunde. Mehr nicht.«

»Ron?«, hakt Bridget nach.

»Nein, dieser Kingsley.«

»Ich wünschte, ich könnte Gedanken lesen«, sagt Bridget mit einem Grinsen. »Deine Gedankensprünge sind legendär.«

»Was sollte das bringen? Nur, weil ich einen Mann heute einmal kurz gesehen habe, heißt das nicht, dass meine Hormone verrücktspielen.«

»Doch, genau das tun sie. Gib es wenigstens zu. Auch eine Melissa Lambert ist nicht immun gegen die Ausstrahlung von Gavin Kingsley.«

Wie sie seinen Namen betont, als wäre er Captain America!

»Hm«, brumme ich und versuche, wenigstens zu mir ein bisschen ehrlich zu sein. Charisma hat er auf jeden Fall. Das kann ich nicht leugnen. Und dass ich mich von selbstbewussten Männern angezogen fühle, ist auch kein Geheimnis, sondern eher mein emotionales Handicap.

»Er ist ein Kunde«, brumme ich trotzdem starrköpfig.

»Sag das noch ein paar Mal. Vielleicht glaubst du es dann. Ich an deiner Stelle würde die Blumen auf jeden Fall immer liefern und keine Gelegenheit verpassen, ein paar Worte mit Gavin zu wechseln. Dann redest du wenigstens ab und zu mal mit einem richtigen Mann.«

»Warum ist er Witwer?«, wechsle ich das Thema, weil Bridget viel zu viel in eine völlig unwichtige Begegnung hineininterpretiert. Stattdessen denke ich an die arme Frau, die mit diesem Kotzbrocken leben musste. Wahrscheinlich hat er sie total unterdrückt und sie ist daran jämmerlich zugrunde gegangen.

»Warum wohl? Weil seine Frau gestorben ist«, erklärt Bridget mit einem Augenrollen.

Ich lasse ihr einen Gesichtsausdruck zukommen, der es in sich hat, und sie wird sofort ernst. »Ganz genau weiß ich es nicht. Man sagt, sie hatte eine besonders aggressive Form der Leukämie. Muss unglaublich schnell gegangen sein.«

Das berührt mich nun doch. Das würde ich nicht einmal meinem ärgsten Feind an den Hals wünschen.

Ich darf nicht ungerecht sein. Schließlich kenne ich Gavin Kingsley nicht. Ob er seine Frau schlecht behandelt hat, kann ich nicht beurteilen. Ron würde sofort Einspruch rufen und meine Unterstellungen als Mutmaßung abtun. Und da müsste ich ihm sogar Recht geben.

»Frag Maisie nach Diana. Sie wird mit dem Schwärmen nicht mehr aufhören«, ergänzt Bridget.

»Diana? Hieß sie so?«

Bridget nickt. »Sie muss ein wirklich fantastischer Mensch gewesen sein. Ich habe sie leider nie persönlich kennengelernt, aber sie war es, die unsere Läden mit Aufträgen versorgt hat. Für Maisie ist sie wie eine Heilige.«

»Erzähl.«

»Die Kingsleys hätten ohne sie niemals die Firma gegründet, mit der sie Veranstaltungen auf Ihren Ländereien organisieren. Die Idee kam wohl von Diana, der es gegen den Strich ging, dass die Besitztümer der Familie so ungenutzt vor sich hinsiechen.«

»Ohne sie wäre Maisie also längst pleite gegangen?«

»Nicht nur Maisie. Ich auch. Nach Dianas Tod hatte ich wirklich Angst, dass ich viele Kunden verliere, einfach, weil keine Veranstaltungen mehr in der Gegend stattfinden. Aber Gavin führt die Geschäfte seiner Frau fort. Zum Glück für uns.«

»Ja, zum Glück.« Ich muss diesem Mann dankbar sein. Nicht nur, dass er mich mit der wöchentlichen Blumenstraußbestellung großzügig unterstützt, nein, im Prinzip bringt er eine ganze Menge zahlungsfähige Kundschaft mit Großaufträgen in die Gegend. Merkwürdig, dass Bridget und ich nie darüber geredet haben.

»Ich glaube, ich habe mich ihm gegenüber nicht besonders gut benommen, dabei wollte er nur ...« Mit Widerwillen denke ich daran, dass mein Stolz es nicht zuließ, mir den Reifen aufpumpen zu lassen. Dabei hätte der es wirklich nötig gehabt: Die Heimfahrt war eine Tortur.

»Manchmal darf man sich auch helfen lassen.«

»Damit habe ich keine Probleme. Ich lasse mir helfen.«

»Auch von einem Mann?«

Wie immer stochert Bridget zielsicher in meinen Wunden, aber dafür liebe ich sie. Ohne ihre knallharten Rückmeldungen würde ich viel weniger über mein Verhalten nachdenken.

»Ron hat wirklich viel bei mir kaputtgemacht«, gebe ich zu und denke daran, dass er zuletzt mein ganzes Leben organisiert hat. Es fing so harmlos an, wirkte wie ein nett gemeinter Entlastungsversuch, als er zum Beispiel meine Einkäufe in die Schränke einräumte. Bis ich bemerkte, dass er die Schokolade vor mir versteckte. Anfangs fand ich es auch sehr aufmerksam, wenn er mir hinterhertelefonierte und mich fragte, was ich so machte. Bis mir klar wurde, dass er mich rund um die Uhr kontrollierte.

»Ich hätte mir den verdammten Platten aufpumpen lassen sollen«, gebe ich seufzend von mir und muss dann über mich lachen. »Nicht einmal das kann ich annehmen, weil ich nicht mehr weiß, was wirkliche Hilfe und was aufgedrückte Kontrolle ist.« Ich mag gar nicht daran denken, wie ich ihn beschimpft habe, weil er mich vor dem Sturz bewahrt hat.

»Das wird schon, du wirst sehen. Eines Tages kannst du das wieder richtig einordnen.« Bridgets Zuversicht ist einmalig. Wie es mir ohne sie ergangen wäre, mag ich mir gar nicht ausmalen.

»Wenn ich wüsste, wie lange es dauert. Ich bin eine

gefühlte Ewigkeit hier. Und Gavin Kingsley trauert jetzt auch schon über zwei Jahre um seine Frau.«

»Das kannst du nicht vergleichen. Er hat sie abgöttisch geliebt. Er will sie nicht vergessen. Du willst die Zeit mit Ron ausradieren und du wirst es auch schaffen. Ron hat es schließlich auch geschafft.«

»Ja«, bestätige ich und denke an die arme Frau, die er sich jetzt gekrallt hat. Ob es ihr genauso ergeht mit ihm? Bestimmt! Aber das darf nicht meine Sorge sein. Sie wird ganz allein herausfinden müssen, was für ein Mensch er ist.

»Alles klar soweit?«, fragt Bridget und drückt sich in den Stand.

»Hast du noch etwas vor?« Erst jetzt bemerke ich, dass sie ihre rote Lieblingsbluse trägt und sich geschminkt hat. »Ein Date?«

Verträumt lächelnd presst Bridget ihre Lippen aufeinander. Erst dann antwortet sie, wobei sie aufgeregt die Arme neben ihrem Köper hin und her schwingt. »Jeff hat mich gefragt, ob wir heute Abend noch etwas trinken gehen.«

Ich freue mich aufrichtig für sie und finde ihre Nervosität zuckersüß. Jeff ist einer ihrer Stammkunden und sie himmelt ihn schon länger an.

»Dann viel Vergnügen«, gebe ich ihr mit einem Grinsen auf den Weg.

~

Keine Stunde später liege ich hellwach im Bett und denke an Bridgets Date und daran, dass ich schon ewig keines mehr hatte. Irgendwie schleicht sich auch immer wieder

Gavin Kingsley in meine Überlegungen. Ob er mich nach einer Verabredung fragen würde? Und würde ich zusagen?

Nein, was für eine dumme Idee.

GAVIN

Das ist er also. Dieser Tag, von dem ich gedacht hatte, dass ich nie wieder einen ähnlichen erleben müsste.

Schon am frühen Morgen, lange vor dem Klingeln des Weckers, war ich wach und konnte nicht mehr einschlafen. Also habe ich mich aus dem Bett gequält und bin laufen gegangen, habe den Morgen irgendwie überstanden und mich dann in meinem Büro verschanzt, das ich samstags normalerweise meide. Aber nur hier kann ich einigermaßen sicher sein, dass man mich in Ruhe lässt.

Einmal mehr beglückwünsche ich mich zu dem Entschluss, Hannah weitestgehend in das Geschäft eingebunden zu haben. Anfangs widerstrebte es mir, Dianas Aufgaben an jemand anderen zu delegieren, doch es war die einzig richtige Entscheidung, wenn ich damit nicht selbst behelligt werden will. Und genau das möchte ich nicht.

Damals habe ich lange mit mir gerungen, doch dann gelangte ich zu der Einsicht, dass dies alles Diana zu viel bedeutet hat, um es wieder aufzugeben.

Und hier bin ich nun. Stehe am Fenster und sehe mit gemischten Gefühlen dem regen Treiben draußen im Hof zu.

Die meisten Vorbereitungen sind unbemerkt an mir vorüber gegangen. Wahrscheinlich, weil ich meine Wahrnehmung bewusst eingeschränkt und meinen Verdrängungsmechanismus aktiviert habe. Jetzt aber geht das nicht mehr. Am späten Vormittag soll die Trauungszeremonie stattfinden und Margret samt ihrer ganzen Familie sind anwesend und ziemlich aus dem Häuschen. Wenngleich ich unserer Hausdame zugutehalten muss, dass sie sich in den letzten Tagen – zumindest mir gegenüber – sowohl mit ihrer steigenden Begeisterung als auch ihrer im selben Maße wachsenden Nervosität tapfer zurückgehalten hat. Das war sogar meinem alten Herrn eine Bemerkung wert.

Ein zurückhaltendes Klopfen holt mich aus diesen Gedanken.

»Herein.«

Die Tür öffnet sich und eine Frau schlüpft in den Raum, schließt hinter sich ab, dreht sich um und lehnt sich mit einem triumphierenden Lächeln an das Türblatt. Sie trägt ein eng anliegendes Businesskostüm, die Jacke offen, die hellblaue Bluse bis weit unter den BH aufgeknöpft.

»Olivia! Was tust du denn hier? Solltest du nicht längst bei den anderen sein?« Wie zum Henker kommt sie hierher? Dass sie mein Vorzimmer nicht mehr passieren darf, hatte ich eigentlich klar gemacht, aber da heute niemand hier ist, um sie aufzuhalten …

Ach, zum Teufel.

»Ich bin extra ein wenig früher gekommen, um noch ein wenig Zeit für dich zu haben, mein Lieber.«

Mit wiegenden Hüften kommt sie auf mich zu. Ihre

Arme hat sie bisher hinter dem Rücken verschränkt. Nun stemmt sie die linke Hand in die Seite, während von ihrer rechten ein Stück Stoff baumelt. Ich starre auf das weiße, mit Spitzen besetzte Ding, und frage mich, ob es das ist, was ich glaube. Ehe ich zu einem Ergebnis komme, steht Liv vor mir.

»Ja, Gavin, das ist mein Slip. Ich habe ihn mir extra für später aufgehoben. Und das Brautjungfernkleid habe ich deshalb noch nicht angezogen, weil ich es weder verknittern noch beflecken möchte, wenn du mich jetzt hier über deinen Schreibtisch gebeugt vögelst.«

Liv hat noch nie ein Blatt vor den Mund genommen, wenn sie sich für unsere amourösen Abenteuer zu mir geschlichen hat. Ihr Dirty-Talk wirkt auch heute zuverlässig auf meine Libido. Mein Mund wird schlagartig trocken und meine Hose eng.

Ich muss zugeben, dass mir ihr Auftritt in der momentanen Situation absolut gelegen kommt. Ich wische meine Bedenken wegen der Nähe, die sie offensichtlich sucht, beiseite und lasse mich nur zu gern von meiner steigenden Lust treiben.

Olivia lässt ihren Slip auf meinen Schreibtisch fallen und sieht mich herausfordernd an. Offensichtlich hat sie meine Dominanz vom letzten Mal nicht vergessen.

»Den wirst du erst nachher anziehen«, sage ich streng. »Und jetzt dreh dich um.«

Gehorsam reckt sie mir ihre Kehrseite entgegen und beugt sich über die Tischplatte. »Komm, Gavin«, sagt sie mit rauchiger Stimme und wackelt ein bisschen mit ihrem Hinterteil. »Ich weiß doch, wie gern du es von hinten magst.«

Recht hat sie. Mein Verstand tritt langsam den Rückzug an. Auch wenn ich vor ein paar Tagen noch entschieden habe, ihr keine Audienz mehr zu geben. Heute brauche ich diese Ablenkung dringend.

»Allerdings mag ich das.« Ich gehe um den Schreibtisch herum und öffne die zweitunterste Schublade. Mein Kondomvorrat. Ich ziehe wahllos ein Briefchen heraus und reiße es auf, dann öffne ich den Reißverschluss meiner Hose und befreie meinen bereits wartenden Penis aus seinem Gefängnis. »Mehr werde ich nicht ausziehen«, sage ich zu Olivia. »Du weißt, dass wir es eilig haben, oder?«

»Oh ja, das weiß ich«, gurrt sie, und während ich um den Schreibtisch herumgehe, richtet sie sich ein wenig auf, zieht ihren engen Rock hoch über ihre Pobacken und stellt sich etwas breitbeiniger hin.

Es macht sie an, unter Druck zu stehen. Je hastiger und geheimnisvoller, umso heißer ist sie. Ein Umstand, der mir auch heute wieder entgegenkommt. Langes zärtliches Vorspiel passt nicht in mein Sexualverhalten. Schon seit Ewigkeiten nicht mehr. Je schneller und direkter es zur Sache geht, umso lieber ist es mir. In dieser Beziehung passt Olivia hervorragend zu mir. Trotzdem muss es heute das letzte Mal sein.

Ich schiebe den Gedanken beiseite und streife mir, als ich hinter ihrem einladend präsentierten Arsch angekommen bin, das Kondom über.

Olivia lehnt sich herausfordernd nach vorn. »Beeil dich, Gavin«, flüstert sie, »ich muss der Braut nachher beim Anziehen helfen.«

»Keine Sorge, du wirst rechtzeitig fertig sein«, verspreche ich ihr und lasse einen Finger durch ihre weit geöffnete Spalte gleiten. Sie ist nass. Und heiß. Sie erwartet mich. Olivia ist eine sinnliche Frau, die ungeniert ihre Lust lebt. Das war die letzten Male genau das Richtige für mich.

Mein Verstand schaltet nun vollends ab, mein

Geschlechtsorgan übernimmt die Führung. Ein bisschen spiele ich noch an ihrer Perle herum, bringe Liv zum Stöhnen. Dann schiebe ich mich langsam, aber unerbittlich in ihre feuchte, warme Tiefe. Sie stöhnt noch einmal, lauter diesmal. Ihre Finger krallen sich in das entgegengesetzte Ende der Tischplatte, so sehr streckt sie sich nach vorn. Dabei biegt sie ihr Kreuz durch, sodass ich noch leichter Zugang zu ihr habe. Meine Finger umfassen ihre prallen Arschbacken, ich lege den Kopf in den Nacken und ziehe mich ein Stück zurück.

»Gefällt dir, was du siehst?«, keucht Olivia. Ihr Kopf ist leicht zur Seite geneigt, auch sie hält die Augen geschlossen. Ich kann sie kaum verstehen, denn das Blut rauscht nun laut in meinen Ohren und mein Verlangen steigt mit jedem Stoß.

»Oh ja, und ob mir das gefällt!«

Es ist ungeheuer erregend, sie so zu sehen. Der enge Rock faltet sich um ihre schmale Taille zusammen, die zarte Haut ihres Hinterns leuchtet mir entgegen und ihre pflaumenfarbene Spalte ist deutlich zu erkennen.

Ich unterdrücke ein Stöhnen und sehe, dass sie sich auf die Fingerknöchel beißt.

»Scheiße, Liv«, keuche ich nun doch und steigere mein Tempo.

»Ja, fick mich, Gavin. Ich weiß, wie scharf du auf mich bist«, stößt sie hervor.

Das bin ich tatsächlich. Solange es unverbindlich bleibt. Allerdings verlässt diese Einschränkung weder mein Hirn noch meinen Mund, weil ich allmählich auf einen wirklich explosiven Höhepunkt zusteuere.

Sie scheint es zu spüren.

»Warte«, flüstert sie. »Ich bin noch nicht so weit.«

Mit einem unterdrückten Knurren fasse ich um sie herum und stimuliere ihre Perle. Sie spreizt ihre Beine noch ein bisschen mehr und keucht laut auf, als ich den richtigen Punkt finde und ihre Lust anfache. Wieder erstickt sie ihr lauter werdendes Stöhnen mit ihrem Handrücken und presst mir ihren Hintern entgegen.

»Ja, oh jaaa«, keucht sie. »Jetzt, Gavin. Oh ja!«

Ich spüre, wie sich ihre inneren Muskeln krampfartig zusammenziehen und hoffe, dass Liv ihre Schreie im Griff hat. Dann stelle ich endlich das Denken ein und komme ebenfalls.

Der Rausch ist kurz und heftig. Beinahe knicken mir die Knie ein. Als wir beide wieder etwas ruhiger atmen, löse ich mich vorsichtig von Olivia und entsorge das Kondom.

Erst jetzt wird mir bewusst, wie sehr ich das hier gebraucht habe, um meinen kreisenden Gedanken wenigstens für eine Weile zu entkommen. Allerdings sind sie, kaum dass ich meinen Schwanz in der Hose verstaut habe, auch schon wieder da.

»Liv, das war ... heiß, aber das letzte Mal«, sage ich kühl.

Olivia richtet sich auf, schlüpft mit einer eleganten Bewegung in ihren Slip und dreht sich zu mir um. »Ich weiß«, antwortet sie ebenso unbewegt. »Beides. Aber das war es mir wert.«

»Gut.«

Ich schenke ihr ein sparsames Lächeln und sehe ihr zu, wie sie zur Tür stolziert. Dort angekommen, dreht sie sich noch einmal zu mir um und wirft mir eine Kusshand zu.

»Mach es gut, Gavin. Du bist ein fantastischer Liebhaber, aber als Mensch ein Arsch.«

Mein wortloses Nicken zur Bestätigung sieht sie nicht mehr, da sie da bereits die Tür aufgesperrt und geöffnet hat. Dann ist sie weg.

Und ich atme auf.

Einen Moment lang stehe ich mitten im Raum, dann besinne ich mich auf die Gegenwart. Ich muss mich noch umziehen, langsam wird die Zeit knapp. Gut, so habe ich wenigstens keine Zeit mehr, um zu grübeln.

Mit großen Schritten gehe ich hinüber in den Wohntrakt. Es muss sein, auch wenn ich nach wie vor keine Lust darauf habe, aber versprochen ist versprochen. Margret ist es mir wert, sonst hätte ich mich auf diese Veranstaltung gar nicht erst eingelassen. Ihre Nichte wollte unbedingt in unseren Räumen heiraten, also bekommt sie es.

Die erste Hochzeit seit ...

Seit meiner eigenen.

Ich werfe die Tür zu meinem Ankleidezimmer hinter mir zu und schenke mir als Erstes einen Whisky ein. Noch ein kurzer Blick aus dem Fenster, dann kann es losgehen.

Wenig später ziehe ich mit einem entschiedenen Ruck meine Fliege zurecht, kreise mit den Schultern, um den Sitz meines Jacketts zu perfektionieren, und werfe einen prüfenden Blick in den Spiegel. Kurz hatte ich darüber nachgedacht, Margrets unschätzbare Dienste dadurch zu würdigen, dass ich einen Frack trage, diese Idee dann aber doch wieder verworfen. Zu overdressed. Schließlich will ich nicht dem Bräutigam den Rang ablaufen.

Der Whisky und Olivia haben mir ein wenig geholfen, zu entspannen, doch das mulmige Gefühl, das mich seit dem Aufstehen begleitet, bleibt wie ein Hintergrundrauschen mein Begleiter, als ich mein Ankleidezimmer verlasse, um mich zur Hochzeitsgesellschaft zu begeben.

Nur mit Mühe kann ich mich daran hindern, an meinem plötzlich viel zu engen Hemdkragen herumzuziehen.

Verdammt. Habe tatsächlich ich den Knoten so festgezurrt?

Egal, ich werde das hier schon irgendwie überstehen.

MELISSA

Mit ratterndem Motor steuere ich meine kleine APE zurück auf die Einfahrt des Eden und bringe sie dort mit einem gehörigen Tritt in die Bremse auf dem kiesigen Untergrund zum Stehen.

Geschafft! Entspannt atme ich aus und genehmige mir, mit beiden Händen am Lenkrad einen Moment der Ruhe, in dem ich den Kopf senke und die Augen schließe.

Seit den frühen Morgenstunden bin ich auf den Beinen und damit beschäftigt, gemeinsam mit Maisie alles für den großen Tag von Emily Lawson herzurichten. Die wunderschönen Blumenarrangements aus Margeriten und weißen Rosen sind allesamt verteilt und ansprechend hergerichtet. Ohne weitere Bedenken kann ich davon ausgehen, dass die Braut mit meiner Arbeit zufrieden sein wird. Jedenfalls war es die Hochzeitsplanerin, mit der ich vor Ort alles geklärt habe.

Trotzdem war es anstrengend. Das nächste Mal, wenn ich so einen großen Auftrag annehme, brauche ich neben Maisie hier im Laden sicherlich noch einen Helfer vor Ort.

Als ich vom Lenkrad aufsehe, sieht Maisie fragend

durch das Schaufenster zu mir nach draußen. Ich hebe den Daumen und lächle gelöst. Sofort entspannt sich ihre fragende Miene und sie grinst zufrieden.

Obwohl meine Glieder schwer wie nie wirken und ich jetzt schon eine Steigerung meiner Nackenverspannung spüre, hüpfe ich locker aus der kleinen Fahrerkabine meiner dreirädrigen APE. Für Entspannung ist jetzt nicht die Zeit. Schließlich bin ich auch auf diese Hochzeit eingeladen, was für mich als Blumenlieferantin eine echte Ehre ist. Ich kann nicht leugnen, dass mich diese liebe Geste der Braut freut und daher gehe ich auf die Hochzeit, egal wie müde ich bin.

Außerdem kann ich so meine blumigen Kreationen bewundern, während das Fest stattfindet. Wann kommt man als Floristin schon in diesen Genuss?

Mit aller Kraft drücke ich die Ladentüre mit den flachen Händen auf und stemme mich nach drinnen. Sofort empfängt mich die vertraut frische Duftmischung nach den unterschiedlichsten Blüten und Pflanzen.

»Alles erledigt?«, fragt Maisie.

»Ja«, bestätige ich und sehe mich in dem kleinen Wandspiegel, den wir neben der Kasse angebracht haben. Normalerweise schreiben wir mit wasserlöslichem Stift unsere besonderen Angebote darauf, aber jetzt zeigt er nur mein blasses Antlitz und die Überreste des Pferdeschwanzes, den ich mir heute Morgen streng gezurrt hatte.

»Dann mache ich mich mal für die Hochzeit schön«, sage ich mehr zu mir selbst und ziehe missmutig meine Nase kraus, auf der ich sogar auf die große Entfernung die vielen Sommersprossen erkenne. Die scheinen sich echt von Tag zu Tag zu vermehren.

»Aber Melissa, du bist doch schon schön«, kontert

Maisie sofort, die natürlich ahnt, worauf sich mein kritischer Gesichtsausdruck bezieht.

»Du meinst also, ich kann *so* gehen?« Ich breite die Arme aus und sie nimmt sich die Zeit, ausgiebig mein Outfit zu begutachten. Latzhose macht sich sicherlich nicht besonders gut auf einer Hochzeit, es sei denn, man ist der Pausenclown für die Kinder.

Maisie erspart sich die Antwort, lässt mir aber ein schiefes Lächeln zukommen, welches mir zu verstehen gibt, dass ich nach der ganzen Arbeit nicht mehr zurechnungsfähig bin. Dann wendet sie sich ab und greift nach ihrer Handtasche, die auf der Kassentheke steht. »Sperrst du ab? Meine Kochsendung fängt gleich an.«

»Klar sperre ich ab«, gebe ich zurück und ziehe die Augenbrauen hoch. Als ob ich jemals den Laden offen stehengelassen hätte, aber es gibt gewisse Abläufe, die ändern sich nie. Seit Maisie mich das erste Mal alleine im Eden arbeiten ließ, ist diese Frage zu unserem Verabschiedungsritual geworden.

Sie winkt mir noch über die Schulter zu und verlässt das Geschäft. Wenige Minuten später düst sie mit ihrem Elektrowagen am Schaufenster vorbei in Richtung ihrer Wohnung.

Unschlüssig, was noch alles zu tun ist, stemme ich die Hände in die Hüften und sehe mich um. Der Ladenraum ist perfekt aufgeräumt und nirgends liegt ein Zweiglein oder Blütenblatt herum. Maisie ist wirklich eine große Hilfe.

Also drehe ich das Schild an der gläsernen Tür von *Geöffnet* auf *Geschlossen* und sperre den Laden von innen ab, damit ich mich in die hinteren Räume zurückziehen kann. Dort habe ich mir längst alles für die anstehende Hochzeit hergerichtet. Ein hellblaues Sommerkleid aus

Leinen mit raffinierten Häkelelementen am Rücken, dazu warten passende High Heels und mein Schminkkoffer auf mich.

Keine zehn Minuten später bin ich umgezogen und frisiert. Ich habe beschlossen, mein hüftlanges, kupferfarbenes Haar offen zu tragen, weil es einen tollen Kontrast zu dem blauen Kleid bildet.

In dem Moment, in dem ich meine Schminkutensilien aus dem Koffer gekramt und es mir in einem Stuhl vor dem mitgebrachten Schminkspiegel gemütlich gemacht habe, spielt mein Smartphone »Treulich geführt«. Die Klingelmelodie ist eine Rockversion des Liedes, das beinahe jeder auf seiner Hochzeit beim Einzug in die Kirche spielt. Wenn nicht, dann kennt er das Lied zumindest aus unzähligen Filmen.

Was mir diese Melodie aber eigentlich sagen will, ist, dass die aktuelle Braut anruft. Ob das so kurz vor der Hochzeit ein gutes Zeichen ist? Hoffentlich will sie mir lediglich ihre Begeisterung über die blumige Komposition zum Ausdruck bringen.

»Hallo, Emily! Wie kann ich dir helfen?«, melde ich mich mit klopfendem Herzen.

»Melissa«, beginnt Emily atemlos. Ich kann schon an der Art, wie sie meinen Namen sagt, hören, dass etwas nicht in Ordnung ist. »Wir stehen gerade hier mit dem Hochzeitsfotografen unter deinem fantastischen Blumenbogen.« Oh, oh. Ihre Stimme klingt extrem angesäuert.

»Ja?«, hake ich nach und frage mich, was jetzt wohl kommen mag.

»Und Roger ... mein zukünftiger Ehemann ...«, knurrt Emily und ich wage zu hoffen, dass ihr Ärger nicht mir gilt. »... hat den Brautstrauß nicht abgeholt.«

Wie? Warum hat Maisie nichts gesagt? Sofort schnellt

mein Blick zu der Stelle, an der ich heute in aller Frühe den Brautstrauß gewässert habe. Und was soll ich sagen? Er steht noch immer da: rund, weiß und bezaubernd.

Meiner Kehle entkommt ein undefinierbarer Laut, dann habe ich mich wieder im Griff. »Ich bin schon auf dem Weg«, erkläre ich und springe vom Stuhl auf.

Nachdem Emily erleichtert das Telefonat beendet hat, sehe ich zu, den Brautstrauß fertigzubekommen, was heißt, dass ich ihn aus dem Wasser nehme und erst einmal die Stiele abtrockne. Dann wickle ich das vorbereitete weiße Band darum. Zum Glück habe ich das inzwischen oft durchgeführt und es geht mir leicht von der Hand.

Mit dem fertig gewickelten Brautstrauß in der Hand eile ich, so schnell das mit High Heels auf Kiesboden möglich ist, zu meiner APE. Vorsichtig deponiere ich den Strauß neben mir auf der Sitzbank und starte den Motor.

Die Fahrt geht los und obwohl der nicht abgeholte Strauß nicht mein Fehler war, bin ich nervös. Meine Gedanken kreisen um Maisie, die zum ersten Mal bei einem wirklich wichtigen Kundenauftrag so ein elementares Detail vergessen hat. Normalerweise hätte sie sich darum gekümmert. Hoffentlich war das nur ein einmaliger Aussetzer und nicht der Startschuss für ein nicht enden wollendes Vergesslichkeitsdebakel.

Ein lautes Hupen reißt mich aus meinen Sorgen um die alte Dame. Ich zucke zusammen.

»Hey!«, brüllt ein Mann mit drohend erhobenem Arm aus dem geöffneten Autofenster, weil ich ihm die Vorfahrt genommen habe.

»Entschuldigung«, rufe ich zurück und schneide die Kurve um das Gefährt des anderen herum, ohne vom Gas zu gehen.

Das war knapp.

Obwohl ich mich zur Ruhe ermahne, stehe ich gehörig unter Strom. Mit angehaltenem Atem und verkrampftem Griff ums Lenkrad starre ich auf die Straße vor mir. Die letzte Steigung vor Chastleton House liegt vor mir. Warum geht diese Karre nicht schneller? Und warum macht sie auf einmal so komische Geräusche?

»Oh nein«, keuche ich, weil mich das ruckartige Tuckern des Motors ordentlich durchschüttelt und mir ein unguter Geruch nach Treibstoff auffällt. Das Ding war doch eben erst in der Werkstatt. Das darf nicht wahr sein!

Doch da helfen alle inneren Verfluchungen der Autowerkstatt nichts. Meine kleine APE wird immer schwerfälliger. Ich nutze den letzten Antrieb, um sie hangaufwärts seitlich ein Stück in die Wiese zu lenken. Dabei setzt sie mich in eine gefährliche Schieflage, bevor der Motor abstirbt.

Voller Wut stoße ich einen Schrei aus und schlage mit den flachen Händen aufs Lenkrad, was mir ein schmerzhaftes Prickeln durch die Finger jagt. Wäre ich die Braut, würde ich fest daran glauben, dass meine Hochzeit von höherer Stelle sabotiert werden soll.

Keine Zeit für Gedanken dieser Art.

Nachdem ich ein paar Mal versucht habe, den Motor wieder zu starten, gebe ich es auf. Hektisch zerre ich an den Riemen meiner High Heels und schleudere sie mir von den Füßen. Anschließend schlüpfe ich in die olivgrünen Gummistiefel, die neben mir im Fußraum der Fahrerkabine stehen. Entschlossen greife ich mir den Strauß, steige aus und fange an, den Hang hinauf zu rennen.

Zum Glück ist mein Kleid nur schienbeinlang, aber in den Stiefeln zu joggen, stellt trotzdem eine große Herausforderung dar. Vor allem, weil die samtige Seidenstrumpfhose im Innenmaterial der Stiefel nicht besonders griffig ist. Und ja, vielleicht sind sie so ganz ohne Socken auch ein bisschen zu groß. Ich schlappe also den Hang hinauf und entscheide mich dann, gleich seitlich über die Wiese abzukürzen.

Mit der Zeit bekomme ich Übung, wie ich die Füße setzen muss, damit die gummierten Latschen sich auf die Art bewegen, die mich am Schnellsten voranbringt. Trotzdem signalisiert mir das verdächtige Zwicken oberhalb der Fersen, dass mich gewaltige Blasen zieren werden, wenn ich das noch lange so weitermache.

Das Gras wird auch immer höher. Der Landwirt, dem das Feld hier gehört, wird sicher alles andere als erbaut sein, dass ich ihm den Rasen glätte, den er bestimmt bald mähen wollte. Aber darauf kann ich jetzt keine Rücksicht nehmen, ich muss ankommen. Das ist mein einziger Gedanke, also halte ich mit meiner freien Hand mein Kleid etwas höher, umklammere mit der anderen weiterhin den Strauß und pflüge unbeirrt durch das üppige Grün in Richtung Ziel.

Dabei komme ich natürlich ordentlich ins Schwitzen, aber ich kämpfe mich mit zusammengebissenen Zähnen weiter vorwärts. Der Abstand zu Chastleton House verringert sich mit jedem mühsamen Schritt. Ich bewege mich inzwischen hangabwärts und kann trotz meiner beginnenden Kurzatmigkeit den Blumenbogen im Park mit dem darunter wartenden Bräutigam erkennen. Sogar auf diese Entfernung ist deutlich, wie nervös er ist!

Nicht weit davon steht eine Gestalt, die ich an ihrer großgewachsenen Statur und dem dunklen Haar sofort erkenne. Gavin Kingsley trägt einen dunklen Anzug und hat sich so aufgebaut, dass ich zwingend an ihm vorbeimuss, sobald ich das Grundstück betrete. Und das muss ich definitiv, auch wenn ich mir meinen Auftritt beileibe etwas dezenter gewünscht hätte.

Mit verschränkten Armen und lässig aufgestelltem Bein sieht er in meine Richtung. Und obwohl ich seinen Gesichtsausdruck nicht sehen kann, ahne ich, welche Reaktion mein Anblick bei ihm auslösen muss. Da kommt eine wildgewordene, rothaarige Furie mit wehendem Sommerkleid in Gummistiefeln auf ihn zu gerannt, als sei der Teufel höchstpersönlich hinter ihr her.

Aber was soll's? Ich habe eine Mission: Ich werde diesen Brautstrauß an sein Ziel bringen, ganz egal, was ein Gavin Kingsley von mir halten mag.

GAVIN

Gütiger Herr im Himmel – ist dieser Frau denn nichts heilig? Besteht sie eigentlich nur aus Katastrophen?

Der Garten ist voller Gäste, alle ausgesucht elegant und fein gekleidet. Leises Stimmengewirr zeugt von dem Respekt, den all die Anwesenden hier vor der Situation haben, und dem Bewusstsein, dass sie im Begriff sind, zusammen mit dem Brautpaar außergewöhnliche Augenblicke zu erleben.

Und sie alle warten. Aus irgendeinem mir unbekannten Grund musste der Beginn der Zeremonie nun schon mehrfach verschoben werden. Demonstrativ blicke ich auf meine Taschenuhr. Gut eine halbe Stunde sind wir hinter dem Zeitplan. Nur gut, dass Braut und Bräutigam darauf bestanden haben, die gesamte Location für sich zu beanspruchen. So haben wir wenigstens keine Zeitprobleme. Da gab es schon andere Situationen, in denen es wegen Unpünktlichkeit bei parallelen Veranstaltungen Schwierigkeiten gab! Aber das sei mal dahingestellt. Es muss dennoch alles am Schnürchen klappen – was es offensichtlich ja nicht tut.

Und jetzt rennt auch noch diese ... Blumenfee mit wehenden Haaren und – man glaubt es nicht! – in Gummistiefeln auf das Festgelände zu und denkt nicht daran, ihr Tempo zu mäßigen. Will sie die Veranstaltung sprengen? Und was, zum Henker, hält sie da eigentlich in der Hand? Ist das der Brautstrauß? Sind wir etwa deshalb zu spät dran? Weil sie in ihrer Unfähigkeit nicht in der Lage war, ihn termingerecht zu liefern?

Keinesfalls darf ich vergessen, nach dieser Aktion mit Hannah zu sprechen. Wenn diese Frau so unfähig ist, wie ich befürchte, hat sie nichts auf der Liste unserer Kooperationspartner verloren. Wer weiß, wie viele Feiern sie sonst noch ruiniert!

Dieses Desaster auf zwei Beinen wird in ein paar Schritten bei mir ankommen. Noch drei. Noch zwei. Jetzt kann sie was erleben. Schon hole ich tief Luft und senke die Stirn, als mit einem spitzen Aufschrei eine Wolke aus weißem Chiffon und Seide an mir vorbei stürmt.

Die Braut.

Augenblicklich bleibe ich stehen. Wenn Emily ohnehin schon dabei ist, ihren bräutlichen Zorn über dem Kopf ihrer Blumenlieferantin auszukippen, brauche ich nichts mehr zu tun und kann dem Spektakel zusehen. Wohl bleibe ich am besten in der Nähe, falls der Zickenkrieg eskaliert, aber ihre Abreibung wird die unzuverlässige Miss Lambert jetzt ohne Zweifel bekommen. Und das auch noch, ohne dass ich in den Fokus rücken müsste.

»Oh Melissa!«, kreischt die Braut und entreißt dem rothaarigen Elend ihren Strauß. Gleich wird sie zum Vernichtungsschlag ausholen. Ich kenne diesen Tonfall an einer Frau. »Du hast meine Hochzeit gerettet. Oh, ich danke, danke, *danke* dir!« Emily wirbelt herum, den Strauß wie eine Trophäe in die Höhe gereckt. Ihr Gesicht strahlt so, dass sie jedem Flutlicht damit Konkurrenz machen könnte.

Was, bitte sehr, geht hier vor?

Mit Blicken folge ich der Braut, die zurück ins Haus entschwindet. Immerhin kann es jetzt wohl endlich losgehen mit der Feier und der Trauungszeremonie. Das wäre also geklärt. Und was spielt Miss Lambert dabei nun für eine Rolle?

Als ich mich ihr zuwende, sieht sie mit verklärtem Blick an mir vorbei und der Braut hinterher. Wüsste ich es nicht besser, könnte ich glauben, sie sei diejenige, die mit ihrem Traummann vor den Altar tritt.

Der Ausdruck auf ihrem Gesicht, und besonders der in ihren Augen, berührt etwas in mir, das eigentlich schon lange tot ist. Offenbar hat es nur geschlummert und darauf gewartet, dass so eine verwünschte Hochzeit es wieder zum Leben erweckt. Ich wusste schon, warum ich solche Veranstaltungen nicht mehr hier haben wollte. Wäre ich nur dabei geblieben!

»Miss Lambert? Möchten Sie mich vielleicht aufklären?«, rette ich mich in einen strengen Ton.

Ihr Strahlen verfliegt, als ihr mein finsteres Gesicht auffällt, stattdessen furcht sie die Stirn.

»Wie bitte, Sir?«, fragt sie und sieht mich geistesabwesend an.

Ich kann nicht anders – mein Blick schweift an ihrer durchaus ansprechenden Silhouette hinab und bleibt an ihren unsäglichen Gummistiefeln hängen. Der Kontrast ist ... befremdlich, aber er hat etwas. Der Ausdruck *niedlich* drängt sich mir auf.

Trotzdem. Ich habe hier einen Ruf und eine Veranstaltung zu verteidigen. Wo kämen wir denn hin?

»Was soll dieser Aufzug, wenn ich fragen darf? Und wie kommen Sie dazu, so absolut unpassend in diese Veranstaltung zu platzen? Haben Sie vergessen, den Strauß mitzuliefern?«, verlange ich mit gedämpfter Stimme zu wissen. Etwas am Verhalten der Braut lässt mich zwar ahnen, dass dieses Versäumnis vielleicht nicht so übelgenommen wurde, wie es das verdient hätte, aber das hat nicht zwingend etwas zu bedeuten. Immerhin möchte ich dennoch wissen, was es damit auf sich hat.

»Ich?« Ihre grünen Augen verengen sich, ihr Ausdruck wechselt nun vollends von Sonnenschein auf Gewitterwolken. Sie stemmt die Hände in die Hüften und funkelt mich wütend an. Es sieht aus, als würde jede einzelne ihrer überschminkten Sommersprossen in ihrem Gesicht vor Entrüstung glühen. Was für ein Temperament! »Sir, ich erlaube mir untertänigst, Sie darauf hinzuweisen, dass es der geschätzte Bräutigam höchstpersönlich war, der vergessen hat, den Brautstrauß bei mir im Laden abzuholen«, faucht sie mit mühsam gedrosselter Lautstärke.

»Ach! Und Sie schieben die Schuld nicht einfach auf andere?«, versetze ich kühl, obwohl mir unter diesem Aspekt das Verhalten der Braut durchaus verständlicher vorkommt. Miss Lamberts Auftreten relativiert sich zunehmend.

»Das habe ich nicht nötig, Sir!«, zischt sie, und ihre Stimme trieft noch immer vor Entrüstung.

»Aber du hast doch gesehen, wie entzückt die liebe Emily war, dass Miss Lambert ihr den Strauß endlich gebracht hat«, ertönt neben mir eine Stimme, auf die ich gut und gern hätte verzichten können.

Richards Auftauchen befeuert meinen Ärger aufs

Neue. Ich ignoriere ihn und fixiere das Gesicht meines Gegenübers. »Und warum, wenn ich fragen darf, kommen Sie nicht mit Ihrem *Fahrrad* und in diesem ...« Wieder sehe ich an ihr hinab und mein Blick schweift über ein Paar sehr wohlgeformter Beine. Ich wedle mit der Hand in Richtung ihrer Füße. »... Aufzug?«

In Lichtgeschwindigkeit steigt flammende Röte aus ihrem Dekolleté über ihren Hals hinauf in ihr Gesicht und lässt die Wangen noch mehr glühen, als sie das bisher schon taten. Ruckartig verschränkt die junge Frau ihre Arme vor der Brust, was ihre durchaus nicht unansehnlichen Brüste nach oben drückt und ihrem Ausschnitt einen mehr als sehenswerten Aspekt verleiht.

Fasziniert starre ich genau dorthin, wo die gerötete Haut unter dem Stoff ihres Sommerkleids verschwindet. Ob sie sich so zart anfühlt, wie sie aussieht?

»Hören Sie nicht auf ihn, Miss«, redet mir Richie schon wieder dazwischen und kommt so einer Antwort von ihr zuvor. »Er ist nur etwas angespannt wegen dieser Feier.«

Es bereitet mir eine diebische Freude, dass ihn die zornbebende Frau keines Blickes würdigt, sondern ihre Augen weiterhin nur auf mich gerichtet hält.

»Nun? Können Sie auch für sich selbst sprechen?«, bohre ich trotzdem nach. Himmel – was bringt mich nur dazu, sie ständig zu provozieren?

»Und ob«, antwortet sie hoheitsvoll. »Ich habe mit all meinen verfügbaren Mitteln versucht, diese Hochzeit zu retten, indem ich unter Einsatz meiner letzten Kräfte diesen Brautstrauß hierherbringe. Ich konnte schließlich nicht ahnen, dass mir unterwegs mein Lieferfahrzeug den Geist aufgibt, sonst hätte ich natürlich mein Fahrrad genommen. Was blieb mir anderes übrig, als zu Fuß zu gehen? Ich musste auf meine Schuhe verzichten, um den

Weg überhaupt zu bewältigen! Haben Sie eine Ahnung, wie meine Fersen aussehen? Ich habe Blasen, so groß wie Ihre verflixten Golfbälle, und nun muss ich mich von Ihnen auch noch dumm anreden lassen!«

»Bitte mäßigen Sie Ihren Ton«, fordere ich sie bemüht kühl auf, weil mir in diesem Moment keine andere passende Antwort einfällt. Außer dem absurden Gedanken, ihre Wörterflut mit einem Kuss gezielt zum Versiegen zu bringen.

Natürlich tue ich das nicht und offenbar sieht Richie nun wieder seine Chance gekommen. Verflucht. Ein paar Momente lang hatte ich doch tatsächlich vergessen, dass er wie ein Geier um uns kreist auf der Suche nach einer passenden Gelegenheit. Und hier findet er sie.

»Oh, Miss Lambert, das ist ja eine wahre Heldentat, die Sie hier vollbracht haben!«, säuselt er, während er sich an mir vorbei schiebt und auf sie zugeht. Seine Geste ist die pure Effekthascherei, als er ihre Hand zwischen seine beiden nimmt und eindringlich weiterredet. »Wo ist denn das mit Ihrem Fahrzeug passiert? Kann ich Ihnen irgendwie behilflich sein?«

All seine Aufmerksamkeit ist auf Miss Lambert konzentriert, und schließlich verfehlt seine eindringliche Stimme ihre Wirkung nicht. Die Blumenfrau wendet ihm endlich ihren Blick zu.

»Und Sie sind?«, fragt sie irritiert.

»Richard Hamilton. Stets zu Diensten.« Sein Lächeln könnte Steine zum Schmelzen bringen und ich würde ihm dafür am liebsten eine in die verlogene Fresse geben, aber als Gentleman darf ich an so etwas natürlich nicht einmal denken.

»Ein entfernter Verwandter der Familie«, sage ich mit einer wegwerfenden Geste, doch wie es scheint, hört sie das gar nicht mehr. Ihre Augen sind auf Richie gerichtet, ihre Stirn jedoch bleibt ungnädig gerunzelt wie zuvor.

»Ah. Mr Hamilton, haben Sie vielleicht auch die Absicht, mich wegen meiner unpassenden Aufmachung anzupflaumen?«

»Aber ganz im Gegenteil, meine Teure.« Die Verbeugung, die der Idiot da vor ihr abzieht, sieht so grotesk übertrieben aus, dass ich mich frage, warum Miss Blumenstrauß nicht in Lachen ausbricht. »Ich habe die Absicht, Ihnen meine vollste Unterstützung anzubieten. Wie es scheint, sind Sie momentan ohne passendes Schuhwerk und ohne fahrbaren Untersatz.«

Himmel – so geschraubt drückt er sich doch nur aus, wenn er etwas erreichen will. Was soll das Theater hier?

»Du hast doch gehört, dass ihr Lieferwagen eine Panne hat«, mische ich mich ungnädig ein. »Ich werde einem unserer Mitarbeiter Bescheid geben, dass er Sie dorthin fährt, Miss Lambert. Ansonsten bitte ich Sie, die Feier ab jetzt nicht mehr weiter zu stören.« Aus dem Augenwinkel habe ich bemerkt, dass die Gäste nun fast alle auf ihren Plätzen sitzen und Bräutigam und Trauzeugen unter dem Blumenbogen Aufstellung bezogen haben. Jeden Moment muss die Braut am Arm ihres Vaters herauskommen und die Zeremonie kann endlich beginnen. »Der Teil mit dem nicht mehr Stören gilt auch für dich«, wende ich mich an Richard. Verdammt – wer hat ihn eigentlich eingeladen zu dieser Hochzeit? Leider verbietet mir sowohl die Situation als auch meine persönliche Zurückhaltung, ihn einfach am Kragen zu packen und vor die Tür zu setzen.

»Wozu einen deiner Mitarbeiter bemühen? Natürlich bringe ich Miss Lambert zu ihrem Auto.«

»Das ist nicht nötig, Mr Hamilton«, wehrt sie halbherzig ab, doch es ist ihr anzumerken, dass sie zumindest darüber nachdenkt, das Angebot anzunehmen.

»Oh, das macht mir nichts aus«, setzt Richard nach. »Ich bringe Sie hin und wir holen Ihre Schuhe. Was wir dann mit Ihrem Fahrzeug machen, sehen wir vor Ort, wenn ich weiß, wo das Problem liegt.«

»Einer unserer Chauffeure wird sofort bereit sein«, halte ich dagegen. Sie wird sich doch nicht von Richie einlullen lassen?

»Wissen Sie, Sir«, richtet die streitbare Blumenfee nun das Wort wieder an mich und sieht mich herausfordernd an. »Ich glaube, ich werde tatsächlich das Angebot von Mr Hamilton annehmen, denn es ist überaus zuvorkommend. Allerdings«, nun wendet sie sich wieder an Richie, »schlage ich vor, dass wir erst nach der Trauung aufbrechen.« Ihr Blick wird weich. »Ich möchte zu gern sehen, wie die beiden sich das Ja-Wort geben.«

»Mit diesen Schuhen?«, entfährt es mir und dafür ernte ich einen vernichtenden Blick. »Wenn Sie ohnehin so lang warten möchten, kann auch ich Sie später zu Ihrem Wagen bringen.«

»Man muss eben Schwerpunkte setzen«, sagt sie würdevoll. »Und ja, ich warte lieber. Und nein danke, ich möchte Ihre Hilfe keineswegs beanspruchen.«

Das war deutlich. Richard verneigt sich wieder. Dieser nichtsnutzige Lurch!

»Wie recht Sie haben, Miss Lambert. Haben Sie denn schon einen bestimmten Platz?« Merkt sie eigentlich nicht, wie er übertreibt?

Sie zuckt die Schultern und sieht sich unschlüssig um. »Ich weiß nicht. Nein, ich glaube nicht.«

»Jetzt schon«, kommt es triumphierend von meinem Cousin und er hält ihr den Arm entgegen. »Bitte, kommen

Sie mit. Natürlich sitzen Sie neben mir, keine Frage. Du hast doch sicher nichts dagegen, Gavin?«

»Selbstverständlich nicht.« Was sollte ich darauf schon sagen? Es interessiert mich nicht im Geringsten, wo sie sitzt und mit wem sie zu ihrem Pannenfahrzeug gelangt. Ich wollte nur höflich sein. Jetzt aber möchte ich nur noch, dass diese Feier anständig über die Bühne geht, daher nicke ich knapp und lasse die beiden stehen. Auf dem Weg zu meinem Platz fällt mir wieder auf, wie eng mein verdammter Knoten gebunden ist, und ich versuche unauffällig, ihn zu lockern.

Rasch gleite ich auf den Sitz neben meinem Vater, der mir einen tadelnden Blick zuwirft.

»Konntest du nicht wenigstens pünktlich sein?«, zischt er mir zu. »Margret hätte gern noch ein paar Worte mit dir gewechselt, aber du warst ja unauffindbar.«

»Ich hatte noch mit der Organisation zu tun«, flüstere ich zurück und gebe ihm dann mit einer Geste zu verstehen, dass er sich auf das Geschehen vor uns unter dem Blumenbogen konzentrieren und schweigen soll. Gleichzeitig weiche ich Olivias Blick aus, die neben der Braut Aufstellung bezogen hat und immer wieder versucht, mit mir in Blickkontakt zu treten. Dafür habe ich gerade jetzt absolut keinen Nerv. Ich kann nur hoffen, dass sie mich nach dieser Feier in Ruhe lässt und nicht anfängt, zu klammern.

Eine Bewegung aus dem Augenwinkel lässt mich nach links sehen. Richard und Miss Lambert sitzen nicht weit von meinem Platz entfernt. Er hat seine Hand auf ihre gelegt und flüstert ihr etwas ins Ohr. Sie sieht lächelnd zu ihm auf und deutet auf ihre Gummistiefel. Auch er lacht.

Wieder würde ich ihm am liebsten eine verpassen.

Muss dieser Kretin wirklich jede Frau anmachen, die in seine Nähe kommt?

Ich starre auf Miss Lamberts Hand, als könnte ich sie hypnotisieren und so dazu bringen, die von meinem Cousin abzuschütteln, aber das tut sie nicht. Mit einem unterdrückten Knurren wende ich mich wieder dem Geschehen unter dem Blumenbogen zu.

Hoffentlich ist dieser Tag bald vorbei.

MELISSA

Während ich gemeinsam mit Mr Hamilton lache, streife ich mir das Kleid auf den Beinen glatt und schiele unauffällig zu Gavin Kingsley.

Er starrt stur geradeaus, aber mir fällt auf, dass sich seine Kiefermuskulatur verkrampft. Man könnte meinen, er hat etwas gegen mich. Ständig ist er auf der Suche nach Fehlern, und wie er sich mir gegenüber verhält, ist absolut unverschämt.

»Machen Sie sich nichts draus. Er denkt zwar, er sei der geborene Gentleman, aber er hat keinen Schimmer, wie man sich einer Lady gegenüber verhält«, säuselt Mr Hamilton mir ins Ohr.

Ich atme lautstark ein und versuche noch immer, eine Erklärung für Mr Kingsleys gestelztes Benehmen zu finden. Mr Hamilton berührt mich vertraulich am Arm und lenkt meine Aufmerksamkeit auf sich. Sanft lächelt er mich an und ich merke, wie viel Trost mir diese Geste spendet.

»Suchen Sie die Ursache nicht bei sich. Er kann nichts

dafür, dass er mit einem Stock im Arsch geboren wurde«, erklärt Mr Hamilton grinsend.

Ich kichere, aber sofort trifft mich Gavins kritischer Blick und ich presse die Lippen aufeinander. Hat der Mann auch irgendwann einmal Spaß in seinem Leben?

Also gut. Ich richte meinen Blick nach vorne und erspähe den Bräutigam, der gemeinsam mit dem Pfarrer auf den Einzug der Braut wartet.

Die folgende Zeremonie ist einfach wunderbar. Traumhaft! Wie hypnotisiert verfolge ich das Geschehen, bin völlig im Bann des verliebten Paares. Auf diese Art kann ich sogar den griesgrämigen Beinahe-Baron, der einige Reihen schräg vor mir sitzt, vergessen. Erst als das frisch vermählte Brautpaar an uns vorbeizieht und alle aufgestanden sind, um selig lächelnd Beifall zu klatschen, wage ich, zu ihm zu sehen.

Er applaudiert zwar ebenfalls und hat den Mund sogar irgendwie verzogen, als könnte es in Richtung eines Lächelns gehen. Doch, sobald das glückliche Paar an ihm vorüber ist, senkt er den Blick und starrt ins Leere. Gedankenverloren knetet er mit ein paar Fingern seine Stirn. Ob es ihm nicht gutgeht?

»Miss Lambert ...«, beginnt Mr Hamilton hinter mir, aber ich recke mich, um Gavin Kingsley dabei zu beobachten, wie er ziemlich rasant einen Weg aus seiner Sitzreihe sucht, um dann mit schnellen Schritten einen unauffälligen Abgang hinzulegen.

»...darf ich Sie nun zu Ihrem Wagen geleiten?«, fragt Mr. Hamilton weiter. Ich wirble zu ihm herum, recke den Zeigefinger in die Höhe und er verstummt sofort.

»Einen Moment bitte«, beginne ich. »Ich bin gleich wieder da.« In Anwesenheit von Mr Hamilton kann ich keinen klaren Gedanken fassen. Er umschwirrt mich wie eine Fliege, zugegebenermaßen wie eine elegante Fliege, aber meine Neugier treibt mich dazu, Kingsley zu folgen. Ich kann nichts dagegen tun, irgendwie habe ich so ein Gefühl, als müsste ich ihm helfen.

Jeder Schritt in diesen Stiefeln schmerzt entsetzlich. Ich bin überhaupt nicht mehr in der Lage, mich annähernd normal zu bewegen. Trotzdem folge ich Gavin Kingsley, so schnell ich kann. Der große Mann macht lange Schritte, aber nachdem ich das stattliche Herrenhaus umrundet habe, sehe ich ihn gerade noch in den Stallungen verschwinden.

Voller Neugier schleiche ich mich zu dem offenstehenden Tor und schiebe mich seitlich bis zum Eingang vorwärts. Von drinnen kann ich das laute Ausschnauben eines Tieres hören und dann ein patschendes Klopfen, was mich vermuten lässt, dass jemand kräftig den Hals eines Pferdes tätschelt.

Angespannt wage ich einen Blick in den Stall. Direkt vor mir befindet sich ein größerer Raum, der wahrscheinlich als Putzplatz für die Tiere genutzt wird. Dahinter gibt ein Durchgang den Blick in die Stallgasse frei und dort steht Gavin Kingsley mit dem Rücken zu mir vor einer Pferdebox. Mit leisen Worten redet er auf das Pferd ein, das es sich gern gefallen lässt, von Gavin hinter den Ohren gekrault zu werden.

Was will ich hier eigentlich? Dieser Mann braucht keine Hilfe und schon gar nicht von mir. Ich mache einen Schritt rückwärts, aber mein Gummistiefel schrammt über die Türschwelle und das Geräusch ist verdammt gut zu hören.

»Liv, ich habe dir doch gesagt, dass es das letzte Mal war«, sagt Kingsley laut. Ich zucke zusammen. Er hat sich noch nicht zu mir umgedreht, vermutet sogar eine andere Frau. Mit angehaltenem Atem beschließe ich, mich dezent zurückzuziehen, ehe er mich hier entdeckt.

»Sie?« Jetzt hat er sich in meine Richtung gewandt und sein genervter Gesichtsausdruck möchte mich in die Flucht schlagen. Warum nur kann ich nicht einfach verschwinden, sondern lasse mich von seiner Miene zusätzlich provozieren? Wie angewurzelt bleibe ich stehen.

»Ja, ich.«

»Verfolgen Sie mich?«

»Nein, natürlich nicht.«

Er lacht auf. Kurz und knapp. Klar, ein Mann wie er kann sich vermutlich vor Verehrerinnen nicht retten.

»Wollte Richard Sie nicht zu Ihrem Wagen bringen?« Mittlerweile hat er seinem Pferd den Rücken zugekehrt und kommt auf mich zu.

Natürlich wollte er das. Aber ich musste ja dem Hausherrn nachlaufen, um ... ja, um was zu tun? Um ihn davon zu überzeugen, dass er ein völlig falsches Bild von mir hat? Dass er sich mir gegenüber benehmen kann, auch, wenn ich nicht adlig bin? Dass ich den Eindruck habe, dass es ihm nicht gutgeht?

Warum sollte er ausgerechnet mir gestatten, seine Schwäche zu sehen?

»Was ist mit Richard?«, hakt Gavin nach, als er direkt vor mir steht. In meinen Kopf schwirren unendlich viele Gedanken. Verwirrt sehe ich zu dem großen Mann auf und fühle mich seinem eindringlichen Blick ausgeliefert. Da brodelt etwas Wildes, Ungebändigtes hinter der vornehmen Fassade. Es ist zum Greifen nah. Fasziniert versinke ich in seinen dunklen Augen. Nach und nach entspannen sich seine harten Gesichtszüge. Die Sanftheit, die sich mir in diesem Augenblick zeigt, löst überraschenderweise ein verbotenes Prickeln in mir aus. Ich hätte diesem Mann so viel zu sagen, will ihn fragen, warum er von der Feier weg ist, aber ich ahne, dass jedes Wort aus meinem Mund diesen Moment der Offenheit zerstören würde. Also schlucke ich die Fragen hinunter, halte den Atem an und nehme jede Regung in Gavins Gesicht in mich auf.

Und dann, als ich den Eindruck habe, dass er sich wieder vor mir verschließen will, sprudelt es unkontrolliert aus mir heraus.

»Ich hätte Sie nicht so anschreien dürfen, als Sie mich vor dem Fahrradsturz bewahrt haben. Das tut mir schrecklich leid. Ich habe mich wirklich nicht von meiner besten Seite gezeigt. Eigentlich bin ich wirklich umgänglich und hasse Konflikte.« Mein Herz schlägt viel zu schnell. Warum bin ich so aufgeregt? Es könnte sein, dass es auch daran liegt, weil Mr Kingsley mir so nahegekommen ist. Mittlerweile wünsche ich mir sogar, dass er endlich etwas zu mir sagt. Aber er bleibt ruhig und verschlossen. Sein neutrales Gesicht lässt keinen Spielraum für Deutungen zu.

»Aber Sie sind auch nicht ganz unschuldig an unserem Streit. Sie hätten mir sagen können, dass die Blumen für Sie sind. Stattdessen führen Sie mich zu Ihrem Vater und lassen mich auflaufen wie die größte Idiotin der Welt«, erkläre ich ohne Punkt und Komma. Ich rede mich in Rage. Wollte ich eben noch Frieden stiften, merke ich, wie mich die Erinnerung an diese Blamage wieder richtig wütend macht. Ich erhebe die Hand und deute auf mein Gegenüber in dem noblen Anzug.

»Sie müssten doch wissen, wie man sich benimmt. Und

heute sagen Sie mir, ich soll das Fest verlassen? Wissen Sie denn nicht, dass ich eingeladen bin? Ja, da staunen Sie! Die einfache Frau aus dem Blumenladen hat eine Einladung bekommen. Und vielen Dank auch, dass Sie meine Schuhe kritisiert haben. Es ist mir nun einmal wichtig, meine Kunden glücklich zu machen. Wenn der Bräutigam den Strauß vergisst, dann ist es mir egal, was ich an den Füßen habe.«

So. Nun fällt mir nichts mehr ein. Ich ziehe meine erhobene Hand langsam von Mr Kingsley zurück, der meine Schimpftirade wortlos über sich ergehen ließ. Kraftlos zucke ich mit den Schultern und lasse die Arme sinken. Ich wage es nicht einmal mehr, ihm in die Augen zu sehen.

»Sie hassen Konflikte?«, fragt er leise.

»Ja«, raune ich und sehe zu Boden. Der Schuss ist ja gewaltig nach hinten losgegangen.

»Und Sie sind umgänglich«, stellt er fest wie ein Anwalt, der einen Zeugen befragt, den er gleich fertig machen will.

Wieder einmal habe ich verloren. Mit dieser unüberlegten Aktion habe ich mich ein weiteres Mal ins Aus befördert. Ich verschränke die Arme und presse die Lippen aufeinander. »Normalerweise ... schon«, flüstere ich, dann wende ich mich ab, um zu verschwinden. Am besten, ich buche mir den nächsten Flug zum Mond und eröffne dort einen Laden für emotionslose Gesteinsbrocken und die nenne ich die Kingsley-Edition. Wie konnte ich nur davon ausgehen, dass sich ein adliger Witwer mit gebrochenem Herzen ausgerechnet einer Frau aus dem Volk anvertrauen will?

Ich komme nur ein paar Schritte weit, als Gavin mich einholt und festhält. In Erwartung eines wütenden Wortschwalls wappne ich mich innerlich gegen einen Angriff, aber stattdessen schlingt er seine Arme um mich, zieht mich an sich und schon liegen seine warmen Lippen auf meinen. Es dauert ein paar Sekunden, bis ich begreife, was passiert. Meine Verkrampfung löst sich auf, ich lasse mich fallen und nehme den leidenschaftlichen Kuss auf, ohne zu einer anderen Reaktion fähig zu sein. Seine Lippen bewegen sich fordernd. Der Kuss hat etwas Zorniges an sich und ich erwidere ihn ebenso heftig. Dann, völlig unerwartet, schiebt Gavin mich von sich und sieht mich für einen Moment, sichtbar nach Luft schnappend, an.

»Das war ein Fehler, verzeihen Sie«, brummt er, fährt sich durch das ohnehin schon zerzauste Haar und geht. Er lässt mich einfach stehen?

Mein Mund bewegt sich, möchte sinnvolle Worte formulieren, aber ich bleibe sprachlos zurück. Mein Kopf ist wie leergefegt und übervoll zugleich. Wie soll ich damit umgehen? Wie soll ich das einordnen? So etwas ist mir wirklich noch nie passiert.

»Gavin?«, fragt eine schwache Stimme aus Richtung des Herrenhauses und schon schiebt sich der Baron höchstpersönlich an der Hausecke vorbei. Sachte bewegt er sich über den steinigen Boden, wackelig auf seinen Stock gestützt. Dann sieht er mich.

Sofort bleibt er stehen, stemmt den Spazierstock vor sich in die Erde und belastet ihn mit beiden Händen. »Ach, Sie sind es. Haben Sie zufällig meinen Sohn gesehen?«

Ja, das habe ich. Und wir haben uns sogar geküsst, aber natürlich binde ich das dem alten Herrn nicht auf die Nase. Stattdessen lächle ich ihn freundlich an und deute in die Richtung, in die Gavin eben verschwunden ist. »Er ist dort hinüber gegangen.«

»Dann wird Hannah ihn schon finden. Es gibt ein kleines technisches Problem«, erklärt Baron Kingsley und sieht mich kurz von oben bis unten an, wobei sein Blick eindeutig zu lang auf meinen Gummistiefeln hängen bleibt.

Wie in Zeitlupe dreht der alte Mann sich anschließend in die entgegengesetzte Richtung, um den Weg zurück zum Haus zu nehmen. Dabei wirkt er derart wackelig auf mich, dass ich mir ernsthaft Sorgen mache, er könnte den Rückweg nicht schaffen.

Ich hebe die Arme, öffne den Mund, um ihm meine Hilfe anzubieten, lasse es dann aber doch. Was ich sofort bereue, als der Baron mit dem Schuh an einem etwas größeren Stein auf dem Weg hängenbleibt und gefährlich ins Wanken gerät.

Blitzschnell eile ich zu ihm und greife ihm beherzt unter den Arm, um ihn zu stützen.

»Hoppla«, entkommt es mir, und das gilt nicht nur dem ziemlich hilflosen Baron, sondern auch meinen Fersen, die bei dieser Aktion der schnellen Schritte mit wütendem Brennen daran erinnern, dass die Blasen an ihnen immer größer werden.

Kirk Kingsley nimmt meine Unterstützung dankbar an. Sofort lastet einiges an Gewicht auf meinem Arm und ich denke, dass ich gerade noch einmal einen Sturz verhindert habe.

»Vielen Dank, junge Dame«, sagt der Baron, als er wieder sicher steht. Dabei lächelt er mich an. »Es ist heiß für diese Jahreszeit, finden Sie nicht auch?«

»Ja«, stimme ich zu, dabei vermute ich, dass die kleine Gangunsicherheit nicht wegen des Wetters aufgetreten ist. Wahrscheinlich ist der alte Herr nur zu stolz, das zuzugeben. »Möchten Sie ein Glas Wasser?«, frage ich, obwohl er hier der Hausherr ist und es gewiss ziemlich unpassend erscheint, ihm das anzubieten.

»Gern«, erklärt er.

Langsam will ich meine Hände von ihm zurückziehen, aber er klemmt mich regelrecht unter seinem Arm ein. »Nein, bitte. Würden Sie mich zu einem der Stühle im Schatten begleiten?« Er nickt in Richtung der Parkanlage. »Das tut sicher auch Ihnen gut.«

»Natürlich.«

Gemeinsam machen wir uns auf den Weg.

Im Grunde sieht es für Beobachter bestimmt aus, als hätte ich mich bei dem Baron untergehakt und würde entspannt mit ihm zu einem der kunstvoll geschmiedeten Stühle schlendern, die einladend unter einem Baum platziert sind. Dabei bin ich jederzeit bereit, sofort stützend einzugreifen, sollte der alte Herr erneut ins Schwanken geraten. Auf der saftigen Wiese angekommen, deren Boden weich ist, sinkt der Spazierstock unerwartet tief ein.

»Sie tragen eindeutig das richtige Schuhwerk«, witzelt der Baron.

»Da haben Sie recht. Mit High Heels auf dieser Wiese zu laufen, ist bestimmt eine Herausforderung.«

Er lacht und wir schaffen es schließlich bis zu den Stühlen. Kirk Kingsley lässt sich sofort auf dem ersten nieder, um dann entspannt auszuatmen. Ich sehe mich um, entdecke in einiger Entfernung ein Tablett mit Getränken auf einem Stehtisch und greife mir kurzerhand etwas davon.

»Bitteschön.« Nachdem ich dem Baron ein Getränk überreicht habe, nimmt er sofort einen großen Schluck davon.

Dann höre ich dumpfe Schritte auf dem Gras hinter mir. Alarmiert drehe ich mich um, in Erwartung, erneut auf Gavin zu treffen. Aber mein wilder Herzschlag beruhigt sich, als ich Mr Hamilton auf uns zukommen sehe.

»Onkel Kirk, geht es dir nicht gut?«, fragt er sofort.

»Doch, doch. Alles in bester Ordnung«, antwortet der Baron mit fester Stimme.

Mr Hamilton sieht mich fragend an. »Es ist ungewöhnlich heiß heute«, erkläre ich deshalb schnell. »Ein schattiges Plätzchen ist da gerade recht. Ich bin auch froh, endlich aus der Sonne zu sein.«

Sicherlich ist es das Letzte, was der Baron will, dass ich hier über seinen kleinen Schwächeanfall plaudere. Als ich nun zu ihm sehe, lächelt er mich zufrieden an.

»Sie sagen es, Miss Lambert«, stimmt er mir zu und ich bilde mir sogar ein, er zwinkert dabei leicht.

»Wollen Sie nun zu Ihrem Wagen?«, erkundigt sich Mr Hamilton freundlich.

Ich nicke. Was soll ich auch noch länger hier? Erneut auf Gavin zu treffen, ist aktuell das Letzte, was ich will.

Der Baron hält mir sein leergetrunkenes Glas hin. Automatisch nehme ich es ihm ab und bringe es zu dem Stehtisch, von dem ich es geholt habe.

»Eine wirklich liebenswerte junge Dame«, höre ich Kirk Kingsley hinter mir noch sagen. Ein Kompliment, das ich mit einem Lächeln annehme. Und dann lausche ich wie gebannt, als Mr Hamilton dem Baron von meiner Aktion mit dem Brautstrauß berichtet. Anscheinend hat es sich unter den Gästen herumgesprochen, mit welchem Einsatz ich ihn geliefert habe.

»Dann begleitest du Miss Lambert zu ihrem liegengebliebenen Wagen?«, fragt der Baron in dem Moment, in dem ich mich wieder zu den beiden geselle.

»Richtig.«

»Warum hat Gavin das nicht übernommen?«, hakt der Baron nach.

Beinahe hätte ich laut aufgelacht. Er glaubt doch nicht

wirklich, dass sein verbohrter Sohn eigenhändig aktiv geworden wäre, um mir zu helfen. Allerdings kann ich ihm das auch nicht verdenken. Als er mir das erste Mal geholfen hat, war ich nicht besonders dankbar.

Mr Hamilton erspart sich ebenfalls die Antwort auf die Frage seines Onkels. Stattdessen zuckt er nur mit den Schultern und der Baron gibt sich die Antwort selbst. »Er hat heute viel zu tun.«

Mr Hamilton und ich nicken zustimmend.

Dann verabschiede ich mich von Kirk Kingsley und mache mich mit Mr Hamilton auf den Weg zu meiner kleinen APE.

Zum Glück muss ich den Weg nicht laufen. Auch, wenn ich dieses Mal alle Zeit der Welt dafür gehabt hätte, kann ich in diesen Schuhen keinen Meter mehr gehen. Das kurze Stück bis zum Parkplatz des Anwesens reicht mir völlig. Obwohl auf dem Platz eine Menge Fahrzeuge geparkt sind und auch der schwarze Oldtimer des Brautpaars mit dem von mir gestalteten Blumenschmuck sofort ins Auge sticht, ahne ich gleich, welches Auto zu Mr Hamilton gehört, noch bevor er zielstrebig darauf zu steuert.

Das kleine silberne Cabrio passt zu dem Mann wie die Faust aufs Auge.

Wie selbstverständlich öffnet er seinen Kofferraum und ich weiß sofort, dass der nicht für mich, aber ganz sicher für meine dreckigen Gummistiefel bestimmt ist. Also schlüpfe ich aus den Schuhen, besehe mir kritisch die schmerzenden Stellen oberhalb der Fersen. Wenigstens ist die Seidenstrumpfhose noch intakt, aber darunter ist die Haut eindeutig verfärbt.

Vorsichtig lege ich die Schuhe in den Kofferraum und

hoffe, dass von dem wie geschleckt aussehenden Teppichbezug nichts verdreckt wird.

Dann tapse ich mit so wenigen Schritten wie möglich auf Zehenspitzen zur Beifahrertür, die mir von Mr Hamilton galant aufgehalten wird. Das ist wirklich ein netter Mann. Warum können nicht alle so sein? Schon sitze ich und keine Minute später fahren wir vom Hof und verlassen Chastleton House.

Die wenigen hundert Meter bis zu meiner APE eignen sich kaum für ein Gespräch, weshalb ich schweige und mir mit geschlossenen Augen den Fahrtwind ins Gesicht wehen lasse.

»Das ist Ihr Fahrzeug?« Mit dieser Frage reißt Mr Hamilton mich aus meiner Entspannung. Als ich die Augen öffne, sehe ich meine kleine Schrottkarre. Sie steht noch genauso schief am Hang, wie ich sie zurückgelassen habe. Mr Hamilton bremst sein Auto, lenkt es neben die Fahrbahn und kommt zum Stehen.

»Das ist es«, gebe ich zu. »Wollen Sie wirklich versuchen, es in Gang zu bekommen?«

»Ich dachte, wir holen Ihre Schuhe und ich nehme Sie dann wieder mit zurück zur Hochzeit.«

O weh! Wenn ich mir nur vorstelle, meine wunden Füße in die High Heels zu pressen, wird mir schon schlecht. Und ganz nebenbei bemerkt wird mir auch flau im Magen, wenn ich daran denke, Gavin wiederzusehen.

»Ich glaube, ich schaffe das nicht«, gebe ich zu, drehe mein Bein seitlich und riskiere einen Blick nach unten.

Mr Hamilton legt den Kopf schief. »Das sieht böse aus.«

»Ist es arg unverschämt von mir, wenn ich Sie darum bitte, mich nach Hause zu bringen?«, frage ich leise.

»Miss Lambert. Es wäre unverschämt von mir, Ihnen

dies nicht anzubieten«, erklärt Mr Hamilton sofort. Ich atme erleichtert aus.

»Danke.«

Grinsend deutet Mr Hamilton noch zu meiner APE. »Soll ich Ihre Schuhe trotzdem holen?«

Ich nicke lachend, und schon springt Mr Hamilton aus dem Cabriolet, um meine Schuhe zu holen. Die APE ist nicht abgeschlossen, sodass er ohne Probleme an die High Heels kommt. Wie eine Siegestrophäe hat er die Riemchen über einen Finger hängen und schlendert mit pendelnden Schuhen zu mir zurück. Dankbar nehme ich das wirklich teure Paar auf meinen Schoß und betrachte sie wehmütig. Ich hätte sie so gern getragen.

Während der Fahrt nach Hause sieht Mr Hamilton immer wieder zu mir. Irgendwann wage ich einen Blick zu ihm.

»Hatte mein Onkel einen Schwächeanfall?«, fragt er plötzlich.

»Nein«, sage ich rasch. Es steht mir nicht zu, über den Baron irgendwelche Aussagen zu treffen. Ich möchte gegenüber meinen Kunden verschwiegen sein und da ich keine Ahnung habe, wie es um das Verhältnis des Barons zu Mr Hamilton steht, werde ich nichts darüber sagen. Außerdem war es ja auch tatsächlich kein echter Schwächeanfall, sondern ... der Baron ist eben ein wenig gestolpert, nichts weiter.

»Haben Sie Streit mit Ihrem Cousin?« Mal sehen, wie offen Mr Hamilton mir gegenüber ist. Sichtlich überrascht geht er für den Bruchteil einer Sekunde vom Gas, aber er hat sich schnell wieder gefasst.

»Vielleicht«, lautet dann seine Antwort.

»Da vorn müssen Sie links abbiegen«, gebe ich ihm den Weg zu mir nach Hause vor. Kurz darauf sind wir auch schon angekommen. »Da ist es«, erkläre ich und deute auf das malerische Steinhäuschen, in dem ich mit Bridget wohne.

Mr Hamilton wirft einen neugierigen Blick auf das Haus. »Niedlich«, gibt er von sich und dann sieht er mir in die Augen.

Ich weiß sehr wohl, dass er mit mir flirten will, aber Gavins Kuss spukt mir noch immer im Kopf herum. Verkrampft kralle ich meine Finger in die High Heels auf meinem Schoß und Mr Hamilton bemerkt es.

»Ich habe sie mir extra für heute gekauft«, erkläre ich schnell und löse den festen Griff.

»Dann muss ich dafür sorgen, dass sie noch ihren großen Auftritt bekommen.«

Wie? Überrascht konzentriere ich mich wieder auf ihn.

»Wie wäre es, wenn Sie mich auf eine Party bei Freunden begleiten würden? Nächstes Wochenende.«

Ist das wirklich sein Ernst?

Eigentlich würde ich gerne dankend ablehnen, doch da taucht erneut das Bild eines streng dreinblickenden Gavin vor meinem inneren Auge auf. Aber ... schließlich muss ich mich vor niemandem rechtfertigen, mit wem ich meine Freizeit verbringe. Schon gar nicht vor einem Gavin Kingsley. So weit kommt es noch! Außerdem kann ich nichts dafür, wenn er irgendein Problem mit Mr Hamilton hat. Mich kann er schließlich auch nicht leiden, also passe ich sehr gut zu dem Mann neben mir.

»Ja, das wäre toll«, sage ich deshalb.

»Das wird es ganz gewiss ..., wenn Sie dabei sind.«

Lächelnd nehme ich die vielen Schmeicheleien an. Anschließend beobachte ich, wie Mr Hamilton aussteigt, meine Gummistiefel vor der Haustür platziert und mir sogar die Autotür aufhält, damit ich aussteigen kann. Was für ein Gentleman!

Als er mit seinem schicken Cabrio davonbraust, sehe ich ihm nachdenklich hinterher. Warum kann Gavin Kingsley nicht so unkompliziert sein?

Und warum, Himmel noch mal, wünsche ich mir das überhaupt?

GAVIN

Drei Tage später sind endlich alle Spuren der Hochzeit beseitigt. Noch nie kam es mir so lang vor, bis die Arbeiten im Nachgang einer Veranstaltung erledigt waren wie dieses Mal. Sicher liegt das nur daran, dass ich ohnehin dagegen war, aber das zählt nicht mehr. Es zählt einzig die Tatsache, dass es vorüber ist und so schnell nicht wieder vorkommen wird.

Seit dem frühen Morgen sitze ich an meinem Schreibtisch, aber ich kann mich nicht konzentrieren, habe schlecht geschlafen und von Diana geträumt. Immer wieder schiele ich zu ihrem Bild neben dem Bildschirm. Und immer wieder frage ich mich, warum meine Gedanken unweigerlich zu einer gewissen Rothaarigen abdriften, die mir seit dem Wochenende nicht mehr aus dem Kopf gehen will.

Ich habe diese kleine Kratzbürste geküsst, als gäbe es kein Morgen für mich. Als bekäme ich nie wieder eine Frau unter die Finger. Und als hätte ich seit Wochen keinen Sex mehr gehabt. Was ist nur in mich gefahren?

Zuerst ficke ich Liv auf meinem Schreibtisch und kurze Zeit später falle ich über Melissa her.

Melissa. Hübscher Name.

Wahnwitzigerweise regt sich mein bestes Stück auch jetzt wieder in meiner Hose, genau wie am Samstagnachmittag im Stall. Hätte ich mich nicht gewaltsam von ihr losgerissen, wäre sie schnell in den Genuss gekommen, meine beinharte Erektion zu spüren. Dabei ist sie nicht mal mein Typ. Ich fand diese elfenhaften Frauen nie sonderlich reizvoll.

Einfach nur die Erleichterung, dass das Geräusch in meinem Rücken nicht von Liv kam, konnte es nicht allein gewesen sein. Schon bei ihrer wütenden Ansprache vor der Feier hätte ich Melissa Lambert gern auf diese Weise zum Schweigen gebracht. Dann im Stall habe ich es getan, aber da sagte sie ohnehin schon nichts mehr. Und die Stille zwischen uns war ... sehr verführerisch, denn Melissa hatte einen leisen Laut von sich gegeben. Himmel ... Warum, zum Teufel, habe ich das Undenkbare getan? Ich fand sie doch vom ersten Moment an unausstehlich. Ein Wunder, dass sie mir nicht augenblicklich einen Tritt in die Kronjuwelen verpasst hat.

Ich kann es nicht leugnen: Melissa Lambert macht mich an. Auf eine gänzlich andere Art und Weise als Olivia. Aber wie konnte das passieren?

Wieder schwenkt mein Blick zu Diana. Auf dem Bild lächelt sie, als hätte man ihr gerade den Himmel zu Füßen gelegt. Ich erinnere mich noch gut daran, wann das Foto aufgenommen wurde. Den Himmel habe ich ihr zwar nicht geschenkt, aber an diesem Tag habe ich sie gefragt, ob sie meine Frau werden will.

Und sie hat Ja gesagt.

Es scheint mir eine Ewigkeit her zu sein. Und es ist eine

Ewigkeit her, dass ich zuletzt glücklich war. Ich meine, richtig glücklich. Nicht nur zufrieden oder gerade mal sexuell befriedigt. Was also passiert da mit mir?

Ein Tumult vor meiner Bürotür reißt mich aus meinen melancholischen Gedanken und ich bin geradezu froh darüber.

Trotz meiner Erleichterung gereizt, springe ich auf und bin mit wenigen langen Schritten an der Tür und reiße sie auf. Ich lande unvermittelt in einer Szene wie aus einem schlechten Film, denn drei Frauen halten sich in meinem sonst so ruhigen und geordneten Vorzimmer auf. Sie lachen und gackern, als hätten sie alle zusammen den Verstand verloren.

»Was zum Henker ist hier los?«, belle ich unkontrolliert heraus.

Der Lärm verstummt schlagartig. Drei weibliche Augenpaare wenden sich mir zu, eins größer und entgeisterter als das andere, und doch alle drei unterschiedlich. Phoebe, meine Sekretärin, die ich noch nie laut habe lachen hören, sieht verschreckt aus. Hannah, meine Assistentin, der ich mehr Ernst zugetraut habe, unterdrückt nur mühsam ihre Belustigung, und die dritte im Bunde ... ja, die dritte der drei entfesselten Damen vor meiner Bürotür ist die rothaarige Blumenfee, der noch vor wenigen Augenblicken meine absolut nicht jugendfreien Gedanken galten.

Melissa Lambert. Für einen Moment stockt mir der Atem, dann fällt mir ein, dass ja heute Dianas wöchentlicher Blumentag ist.

Melissa steht da, einen Fuß vorgestreckt, als wollte sie ihn ins rechte Licht rücken. Sie trägt höchst unkleidsame Sandalen und deutlich sichtbar ein breites Pflaster an der Ferse, aber das locker fließende Sommerkleid in einer

Pastellfarbe, deren Namen ich nicht kenne, schmeichelt ihren aufregenden Kurven in geradezu unverschämter Weise. Muss sie sich eigentlich so herausfordernd zurechtmachen, wenn sie nur Blumen vorbeibringt?

Ich reiße meinen Blick hoch zu ihrem Gesicht. Ihre Augen blitzen mich trotzig und herausfordernd an, sie reckt das Kinn ein wenig höher und holt tief Luft. Trotzdem wird sie rot bei meinem Anblick.

Nun bin ich gespannt, was sie mir zu sagen hat. Doch leider kommt Hannah ihr zuvor.

»Miss Lambert bringt Ihre Blumen, Sir, und nebenbei hat sie uns ihre Odyssee mit dem vergessenen Brautstrauß erzählt. Verzeihen Sie, wenn wir Sie gestört haben, aber ... die Sache war doch zu lustig.«

»So ... war sie das?« Ich runzle die Stirn. Kann die reizvolle Kratzbürste also auch anders als vorlaut zu sein? Offensichtlich. »Wie geht es Ihren Füßen, Miss Lambert?«, würge ich hervor, weil mir nichts Besseres einfällt und ich um keinen Preis der Welt jetzt einfach wieder in meinem Büro verschwinden und weiter trübsinnigen – oder gar erotischen – Gedanken nachhängen will.

»Danke, gut, Sir«, entgegnet sie. »Wie Sie unschwer erkennen können, bin ich noch ein wenig gehandicapt, was anständige Schuhe betrifft, aber das hat sich hoffentlich bis zum Wochenende wieder erledigt.«

»Ach, das macht doch nichts«, wirft Hannah ein, während Phoebe nur einen schüchternen Seitenblick zu mir wagt. »Es ist doch warm genug draußen, um in offenen Sandalen zu gehen.«

»Aber ein wenig eleganter sollten sie schon sein«, erwidert Melissa und wendet sich samt ihrem Strauß in der Hand wieder zu Hannah.

»Hauptsache, sie tun dir an der Ferse nicht weh.«

Hannah zuckt mit den Achseln. »Alles andere ist doch wirklich nebensächlich.«

»Findest du? Sieht das nicht plump aus?«

Haben mich die drei Grazien vergessen? Es ist ein normaler Vormittag, ergo Arbeitszeit. Ich zahle weder Phoebe noch Hannah dafür, dass sie herumstehen und plaudern.

Eine leise Stimme in meinem Hinterkopf erinnert mich daran, dass mich so etwas noch nie interessiert hat, doch ich bringe sie zum Schweigen. Es geht hier ums Prinzip.

Aber um welches?

»Miss Lambert, wenn Sie dann die Güte haben wollen, die Blumen hereinzubringen und in die Vase zu stellen?«, unterbreche ich den lockeren Plausch und weise mit einer steifen Handbewegung in mein Büro, wo seit dem Morgen bereits besagtes Gefäß voller Wasser auf seine Bestimmung wartet.

»Selbstverständlich, Sir.«

Sie wendet sich in Richtung Tür und kommt auf mich zu, den Strauß wie einen Schutzschild vor sich. Ich trete beiseite und lasse sie passieren.

»Bis nächste Woche, Melissa«, ruft Hannah ihr noch hinterher und verlässt das Vorzimmer. Gut so. Sie hat den Wink verstanden und ohnehin genug zu tun.

»Ja, bis dann.« Miss Lambert schiebt sich an mir vorbei und eine Wolke aus Düften streift meine Nase. Unmöglich zu unterscheiden, ob sie nur den Blumen entsteigt oder von der Frau kommt, die sie im Arm hat.

Während ich noch in der geöffneten Tür stehe und dem Geruch nachspüre, höre ich Phoebe fragen: »Kommt Maisie nicht mehr her?«

Neugierig lausche ich der Antwort.

»Nein, ab sofort hat Mellissa die Lieferungen übernommen. Ist auch besser so. Maisie wird schließlich nicht jünger.«

Dann schließe ich die Tür und ein Satz, den ich kurz zuvor gehört habe, dringt an die Oberfläche.

Mein Blick gleitet zu der kleinen Blumenfee. »Warum müssen Ihre Füße bis Samstag wieder in Ordnung sein?«, forsche ich, obwohl es mich weder interessiert noch etwas angeht. Oder vielleicht interessiert es mich ja doch.

»Ich bin auf eine Party eingeladen«, antwortet Miss Lambert gedankenverloren, während sie den Strauß in der Vase zurechtzupft.

»Ach. Auf eine Party?«

»Ja.« Sie tritt einen Schritt zurück und begutachtet das Ergebnis. »Ich begleite Mr Hamilton und habe vor, eleganteres Schuhwerk zu tragen als Schlappen oder Gummistiefel. – So, fertig. Sind sie zufrieden, Sir?«

Sie wendet sich mit einem verschmitzten Gesichtsausdruck zu mir und ich setze ein hastiges Lächeln auf.

»Selbstverständlich, Miss Lambert. Perfekt wie immer, vielen Dank.« Dass ich beinahe an etwas ersticke, das sich heiß und kalt zugleich anfühlt, versuche ich weitgehend zu verbergen.

Was zum Henker hat Richard sich da schon wieder erlaubt?

»Was für eine Feier ist es denn, wenn man fragen darf?«

»Oh, ich weiß es nicht genau«, sagt sie und wischt sich die Hände an einem Taschentuch ab. Ein kleines grünes Blatt segelt zu Boden, doch sie bemerkt es nicht. »Irgendein kleines Gartenfest, glaube ich.«

»Und Richard Hamilton hat Sie eingeladen, ihn zu begleiten?«

»Ja.« Sie strahlt. »Das ist sehr nett von ihm, nicht wahr?«

»Sehr nett. Sicher.«

Mehr werde ich dazu nicht sagen, und wenn ich mir die Zunge abbeißen muss. Warum eigentlich bin ich nicht auf die Idee gekommen, Miss Lambert dorthin mitzunehmen? Vielleicht, weil ...

»So, ich muss weiter. Hat mich gefreut, Sie wiederzusehen, Sir.«

Sie tut tatsächlich so, als sei nichts gewesen, als hätte es den Kuss im Stall nicht gegeben. Das erleichtert mich, denn es hatte für mich keinerlei Bedeutung. Für sie offenbar auch nicht. Sehr gut.

Tatsächlich?

Sie geht an mir vorüber zur Tür, wieder umhüllt mich eine Duftwolke aus Blumen und Früchten und Verheißung, dann schnappt sie sich eine riesige Handtasche von Phoebes Schreibtisch und wirbelt hinaus.

Und ich? Ich muss dringend mit Richard reden!

Die Gelegenheit ergibt sich noch am selben Abend. Normalerweise kommt mein werter Cousin nur selten vorbei. Meistens mit dem Vorwand, sich nach dem Gesundheitszustand meines Vaters zu erkundigen. Oberflächlich zumindest. Und ich bin sicher, dass ihn das auch tatsächlich interessiert. Aber aus anderen Gründen als echter familiärer Anteilnahme. Ich traue ihm nicht über den Weg.

Es ist noch hell draußen, als er eintrifft. Ich habe nicht schon wieder mit ihm gerechnet, nachdem er erst am

Samstag anlässlich von Emilys Hochzeit hier aufgelaufen war, aber es trifft sich gut.

Er schlendert in den Salon meines Vaters, in dem wir uns hin und wieder abends zu dritt einfinden, Margret, mein Vater und ich, und tut so selbstverständlich, als wäre dies auch sein Zuhause. So war er immer schon.

»Wie geht es dir, Onkel Kirk?«, fragt er und schenkt sich einen Drink ein.

»Wie soll es mir schon gehen«, antwortet mein Vater in seiner üblichen nörgeligen Art, die er sich zugelegt hat, seit er nicht mehr so gut zu Fuß ist. »Ich sitze herum und sehe zu, wie die Zeit vergeht, während ihr euch alle köstlich bei Golf oder Polo amüsiert.«

»Niemand spielt Polo, Vater«, korrigiere ich ihn, doch er winkt nur ab.

»Du weißt, wie ich das meine. Es ist langweilig.«

»Wir können eine Partie Schach spielen«, bietet Margret ihm an, doch er winkt ab.

»War Samstag alles in Ordnung mit dir?«, bohrt Richard nach und ich werde hellhörig.

»Was soll nicht in Ordnung gewesen sein?«, hake ich ein. »Was soll das bedeuten? – Vater, was meint er damit?«

»Nichts meint er«, wiegelt mein alter Herr ab. »Ich bin mit meinem Stock an einem Grasbüschel hängengeblieben, das ist alles.«

»Gut, dass sich Miss Lambert um dich gekümmert hat, nicht wahr, Onkel Kirk?«

»Ach – hat sie das?« Was war mit meinem Vater los und warum weiß ich davon nichts? Und was hat Melissa damit zu tun?

»Sie ist ein zauberhaftes Mädchen«, tut mein Vater kund, und der Ton, in dem er es sagt, lässt mich aufhorchen.

»Ja, das ist sie wirklich«, bekräftigt Margret. »Emily war ihr so dankbar wegen ihres Brautstraußes.«

»Das hat sie toll gemacht.« Richard lümmelt sich auf das Sofa neben dem Kamin. Fehlt nur noch, dass er die Füße samt seinen Schuhen auf das Sitzpolster legt.

»Was war am Samstag und was hat Miss Lambert damit zu tun?«, insistiere ich.

»Sie hat mir ein wenig Gesellschaft geleistet«, berichtet mein Vater mit einer Stimme, die deutlich ausdrückt, dass er nicht darüber reden will. »Das wird doch wohl noch erlaubt sein, oder?«

»Sie gehört nicht zu unseren Kreisen, wie du weißt«, wende ich ein und frage mich im selben Moment, wie ich nur solchen Unsinn reden kann. So betrachtet, gehörte auch meine Frau nicht zu unseren Kreisen.

»Sei nicht so arrogant, mein Sohn«, kommt auch umgehend der Tadel.

»Ach, er wird eben wunderlich in letzter Zeit«, winkt Richard ab. »Ich dagegen kenne solche Standesdünkel noch immer nicht.«

»Deshalb willst du Miss Lambert auch auf die Party im Golf-Club mitnehmen, nicht wahr?«, entfährt es mir unkontrolliert.

Richard wird blass und setzt sich auf. »Ich wüsste nicht, was dich das angeht.«

Mit einem Schulterzucken wende ich mich ab. »Du solltest die Finger von ihr lassen, Sie ist keine von deinen üblichen Eroberungen.«

»Was weißt du schon von meinen Eroberungen?«

»Gavin, Richard – bitte!«, mahnt Margret, die sich angesichts des unversehens aggressiven Tonfalls von uns beiden sichtlich unwohl fühlt. »Euer Vater sollte sich nicht aufregen.«

»Nein, lass nur, Margret«, wehrt dieser ab. »Die beiden Jungen sollen sich endlich mal aussprechen. Aber ich höre mir das lieber trotzdem nicht an. Komm, meine Liebe. Wir verschwinden hier.«

Als die beiden den Raum verlassen haben, wird die Stimmung schlagartig um einige Grad kälter.

»Es geht dich einen feuchten Scheißdreck an, mit wem ich ausgehe, du toller Hecht«, faucht Richard.

»Geh aus, mit wem du willst, aber Miss Lambert ist eine bodenständige und seriöse junge Frau.«

»So wie Diana?«

Die Luft zwischen uns gefriert.

»Lass meine Frau aus dem Spiel, Richie.«

»Sie hätte meine Frau sein sollen«, spuckt er aus. »Dann wäre sie wenigstens noch am Leben!«

»Was soll das heißen?«

»Dass du dafür verantwortlich bist, dass sie nicht mehr am Leben ist.«

»Es war Krebs, du Idiot«, brause ich auf und spüre, wie sich alle meine Härchen im Nacken aufstellen. Hat er jetzt total den Verstand verloren? »Kein Mensch kann etwas dafür. Und das weißt du verdammt noch mal so gut wie ich.«

»Trotzdem – du hättest es verhindern müssen.« Er starrt mich vorwurfsvoll an. Er kann doch nicht im Ernst der Meinung sein, ich hätte Dianas Krankheit aufhalten können? »Du hast sie mir weggeschnappt, also hattest du die Aufgabe, sie zu schützen. Und jetzt willst du schon wieder eine Frau, für die ich mich interessiere.«

»Blödsinn! Ich will sie absolut nicht«, schleudere ich ihm entgegen, doch etwas in mir sagt mir, dass er nicht unrecht hat. Warum sonst stört es mich so, dass Melissa mit Richard ausgeht?

»Ach ja?« Seine Stimme wird höhnisch. »Aber ich sage dir eins: Diesmal wirst du nicht landen. Diesmal werde ich die Nase vorn haben.«

Er kippt den Drink hinunter und springt auf, knallt das Glas auf den Tisch und geht zur Tür. Ohne Gruß reißt er sie auf und verschwindet, was mich von der Wahl befreit, ihn entweder hinauszuwerfen oder zu verprügeln.

Was für ein Idiot!

Dabei muss ich mir selbst durchaus die Frage stellen, wer hier eigentlich der Idiot ist. Was mische ich mich da überhaupt ein? Weil ich immer noch so empfindlich bin, wenn die Sprache auf Diana kommt? Weil es mich immer noch so schmerzt, dass sie nicht mehr da ist?

Es sollte mir gleich sein, dass Richard mir ihren Tod anlastet, aber das tut es nicht. Weil auch ich selbst ihn mir anlaste.

Immer noch. Und immer wieder. Gegen mein eigenes, besseres Wissen.

MELISSA

»Ich bin nervös«, gebe ich zu und drehe mich in meinem Kleid vor dem Spiegel. Das zarte Etwas habe ich mir extra gekauft, damit ich heute mit Mr Hamilton auf die Party gehen kann, zu der er mich eingeladen hat.

»Das verstehe ich, aber du hast keinen Grund dazu«, sagt Bridget aufmunternd. Sie hat mich bei der Auswahl des Kleides unterstützt und steht mir auch heute zur Seite, damit ich mit gutem Gefühl auf das Fest gehen kann. Trotzdem bin ich aufgeregt, weil das mein erstes richtiges Date seit der Trennung von Ron ist.

Wurde mein Outfit in dem hellblauen Leinenkleid am letzten Wochenende noch von Gavin belächelt, hätte er heute sicherlich keinen Grund mehr dazu.

Sofort dränge ich den Gedanken an ihn zur Seite. Meine heutige Aufmachung und generell jede meiner Aufmachungen hat ihn nicht zu interessieren. Nach der Blumenlieferung diese Woche, bei der er mir deutlich gezeigt hat, dass er sich tatsächlich nur für die Blumen begeistern kann, die ich ihm bringe, bin ich bedient. Allerdings bin ich auch stolz auf mich. Ich habe diese Bewährungsprobe mehr als nur gut gemeistert. Was hatte ich für eine Panik, ihm erneut unter die Augen zu treten, und dann war da nichts zwischen uns. Überhaupt nichts.

Umso mehr ärgert es mich, dass ich jetzt schon wieder an ihn gedacht habe, wo ich doch mit dem sympathischen Mr Hamilton verabredet bin.

Wieder werfe ich einen Blick auf das lange weiße Kleid mit den rosafarbenen Blumen darauf. Die Riemchenschuhe passen perfekt dazu. Zum Glück sind die Druckstellen inzwischen einigermaßen verheilt. Dank ein paar hautfarbener Blasenpflaster konnte ich die entsprechenden Punkte gut abdecken. Die Schuhe drücken zwar auf die verletzten Stellen, verursachen aber keinen Schmerz mehr.

»Wo genau findet die Party eigentlich statt? Weißt du das inzwischen?«, fragt Bridget mich erneut. Sie hat sich die letzten Tage im Ort umgehört, weil sie normalerweise gut über Feste in der Gegend informiert ist und neugierig war, wohin Mr Hamilton mich entführt.

»Nein«, gebe ich zu. Mr Hamilton hat mich zwar noch einmal im Laden angerufen, um mir mitzuteilen, dass er mich am frühen Nachmittag abholen wird, aber ich habe mich schlichtweg nicht getraut, ihn zu fragen. »Ich denke, das wird bestimmt eine so kleine und private Feier sein, dass im Dorf niemand darüber redet.« In Gedanken stelle ich mir eine nette Gartenparty zur Eröffnung der Grillsaison vor.

»Das wird bestimmt schön«, erklärt Bridget, als hätte sie eine Kristallkugel, mit deren Hilfe sie in die Zukunft sehen kann.

Nickend stimme ich ihr zu. Ich will, dass es ein angenehmer Nachmittag wird. Auf der einen Seite möchte ich mich mit dieser Verabredung von Ron lösen und auf der anderen Seite den intensiven Kuss vergessen, den Gavin Kingsley mir aufgedrückt hat. Seine Lippen waren so fordernd, seine Berührung so eindringlich.

Schluss! Schon wieder Gavin. Wie soll ich diesen Mann nur aus meinen Gedanken kicken?

»Soll ich die Haare hochstecken?«, will ich nun von Bridget wissen. Jedes Thema ist mir recht, solange es mich von Gavin Kingsley ablenkt.

»Nein, würde ich nicht. Du hast die schönsten Haare, die ich kenne.« Wie zum Beweis zieht sie mit den Fingern eine Strähne ihrer dünnen Spaghettihaare in ihr Sichtfeld und begutachtet diese kritisch, was mich zum Lachen bringt.

»Okay, dann lasse ich jetzt alles so, wie es ist«, beschließe ich. Dieser Kommentar bringt mir einen Blick der besonderen Sorte von Bridget ein. Schließlich hat sie die letzte halbe Stunde über geduldig beobachtet, wie ich jede noch so kleine Sommersprosse überschminkt habe. Da das Kleid ein großzügiges Dekolletee freilegt und zusätzlich nur über dünne Träger verfügt, dauerte das eine halbe Ewigkeit. Die kleinen Flecken sind wirklich überall.

Bridget sieht auf ihre Armbanduhr. »Das wird auch Zeit. Wenn er zur pünktlichen Sorte gehört, dann ist er in zehn Minuten da.«

»Der Nachtisch!«, rufe ich aus. »Den wollte ich doch noch verpacken.«

Sofort eile ich in unsere winzige Küche, in der wir kaum zu zweit Platz haben. Begeistert begutachte ich erneut das liebevoll angerichtete Tablett mit den leckeren Gebäckteilchen.

Dank Bridgets Hilfe konnte ich eine Auswahl an bunten Macarons herstellen. Okay, ich habe ihr ein bisschen geholfen und sie hat die ganze Arbeit gemacht. Das

Ergebnis kann sich wie immer sehen lassen. Dank Himbeeren, Pistazien, Mandeln und Zitronen lockt eine bunte Vielfalt das Auge an und ich bin sicher, dass die anderen Gäste von Bridgets Köstlichkeiten ebenso angetan sein werden wie ich.

Zur Dekoration habe ich ein paar Blütenblätter auf dem Tablett verteilt. Jetzt muss ich das Ganze nur noch vorsichtig abdecken, damit es heil auf der Party ankommt. Sachte drapiere ich etwas Frischhaltefolie über dem Gebäck. Ich bin eben fertig, als es an der Tür klingelt.

»Das wird er sein«, flüstert Bridget, die sich anhört, als wäre sie ebenso aufgedreht wie ich. Sie eilt zum Fenster, um den Besucher in Augenschein zu nehmen. »Geile Karre!«, ruft sie. »Geiler Typ.«

»Wünsch mir Glück«, bitte ich sie und sie hält mir die Tür auf, damit ich samt Tablett und Handtasche gut über die Schwelle komme.

»Viel Spaß«, singt sie noch in mein Ohr und lässt ihre Augenbrauen dabei wackeln.

Meine Aufmerksamkeit schnellt sofort zu Mr Hamilton. Wüsste ich es nicht besser, könnte man meinen, hier stünde der Klassenstreber, der frisch von der Eliteuni in die Semesterferien entlassen wurde. Sein volles Haar hat er zu einem etwas schleimig wirkenden Seitenscheitel gekämmt. Dazu trägt er ein Poloshirt mit Strickpullunder und eine Stoffhose ohne eine Falte. Seine hellen Schuhe, die bestimmt von einem namhaften Designer stammen, sind strahlendweiß und so unbenutzt, dass sie vermutlich frisch aus dem Geschäft sind. Er sieht schick aus, sehr schick. Was mich zu der Frage bringt, ob ich dem Anlass entsprechend gekleidet bin.

»Guten Tag, Miss Lambert«, begrüßt er mich. »Sie sehen toll aus.«

Sein Kompliment verdrängt meinen kurzen Anflug von Unsicherheit.

»Guten Tag«, begrüße ich ihn ebenfalls und lächle ihn aufrichtig erfreut an. Obwohl er etwas spießig wirkt, ist er ein gutaussehender Mann. Ich freue mich sehr auf den Nachmittag mit ihm.

Nun unterzieht Mr Hamilton das Tablett mit dem Nachtisch in meinen Händen einer genaueren Musterung. »Was ist das?«, fragt er sofort. Seine Augenbrauen ziehen sich irritiert zusammen.

»Das? Der Nachtisch«, erkläre ich. Weiß der wohlerzogene Mr Hamilton denn nicht, dass man nicht mit leeren Händen auf eine Party geht? Wahrscheinlich nicht. Denn er nickt nur, wobei sich seine Mundwinkel dabei irgendwie kritisch nach unten verziehen. Aber er sagt nichts weiter, öffnet stattdessen nur seinen Kofferraum, damit wir das Tablett dort sicher unterbringen können. Dann wiederholt sich sein zuvorkommendes Verhalten vom letzten Wochenende, indem er mir galant die Autotür aufhält und wartet, bis ich eingestiegen bin. Sanft drückt er die Tür zurück ins Schloss und schon sitzt er neben mir.

Zielsicher greift Mr Hamilton nach einer verspiegelten Pilotensonnenbrille vor sich auf dem Armaturenbrett und drapiert sie auf seiner Nase. Schon langt er nach dem Zündschlüssel und grinst mich breit an, als der Motor röhrend seinen Dienst antritt. Das alles wirkt ein bisschen skurril auf mich, als wäre ich in die Produktion eines kleinen Werbefilmchens für Sonnenbrillen, Autos oder schicke Pullunder geraten. Vielleicht geht es aber auch um Haarspray, das der Frisur von Schnöseln den Halt gibt, den die Fahrt in einem Cabrio verlangt.

Ups. Ich hätte doch irgendetwas mit meinen Haaren machen sollen, aber es ist zu spät. Wir brausen über die

Landstraßen und ich merke, wie mir die Haare ins Gesicht und um den Kopf schlagen, als hätte jemand meinen Kopf in den Wäschetrockner gesteckt. Krampfhaft versuche ich, meine langen, fliegenden Strähnen mit den Händen einigermaßen zu bändigen. Herrje – bis wir ankommen, werde ich aussehen wie eine Hexe.

Mr Hamilton hat die Musik recht laut aufgedreht, damit wir überhaupt etwas hören können, das der Fahrtwind nicht verschluckt. Sein Musikgeschmack irritiert mich beinahe ebenso wie seine heutige Frisur. Lionel Richie? Ehrlich jetzt?

Egal. Mein Vorhaben, mit ihm einen schönen Nachmittag zu verbringen, wird das nicht boykottieren.

»Wo fahren wir eigentlich hin?«, traue ich mich, zu fragen.

»Nach Feldon Valley.«

»Feldon?« Das kenne ich. Der kleine Ort ist keine neun Meilen von Little Compton entfernt. Da gibt es nicht viel, außer dem ... exklusiven Golfclub.

Eine kleine Welle erneuter Nervosität überfällt mich. Das wird doch wohl nicht eine Party in dem Golfclub sein, der eine so hohe Jahresgebühr verlangt, dass kein halbwegs normaler Mensch sich den Beitrag überhaupt leisten kann.

Nein, denke ich mir. Wahrscheinlich findet nur rein zufällig in dem Ort eine kleine Gartenparty statt, zu der Mr Hamilton auch eingeladen ist.

Aber warum ist er so spießig angezogen?

Ich könnte ihn einfach fragen, ob wir in den Golfclub fahren, doch mein Hals fühlt sich seltsam zugeschnürt an. Daher halte ich mir nur weiter die wehenden Haare und beobachte, ob unser Weg tatsächlich in Richtung des Clubs geht.

Leider ist es so.

So richtig realisieren will ich das aber erst, als wir auf dem Parkplatz des noblen Clubs zum Stehen kommen.

Shit!

So gefüllt, wie der Platz ist, handelt es sich um eine größere Veranstaltung. Und den schicken Fahrzeugen nach zu urteilen, bewege ich mich finanziell ganz eindeutig unter dem Niveau der anderen Teilnehmer.

»Kommen Sie?«, fragt Mr Hamilton mich und da registriere ich erst, dass er längst ausgestiegen ist und mir die Beifahrertür aufhält.

Verkrampft versuche ich ein Lächeln. Ich hoffe, es gelingt mir. Da muss ich jetzt wohl durch. Während ich mich aus dem tief liegenden Auto kämpfe, fühle ich mich leider an ähnliche Situationen in meiner Vergangenheit erinnert, in die mein Ex mich gern gebracht hat. Es war ihm so wichtig, sich in gewissen Kreisen zu bewegen, und ich als seine Frau sollte da immer besonders elegant aufgemacht sein. Kein Kleid war zu edel, kein Schmuck zu teuer. Wohlgefühlt habe ich mich nie. Die Menschen kamen mir verkrampft und unecht vor. Dieses ganze aufgesetzte Gehabe will ich nicht mehr für mich. Da würde ich mir am liebsten schon rein aus Protest die Schminke von den Sommersprossen abkratzen und meine Haut so zeigen, wie sie ist.

Als könne ich die Party rasch hinter mich bringen, je schneller ich damit beginne, eile ich auf den Eingang des Clubhauses zu.

»Was ist mit dem Nachtisch?«, fragt Mr Hamilton hinter mir. Ich erstarre, verziehe den Mund, bevor ich antworte.

»Denken Sie, dass das angemessen ist?«, erkundige ich mich, während ich mich zu ihm umdrehe.

Er zuckt mit den Schultern. »Das süße Zeug fällt ja sonst nur im Kofferraum völlig in sich zusammen. Am Ende läuft da noch etwas Klebriges aus.«

Er hat also mehr Sorge um seinen Wagen als um die Süßspeise an sich. Und es ist ihm egal, wie meine sicher überflüssige Gabe ankommen wird. Trotzdem gehe ich zu ihm zurück, um mein Tablett an mich zu nehmen. Es wäre wirklich ein Jammer, den leckeren Nachtisch im Auto versauern zu lassen. Bridget würde mir das nie verzeihen und ich mir auch nicht. Also trage ich das Tablett vor mir her und wir treten gemeinsam durch den großen Eingangsbereich des Clubhauses.

»Mr Hamilton«, wird mein Begleiter sofort von einer Art Türsteher begrüßt, der mehr wie ein Butler aussieht. Mr Hamilton überreicht ihm einen großen weißen Umschlag und der Mann nimmt diesen mit einer angedeuteten Verbeugung entgegen.

Ob das die Einladungskarte oder eine großzügige Spende für den Club ist, werde ich wahrscheinlich nicht erfahren.

»Ich wünsche Ihnen und Ihrer zauberhaften Begleiterin einen angenehmen Nachmittag«, erklärt der Mann. Während er mich sanft anlächelt, senkt sich sein Blick auf mein Tablett und seine Augenbrauen ziehen sich unmerklich nach oben.

Ich verspüre den Drang, das Tablett schleunigst irgendwo abzustellen, aber Mr Hamilton hat vertraulich seine Hand auf meinen unteren Rücken gelegt und schiebt mich weiter. Wir verlassen das Gebäude durch die großzügige Terrassentür gegenüber dem Eingang und finden uns mitten im Partygeschehen wieder. Von überall her dringen die Geräusche diverser Unterhaltungen und eine Drei-Mann-Band, bestehend aus Sänger, Kontrabass und

Klavier, was für unaufdringliches Hintergrundgeplänkel sorgt.

Mir verschlägt es die Sprache. Die anwesenden Frauen sind dermaßen aufgetakelt, dass ich selbst dann nicht mithalten könnte, wenn ich mich noch für eine Hochsteckfrisur entschieden hätte.

»Richie!«, tönt eine Männerstimme neben mir und ich zucke zusammen, lasse fast das Tablett fallen.

»Charles«, freut sich Mr Hamilton und begrüßt den anderen jungen Mann mit Handschlag. Der könnte sein Zwilling sein. Ich sage nur: geschleckte Frisur, Polohemd, Stoffhose, unbenutzte Schuhe und ... ja ... ein Pullunder.

»Wen haben wir denn da?«, fragt Charles, während er mich aufmerksam von oben bis unten mustert. Ich finde, er ist mir dabei ein bisschen zu nah gekommen. Gut, dass ich das Tablett als Abstandshalter vor mir habe. »Gehörst du zum Service?«, fragt er mich direkt.

»Nein«, entgegne ich bissig. Wie unverschämt, mich sofort zu duzen.

»Sie hat ein Mitbringsel dabei. Ist das nicht niedlich?«, erklärt Mr Hamilton und zieht mich an sich, während er mir auf die Schulter tätschelt, als wäre ich ein kleines Kind.

»Wo hat er Sie aufgegabelt?«, fragt Charles weiter und tut nun immerhin der Form Genüge. Es kommt mir vor, als belächle er mein offenes Haar. »Ihr seid wohl mit dem Cabrio da?«

Wahnsinn! Wo bin ich hier nur hineingeraten? Auf was habe ich mich eingelassen? Ist ja sehr zuvorkommend, dass er mich nun siezt, aber das macht es nicht unbedingt besser. Ich hole gerade Luft, um dem Kerl so richtig meine Meinung zu geigen.

»Sie ist das Mädchen aus dem Blumenladen«, kommt Mr Hamilton mir zuvor.

»Nein! Das Mädchen aus dem Garten Eden also. Ich nehme doch nicht an, Sie heißen Eva und haben unseren lieben Adam alias Richie schon um sein Feigenblatt gebracht?« Er lacht meckernd und kommt sich wohl sehr geistreich vor. Dabei ist Charles nichts anderes als extrem geschmacklos.

Das anzügliche Grinsen seines Freundes lässt mich zu Mr Hamilton sehen in der Hoffnung, dass er mir beisteht, sich für mich einsetzt oder sonst irgendwie reagiert, wie man es von seiner Begleitung erwarten kann, wenn man schon zu so einer versnobten Veranstaltung mitgeschleppt wird.

Aber da kommt nichts. Gar nichts. Außer einem dämlichen Grinsen. Ich kann mich des Eindrucks nicht erwehren, dass ich aus einem bestimmten Grund mit hierhergebracht worden bin. Entweder ich bin das Partymaskottchen oder die Quoten-Normale. Oder was sonst sollte das hier?

Am liebsten möchte ich im Boden versinken. *Richie* kommentiert, oder besser, dementiert nicht mal die offene Anspielung auf ... oh Gott, ich glaube, mir wird schlecht!

»Ich ...«, stottere ich und sehe mich krampfhaft nach einer Möglichkeit um, zu entkommen.

Mein Herz bleibt stehen.

Er?

Er ist auch hier?

Wie versteinert starre ich Gavin Kingsley an, der ein paar Meter neben mir steht und mir direkt in die Augen sieht. Eine blonde Frau redet ohne Unterbrechung auf ihn ein, aber er lässt sich nicht von ihr ablenken. Dann nickt er mir zu. Ich will die Möglichkeit nutzen, um mich von Mr

Hamilton und Charles loszueisen, da zerrt Mr Hamilton mich in die andere Richtung.

»Da sind Cynthia und Rebecca. Die müssen Sie unbedingt kennenlernen.«

Ehe ich mich versehe, stehe ich zwei Frauen gegenüber, die wahrscheinlich sogar ein paar Jahre jünger als ich sind, aber ihr ganzes Styling lässt sie so künstlich wirken, dass ich im Normalfall nie auf die Idee käme, sie anzusprechen.

Während ich die aufwändig gestalteten Hochsteckfrisuren mit Perlenbesatz unter die Lupe nehme, rasselt Mr Hamilton seine Vorstellungsrunde herunter. Ich bin nur mit halbem Ohr dabei, sehe mich verstohlen nach einem Tisch um, auf dem ich endlich mein Tablett loswerden kann.

Als ich das Buffet erspähe, unterbreche ich einfach kurz. »Entschuldigen Sie mich bitte einen Moment.«

Dann eile ich zu dem Tisch und stelle den Nachtisch zu den Speisen, die dort bereitstehen. Das Gedeck der bisherigen Auswahl ist einheitlich. Nur mein Tablett sticht daraus hervor. Klar! Hier hat niemand etwas mitgebracht.

»Richard, also wirklich! Seit wann engagierst du dich denn für die sozial Schwachen«, giftet Rebecca so laut, dass ich es hören muss. Keine Frage. Das ist Absicht.

Mr Hamilton lacht, als handle es sich um einen Scherz.

»In der Tat. Sieh dir dieses Kleid an. Und die Haare erst«, ergänzt Cynthia.

»Ladys, wir sprechen uns später noch«, witzelt Mr Hamilton. Ich denke an Flucht, sehe mich um, wie und wohin ich jetzt am schnellsten verschwinden kann. Instinktiv streiche ich mein störrisches Haar glatt und bleibe an einem stechenden Paar Augen hängen, die mich fixieren und auffangen.

Gavin!

Die Frau an seiner Seite spricht immer noch, aber auf mich wirkt es, als hätte er mich keine Sekunde aus den Augen gelassen.

Ich will stark sein. Er soll nicht sehen, dass ich kurz davor bin, in Tränen auszubrechen. Ein Mann wie er kann es sicherlich nicht verstehen, dass man sich hier auch sehr unwohl fühlen kann.

»Miss Lambert!« Mr Hamilton taucht direkt neben mir auf und erschreckt mich zu Tode. Ein Anflug von Kopfschmerz stellt sich ein. Ich fasse an meine Schläfe und schließe kurz die Augen. Da spüre ich seine Hände erneut an meinem Rücken. »Kommen Sie. Ich stelle Sie dem Rest vor.«

»Aber ...«, beginne ich, doch er unterbricht mich sofort.

»Keine Widerrede. Ein bezauberndes Ding wie Sie darf sich nicht verstecken.«

Bezauberndes Ding? Engagement für sozial Schwache? Wieder schießt mir der Gedanke an das Partymaskottchen in den Sinn und ich winde mich aus Mr Hamiltons unangebrachter Berührung.

»Ich verstecke mich nicht, ich ...«

Wieder komme ich nicht dazu, den Satz zu beenden, doch diesmal hat es einen völlig anderen Grund.

GAVIN

Eigentlich hätte ich es mir denken können, dass auch Olivia hier sein würde. Sie lässt keine Gelegenheit aus, sich in den Mittelpunkt zu rücken, und allmählich fängt die Sache an, mir richtig auf die Nerven zu gehen. Ich bin doch nicht ihr neuer Dauergeliebter!

So heiß es auch war, als es unverbindlich und flüchtig erschien, so unangenehm werden mir ihre Annäherungsversuche jetzt. Offensichtlich hat sie nicht begriffen, dass ich kein weitergehendes Interesse an ihr habe. So hat sie sich ganz selbstverständlich zu mir gesellt, mich sofort mit Beschlag belegt, kaum dass ich das Clubhaus betrat, und weicht nun nicht mehr von meiner Seite.

In anderen Situationen als dieser könnte ich es durchaus unterhaltsam finden, dass in meiner unmittelbaren Nähe eine Art Zickenkrieg tobt, denn natürlich lassen es sich einige andere Damen des Golfclubs nicht nehmen, ebenfalls ihr Glück zu versuchen. Manche möchten mir nur für ihre diversen wohltätigen Zwecke Geld aus der Tasche ziehen. Die andere Gruppe ist die schlimmere. Diese Damen fühlen sich berufen, mir über die schwere Zeit hinwegzuhelfen. Einige taten das auch schon lautstark kund, andere kaschieren ihren Anspruch etwas besser.

Im Augenblick bin ich von einem Dreigestirn umgeben, das jede Kategorie bedient. Olivia, Anne und Claire überbieten sich gegenseitig in ihrem Balzverhalten. Obwohl sie natürlich den Regeln ihrer – hoffentlich – guten Erziehung Genüge tun, ist es für mich offensichtlich, dass sie versuchen, sich untereinander auszustechen. Dabei lassen sie kein Gewicht aus, das sie im Kampf um meine Gunst in die Waagschale werfen können.

Claire säuselt ohne Unterlass von ihren heimatlosen Angora-Kaninchen, denen sie ein neues Zuhause zu verschaffen gedenkt. Was leider eine sehr kostspielige Angelegenheit ist, weil die empfindlichen Tierchen ein ganz besonderes Habitat brauchen, um gedeihen zu können. Verstehe das, wer will, ich nicht.

»Und diese armen Knöpfchen werden einfach ausgesetzt, stellt euch das nur mal vor!« Die Geste, die sie dabei macht, erinnert an eine Kleinkunstbühnenparodie, so übertrieben wirkt sie. Und ihre Stimme erst! Kurz vor dem Heulkrampf.

»Ach nein, wie schrecklich! Aber ich bin mir sicher, dass unser Gavin im Moment absolut keine Energien in ein derartiges Projekt stecken kann, wo er doch noch immer mit gänzlich anderen Problemen zu kämpfen hat!«, trumpft nun Anne mit zuckersüßer Stimme auf.

Ich weiß, auf welche Probleme sie anspielt, und eine Welle des Ärgers steigt in mir auf.

»Ladies – ihr entschuldigt mich sicher. Ich möchte nachsehen, ob mein Vater bereits eingetroffen ist. Vielen Dank!«

Mit diesen Worten und einem angedeuteten Diener

mache ich mich schnellstens davon, bevor auch noch Olivia anfängt, ihr Blatt zu spielen. Das frustrierte Schweigen, das hinter mir zurückbleibt, interessiert mich nicht im Geringsten. Und vermutlich bin ich der einzige, der weiß, dass mein Vater heute auf keinen Fall hier sein wird. Mein schlechtes Gewissen hält sich dennoch in Grenzen.

Weit komme ich nicht, da hält mich Grace, die Gattin des Präsidenten dieses Golfclubs auf. Die attraktive Blondine schmückt heute anstelle ihres kränkelnden Gatten die Seite des Schatzmeisters unseres Clubs. Und ich weiß aus sicherer Quelle, dass sie ihn gern gegen mich als Dauerbegleiter tauschen würde.

Hier beiße ich kurz die Zähne aufeinander und bleibe stehen, da erst vor wenigen Wochen ein kleiner Streit über ein paar ausgebrochene Pferde, die leider ein Stück des Golfplatzes verwüstet haben, gütlich beigelegt wurde. Ich muss mich erkenntlich zeigen und höre mir daher Graces langatmige Geschichte darüber an, wie schwierig es doch sei, eine geeignete Nanny für ihren verzogenen Sohn zu finden.

Da ich nur mit halbem Ohr zuhöre und meine Augen auch nicht gerade von ihrer Erscheinung gefesselt sind, lasse ich den Blick schweifen.

Da!

Halt – das ist doch ...!

Rotes, etwas zerzaustes Haar, ein weißes Sommerkleid mit Blumenmuster, Schuhe mit Absätzen, die in dieser Umgebung völlig ungeeignet sind – eindeutig Melissa Lambert.

Für ein paar kurze Schläge erhöht sich mein Puls. Ihre Frisur sieht aus, als sei sie gerade aus dem Bett eines Mannes gestiegen, dem sie ...

Halt, Gavin! Bist du des Wahnsinns?

»Finden Sie das nicht auch absolut unmöglich, Gavin?«, fordert Grace meine Zustimmung ein.

»Ganz und gar«, gebe ich zerstreut zurück, ohne die geringste Ahnung davon, was ich ihr soeben bestätigt habe. Nebenbei bemühe ich mich redlich, die urplötzlich aufgetreten Enge in meiner Hose nicht weiter wachsen zu lassen.

Bei einem Blick auf Melissas Begleiter gelingt mir das sofort: Neben ihr steht mein lieber Cousin Richard und feixt mit seinem besten Freund Charles. Ein perfektes Duo – wenn man auf schlüpfrige Themen und Selbstbeweihräucherung steht. Die beiden schenken sich da sicherlich nichts.

Miss Lamberts Gesicht dagegen sagt mir, dass sich von den drei Personen in meinem Gesichtsfeld nur zwei gut unterhalten. Und die junge Dame in ihrer Gesellschaft gehört augenscheinlich nicht dazu. Selten habe ich jemanden gesehen, der sich in seiner Haut so offensichtlich unwohl fühlte wie sie. In ihren Händen hält sie ein Tablett mit irgendetwas darauf. Sie wirkt, als hätte man sie bestellt und nicht abgeholt.

Mühsam unterdrücke ich den absurden Impuls, hinüberzugehen, die beiden Männer einfach niederzuschlagen und die Frau an der Hand hinter mir her aus der Situation zu ziehen. Eine derartige Aktion gäbe sicher guten Stoff für unser Lokalblatt. Ich lockere kurz die Schultern, um wenigstens das Gefühl zu haben, ich hätte mich bewegt, denn weiterhin so passiv hier zu stehen und nur zuzuhören, zerrt an meinen Nerven.

»Ich habe daher eine Annonce aufgegeben, in einem Blatt, dessen Namen ich noch nie gehört und den ich auch schon wieder vergessen habe«, plappert Grace unverdrossen weiter, während meine Augen immer noch wie gebannt an der roten Mähne in wenigen Schritten Entfernung hängen.

Jetzt endlich sieht Miss Lambert zu mir herüber. Ihre Augen weiten sich, als wäre mein Anblick ein Schreck für sie. Na fein. Um ein Lächeln bemüht, nicke ich ihr zu. Sie verzieht ebenfalls die Mundwinkel ein wenig, sieht dann wieder weg und lässt die Schultern sinken.

Ist das noch die rasant-schlagfertige und vor Temperament sprühende Frau, die ich erlebt habe? Was zur Hölle hat Richard mit ihr gemacht?

Eine unangenehme Hitze kriecht meine Wirbelsäule empor, nistet sich in meinem Hinterkopf ein und lässt mich die Fäuste ballen. Gerade, als ich mich von Grace verabschieden will, dreht Melissa sich um und stakst zum Büffet hinüber. Dabei sinkt sie mit jedem Schritt in den Rasen ein. Himmel – hat dieser Idiot ihr denn nicht mal gesagt, dass man sich auf dem Golfplatz andere Schuhe anzieht? Es müssen ja nicht gleich Gummistiefel sein.

Ich folge ihr aus dem Augenwinkel, während ich Grace ein mechanisches Lächeln schenke. Erneut fange ich einen unsicheren Blick auf, als Miss Lambert das Tablett auf dem langen Tisch abgestellt hat. Fängt sie nun jeden Moment an zu weinen?

Es reicht.

»Grace, ich denke, Sie haben die Lösung Ihres Problems doch schon längst gefunden«, töne ich, ohne genau zu wissen, was ich da eigentlich sage. Ich will nur weg von diesem Redeschwall. »Bitte entschuldigen Sie mich jetzt, ich muss noch etwas klären für eine der nächsten Veranstaltungen.«

Die perplexe Miene entlockt mir ein schwaches Grinsen, dann drehe ich mich um und mache mich auf in Richtung Büffet. Von links nähert sich Richard. Er ist mir zwei Schritte voraus und geht schneller als ich, tritt neben Melissa und legt ihr eine Hand auf den unteren Rücken. Ihre Miene verfinstert sich und offenbar will sie ihm etwas sagen, doch er unterbricht sie.

»Keine Widerrede. Ein bezauberndes Ding wie Sie darf sich nicht verstecken.«

Widerwärtiger Schleimer!

Melissas Antwort geht an mir vorbei, denn ich fasse Richards Arm und ziehe ihn von ihr weg.

»Genug, Hamilton. Du hast jetzt Pause, verstanden?«

Er zuckt zu mir herum, seine Miene verfinstert sich schlagartig. »Was willst du denn hier?«, knurrt er mich an.

»Ein paar Worte mit Miss Lambert wechseln, wenn du erlaubst.« Innerlich klopfe ich mir auf die Schulter, weil ich so beherrscht reagiere.

Richard schnaubt ein Lachen heraus und wirft arrogant den Kopf in den Nacken. »Du scheinst zu vergessen, dass das hier eine Freizeitveranstaltung und die Dame in meiner Begleitung ist.«

»Und du scheinst zu vergessen, dass die Dame zwar deine Begleitung, aber nicht dein Eigentum ist«, kontere ich kühl, obwohl ich ihm schon wieder am liebsten eine verpassen möchte. Himmel, ich fühle mich gerade wie ein Teenager, der seine Hormone nicht unter Kontrolle hat und den Rivalen niederprügeln muss. »Und wenn ich sie mir so ansehe, bezweifle ich, dass sie sich in dieser Rolle besonders wohlfühlt, also ... verzieh dich.«

»Dann fragen wir sie doch, mit wem sie sich wohlfühlt«, schlägt Richard hochnäsig vor und wendet sich an

Miss Lambert. Mein Sarkasmus prallt offensichtlich an ihm ab. »Nun, meine Liebe, was sagen Sie dazu? Finden Sie das Verhalten meines lieben Cousins nicht auch unerträglich arrogant?«

Als ob das eine etwas mit dem anderen zu tun hätte!

Angespannt fixiere ich Miss Lambert, als könnte ich sie so zu einer Antwort bringen, die mir entgegenkommt, doch sie weicht meinem Blick aus und sieht treuherzig zu Richard auf.

Shit. Habe ich die Situation falsch eingeschätzt?

Na, sie kann und soll ihn behalten. Dann haben diese beiden sich eben auch verdient.

Mürrisch will ich mich abwenden, da traue ich meinen Ohren nicht.

»Nein, Mr Hamilton, das finde ich ganz und gar nicht. Im Gegenteil, ich würde sehr gern ein paar Worte mit Mr Kingsley wechseln«, sagt sie klar und deutlich. »Und er hat außerdem recht, wenn er sagt, dass ich nur Ihre Begleitung bin und daher sprechen kann, mit wem ich möchte.«

Sie schenkt ihm dieses Lächeln, das ich schon kenne: dieses Karies-Lächeln, das so süß ist, dass ich unwillkürlich den Mund verziehe. Dann wendet sie sich mit ausgestreckter Hand zu mir. Die Aufforderung ist unmissverständlich und ich komme ihr nach, indem ich Miss Lambert entgegentrete und ihr meinen Arm biete.

»Sir?« Das Lächeln wird echter, sie hakt sich bei mir ein und zieht mich förmlich mit sich und fort von Richard. »Wohin möchten Sie, um sich zu unterhalten?«

»Wo immer es Ihnen gefällt, Miss Lambert.« Das klingt steif, aber gerade fühle ich mich nicht besonders cool oder redegewandt. Ihr Duft in meiner Nase, das noch immer etwas zerzauste Haar und die Wärme ihres Körpers so nah an meinem, lässt meine Hose erneut eng werden. Zum Glück verdeckt mein Jackett die Peinlichkeit.

»Dann bitte irgendwohin, wo es schattig ist«, kommandiert sie mit einem leisen Seufzer. »Mir ist heiß und ich habe Durst.«

»Dann ist es wohl das Beste, wir gehen ins Clubhaus. Das ist klimatisiert.« Und momentan sollte es auch einigermaßen menschenleer sein, füge ich im Stillen hinzu.

»Das klingt gut«, murmelt sie an meinem Arm und versucht, auf den Zehenspitzen zu laufen, um unbeschadet über den Rasen zu gelangen.

Schweigend legen wir die nächsten paar Meter zurück und ich stütze sie, bis wir die gepflasterte Terrasse erreichen. Tatsächlich ist es im Inneren des Gebäudes, wo Miss Lambert sich ohne Umschweife in einen Korbsessel fallen lässt, angenehm kühl.

»Ich besorge Ihnen etwas zu trinken«, murmle ich und mache mich auf in Richtung Bar.

»Nichts Alkoholisches bitte«, ruft sie hinter mir her.

Ich nicke und setze meinen Weg fort. Für mich ist es wohl auch besser, nüchtern zu bleiben, also organisiere ich je ein großes Glas Tonic und Bitter Lemon mit Eis und Minze. Als ich ins Foyer zurückkomme, ist der Sessel leer. Einen Moment stehe ich da wie vom Donner gerührt, doch dann entdecke ich die geöffnete Tür zu meiner Linken, die in den kleinen Besprechungsraum führt, in dem der Clubvorstand üblicherweise seine Sitzungen abhält, und steuere darauf zu.

Tatsächlich ist Melissa eingetreten und mustert nun mit scheinbar großem Interesse die Siegerpokale, die auf mehreren Regalen an der Wand von der Großartigkeit dieses Clubs zeugen. Als sie mich wahrnimmt, fährt sie wie ertappt herum und sieht mich beklommen an.

»Sie sind schon zurück«, stellt sie treffend und mit ziemlich heiserer Stimme fest.

»Allerdings.« Auch ich klinge irgendwie rau.

»Ich wollte nur mal sehen, wie ...« Sie bricht ab und macht ein paar unschlüssige Schritte auf mich zu.

»Tonic oder Lemon?«

»Wie?« Ihr Blick, der bisher an mir vorbeiging, schnellt zu meinem Gesicht empor und sie bleibt stehen. »Ach so. Lemon bitte.«

»Hier.«

»Danke«, murmelt sie und kommt mit ausgestreckter Hand weiter auf mich zu.

Warum hinter mir die Tür zufällt, als ich mich in Bewegung setze und ihr das Glas mit Bitter Lemon reiche, kann ich nicht sagen. Ich muss wohl mit der Ferse hängengeblieben sein, anders ist das nicht zu erklären. Unsere Finger berühren sich für einen Augenblick und ich muss aufpassen, das Glas nicht fallenzulassen, als ein heftiges Zischen davon zeugt, dass meine Schuhsohlen sich auf dem Teppich hier drin statisch aufgeladen haben.

Melissa nimmt es ebenfalls wahr und ihre Augen weiten sich, aber sie zuckt nicht zurück – weder, als sich die Tür mit einem leisen Klacken schließt, noch als der Funke zwischen uns überspringt.

Schließlich sehen wir beide zur Seite, trinken gleichzeitig, setzen zur selben Zeit die Gläser ab und stellen sie auf den Tisch neben uns.

»Danke, dass Sie mich gerettet haben«, sagt Miss Lambert leise und macht einen Schritt in Richtung Tür. »Und danke für das Lemon.«

»Keine Ursache«, entgegne ich steif und trete ihr in den Weg.

Sie bleibt stehen und sieht hoch. Ein winzig kleiner

Laut schlüpft zwischen ihren leicht geöffneten Lippen hindurch – derselbe wie der, den ich im Stall vernommen habe. Ich lege meinen Arm um ihre Taille und ziehe sie an mich. Melissa duftet ... nach Blumen, Sommerwiese und Frau. Als ich keine Gegenreaktion bekomme, presse ich sie noch enger an mich und senke meinen Kopf.

In dem Augenblick, als ihre Arme sich um meinen Nacken schlingen und sie ihren Körper an meinen schmiegt, brennt etwas in mir durch. Ich wollte sie küssen, ja. Ich wollte sie sanft und fragend küssen, aber das hier geht komplett mit mir durch. Wild und fordernd erobere ich mit meiner Zunge ihren Mund und registriere irgendwo im hintersten Winkel meines Bewusstseins, dass ihre Antwort kein bisschen zurückhaltender ist. Im Gegenteil, das leise Stöhnen von gerade eben wird lauter, deutlicher. Sie reagiert geradezu entfesselt auf mich und meinen Kuss. Atmet heftig und fährt mit ihren Fingern durch mein Haar.

Melissa schmeckt wie ein Sommermorgen und ich bin drauf und dran, mich darin zu verlieren, doch dann lasse ich sie mit einem Ruck los, trete etwas zurück und sehe sie an. Sie begegnet meinem Blick mit derselben Fassungslosigkeit, die ich auch spüre.

»Wow«, sagt sie atemlos und mit geschwollenen Lippen. »Und ich dachte immer, du kannst mich nicht leiden!«

Mein harter Schwanz drückt mit aller Macht gegen den Reißverschluss meiner Hose und ich bin ebenfalls außer Atem. Verdammt, wenn ich das hier nicht schnell abbreche, kann ich für nichts mehr garantieren. Seit Langem habe ich keine Frau mehr mit dieser Intensität begehrt wie Melissa Lambert.

Langsam fahre ich mit dem Finger an ihrem Arm

aufwärts bis zu ihrer Schulter und zeichne die Kontur ihrer Wange nach. Eine Gänsehaut überzieht ihre Haut. Abbrechen sieht anders aus.

»Das hier hat wenig mit leiden können zu tun«, sage ich rau, ehe ich sie erneut an mich ziehe.

Und dieses Mal werde ich sie nicht mehr loslassen.

MELISSA

Leidenschaftlich schmiege ich mich an Gavin, den Mann, der mich so heldenhaft aus einer der unangenehmsten Situationen meines Lebens gerettet hat. Vielleicht habe ich mich in ihm getäuscht. Seine Umwelt und andere Menschen sind ihm doch nicht so egal, wie ich vermutet habe. Und der empathische Mr Hamilton ist nur einfühlsam, wenn es um ihn selbst geht.

Aber an den will ich jetzt bestimmt nicht denken. Denn geküsst werde ich von Gavin. Sein Kuss ist unbeherrscht, so voller Verlangen. Ich muss meine Füße mit aller Kraft gegen den Boden stemmen, damit mir die Beine nicht nachgeben. Aber selbst, wenn das passieren würde, könnte ich nicht stürzen, da Gavin mich hält, als gäbe es kein Morgen.

Obwohl er sich mit Sicherheit täglich rasiert, spüre ich seine kratzende Haut auf meiner. Wir sind uns so nah. Sein heißer Atem streichelt meine Wange, seine Lippen necken mich. Ich bin sofort bereit, ihm alles von mir zu geben, mich vollkommen auf ihn einzulassen.

Mit geschlossenen Augen konzentriere ich mich auf

seine Berührungen, seine Hände, die mich streicheln und an Stellen fahren, an denen mich normalerweise niemand einfach berühren darf. Die weiche Region an meinen Lenden ist mir eigentlich unangenehm. Ein spürbarer Zeuge meiner Leidenschaft für Bridgets Süßkram. Aber als Gavin mich zart dort berührt und hält, habe ich keine Zeit, mich für den Hüftspeck zu schämen. Ich lehne mich an die Wand hinter mir und genieße Gavins Küsse, die nun seitlich meinen Hals hinabwandern und dabei jeden Millimeter meiner Haut streifen.

Seufzend lasse ich das elektrisierende Prickeln zu, das sich mit überwältigender Geschwindigkeit in mir ausbreitet. Ich habe große Lust auf diesen Mann. Es ist schon viel zu lange her, dass ich so berührt wurde.

Gavin zieht eine sinnliche Spur von Küssen bis in meinen Ausschnitt. Ich bäume mich ihm entgegen, ziehe ihn näher zu mir. Vorsichtig umschließt er meine Brüste mit den Händen. Mir entkommt ein lüsternes Keuchen.

Ihn scheint es nur noch mehr zu erregen, wenn ich mich gehen lasse. Mit einem Ruck drängt er sich dichter an mich, eine Hand fährt zielstrebig unter mein Kleid, schiebt sich Stück für Stück an meinem Schenkel nach oben und findet den Weg in mein Höschen.

Für einen Augenblick verkrampfe ich mich. Ich bin nicht gewohnt, dass es so schnell zur Sache geht, und schon gar nicht in der Öffentlichkeit. Aber ein kurzer Kontrollblick in den Raum zeigt mir, dass sich an diesem wunderschönen Tag sicherlich niemand hierher verirren wird. Also schließe ich die Augen und lasse los.

Gavins Finger berühren längst meine empfindlichste Stelle, massieren mich zärtlich aber bestimmt. Mein Körper jauchzt bereits vor lauter Vorfreude.

»Gavin«, flüstere ich tonlos, klammere mich in sein

Hemd und öffne mich, so weit es geht, indem ich einen Fuß auf die Sitzfläche eines Stuhls in der Nähe stelle.

Es ist verrückt! Gavin Kingsley ist gerade dabei, es mir hemmungslos zu besorgen. Aber es ist auch der helle Wahnsinn.

Die bereits vorhandene Feuchtigkeit zwischen meinen Beinen breitet sich durch Gavins Streicheleinheiten rasend schnell aus. Dann schiebt er erst einen und dann noch einen zweiten Finger in mich. Das fühlt sich unglaublich gut an. Ich giere nach mehr, will ihn tiefer in mir spüren.

Wie er sich in mir bewegt. Als hätte er nie etwas anderes getan. Als ich einen kurzen Blick zu ihm riskiere, bemerke ich, dass er mich intensiv beobachtet. Und ich kann die Lust in seinen Augen brennen sehen.

»Oh mein Gott, Gavin«, hauche ich tonlos. Er wird mir einen Orgasmus bescheren, wie ich ihn schon lange nicht mehr hatte. Um ihn voll auszukosten, bewege ich mich mit, spüre die Welle der Lust heranrollen und bin bereit, mich davon mitreißen und an den Strand spülen zu lassen.

Mit einem kleinen Schrei heiße ich die wohligen Zuckungen in mir willkommen, halte dann den Atem an und genieße jede Sekunde dieses einmaligen Glücksgefühls. Gavin küsst mich. Immer wieder. Anhaltend. Als wäre ich die kostbarste Person auf der Welt.

Als ich mich entspanne, zieht er seine Finger aus mir und nimmt mich in die Arme. Er fängt mich auf, hält mich, als bräuchte ich Trost.

Schweigend stehen wir aneinandergekuschelt da. Natürlich bemerke ich seinen harten Schwanz, der sich eindrucksvoll bemerkbar macht.

Ich hätte nicht übel Lust, ihm die gleiche Wonne zu bereiten, aber ich kann den Gedanken nicht einmal reifen lassen. Klappernde Schritte nähern sich.

Automatisch entfernen Gavin und ich uns voneinander. Hastig ziehe ich mein Kleid glatt und strecke mich durch. Bestimmt glühen meine Wangen verräterisch.

Gavin zupft an seiner Hose und richtet das Jackett.

»Da sind Sie ja!«, ruft die Frau, die vorhin so penetrant auf Gavin eingeredet hat. Ich gehe davon aus, dass sie auf der Suche nach ihm ist, aber sie lächelt eindeutig mich an. Ihre energischen Schritte verlangsamen einen Augenblick, als sie Gavin und mich sieht. Ihr ist anzusehen, dass sie sich fragt, was wir hier tun, aber ihr Lächeln bekommt keinen Kratzer.

Irritiert sehe ich von ihr zu Gavin und dann wieder zu ihr.

»Sie haben das Tablett auf unser Buffet gestellt«, sagt sie.

Mir wird heißkalt, ich weiche ihrem Blick aus. Ja, ich weiß, so etwas tut man nicht. Wie konnte ich auch wissen, dass Mr Hamilton mich auf eine Veranstaltung mitnimmt, wo es ein Fauxpas ist, etwas zu essen mitzubringen?

Gavin wird unruhig, hebt die Hand und öffnet den Mund. Ich will nicht, dass er sich erneut für mich einsetzt. Es wird Zeit, dass ich dazu stehe, wer und wie ich bin.

»Ja«, sage ich deshalb schnell.

Zu meiner größten Überraschung lacht die Frau auf und erst jetzt sehe ich, dass sie zwischen den Fingerspitzen ihrer rechten Hand einen der kleinen Macarons eingeklemmt hat und nun genüsslich von ihm abbeißt.

»Die sind exquisit«, lobt sie.

Ich will mich für die Anerkennung bedanken, aber sie kommt mir zuvor.

»Wo haben Sie die in Auftrag gegeben?«

Natürlich. Niemand hier kommt auf die Idee, ich könnte die selbst gebacken haben. Nein, in diesen Kreisen bestellt man. Was aber gar nicht so schlecht ist. Im Grunde habe ich Bridget sowieso nur zugearbeitet und wenn die Dame hier so für ihre Produkte schwärmt, dann ist ein bisschen Werbung die beste Art, mich bei Bridget zu bedanken.

Wieder tausche ich einen kurzen Blick mit Gavin. Sein Gesichtsausdruck ist wachsam wie immer. Aber sein fest geschlossener Mund wirkt abwartend und zeigt mir, dass er mich nicht unterbrechen wird.

»Die sind aus der Pâtisserie Miller in Little Compton«, erkläre ich.

»Little Compton? Da gibt es eine Pâtisserie?«, denkt die Frau laut nach und wendet sich Gavin zu. »Warum hast du mir das vorenthalten, mein Lieber? Ein derart erlesenes Geschäft in deiner Nähe. Wolltest du diesen Geheimtipp für dich ganz alleine behalten?«

»Genau so ist es«, gibt Gavin nicht ohne Ironie zu. »Bevor du mich teerst und federst, kläre ich dich gerne darüber auf, dass wir auch über ein ausgezeichnetes Blumengeschäft verfügen«, ergänzt er.

Was? Irritiert schaue ich zu ihm und wage sogar anzunehmen, dass er mir einen verschmitzten Blick zuwirft. Dankbar lächle ich ihn an.

Er ist faszinierend. Alles, was ich vor wenigen Tagen noch als eiserne Miene beschrieben hätte, ist facettenreich. Dies aber auf eine so dezente Art, dass man schon genau hinsehen muss, um seine Stimmungen zu erkennen.

Mit wenigen Schritten ist Gavin bei mir, ergreift meine Hand und ehe ich es mich versehe, drückt er mir einen Kuss auf den Handrücken.

»Und hier ist die Dame, die das *Eden* führt.« Nachdem er den Handkuss beendet hat, zieht er mich zu der Frau, die den Macaron inzwischen vollständig verputzt hat.

»Darf ich euch miteinander bekannt machen? Melissa, das ist Grace Donahue, die reizende Gattin des Präsidenten dieses Clubs. Grace, das ist Miss Lambert, die bezaubernde Geschäftsführerin des Eden.«

»Ach, Sie sind das. Sehr erfreut«, sagt Grace und wir geben uns die Hände. »Ich habe von meiner Freundin Liv schon so viel von dem entzückenden Blumenschmuck auf der Hochzeit vom letzten Wochenende gehört.«

»Liv«, echoe ich und versuche, mein eben noch herzliches Lächeln beizubehalten. War das nicht der Name, den Gavin genannt hat, als ich ihm in den Stall gefolgt bin?

»Ja, sie ist auch hier. Wollen Sie sie kennenlernen?«

»Miss Lambert und ich wollten uns gerade zurückziehen, um einige geschäftliche Dinge zu besprechen«, grätscht Gavin dazwischen. Ich will ihm nicht unterstellen, dass er eine Bekanntschaft zwischen Liv und mir verhindern möchte. Vielleicht will er mich einfach nur aus den Klauen der sogenannten feinen Gesellschaft befreien. Oder aber – es geht ihm wie mir. Ich kann es kaum erwarten, endlich wieder mit ihm allein zu sein.

Nickend bestätige ich daher, was er gesagt hat. »Ja, wir waren gerade im Begriff, zu gehen.«

Grace Donahue zieht gekonnt eine Augenbraue in die Höhe, sagt aber nichts weiter dazu. Schließlich wendet sie sich ab.

»Reisende soll man bekanntermaßen nicht aufhalten. Darf ich euch dann noch bis zur Tür begleiten?« Sie deutet in Richtung Ausgang und wir setzen uns gemeinsam in Bewegung.

An der offenen Tür zum Clubhaus verabschieden wir uns von Mrs Donahue und gehen anschließend gemeinsam zum Parkplatz.

Plötzlich bleibe ich stehen. »Das Tablett!«

»Das geht nicht verloren«, sagt Gavin sofort, legt seinen Arm auf meine Schulter und schiebt mich weiter.

Stimmt. Wir steuern nicht auf das Cabrio zu, mit dem ich gekommen bin. Erneut bremse ich Gavin aus.

»Was ist mit deinem Cousin?«, frage ich. Ja, mich plagt ein bisschen das schlechte Gewissen. Eigentlich bin ich nicht so jemand, der mit einem Begleiter auf eine Party kommt und mit dem anderen verschwindet.

»Der wird es verschmerzen.«

Also gut. Aufatmend begleite ich Gavin zu seinem schicken Auto. Wie selbstverständlich hält er mir die Tür auf, aber ich bemerke sofort den Unterschied zu Mr Hamiltons Gehabe. Bei Gavin wirkt es nicht aufgesetzt und auch nicht übertrieben betont. Warum ist mir das nicht gleich aufgefallen?

Gavin ist längst nicht so aufgeblasen nobel wie dieser Hamilton. Nein, er lebt seinen Stand und muss sich dafür nicht verstellen oder verbiegen.

Mit dieser Erkenntnis sehe ich zu Gavin auf, der geduldig wartet, bis ich die Füße sicher im Auto habe, bevor er sanft die Tür schließt. Unsere Blicke treffen sich. Ich bin sofort elektrisiert von der hitzigen Leidenschaft, die ich in seinen Augen erkenne.

Mir ist entsetzlich heiß und für den Bruchteil einer Sekunde wünsche ich mir das luftige Cabriolet her, damit ich während der Fahrt nach Frischluft schnappen kann. Stattdessen steigt der Mann, der meinen Blutdruck gehörig in die Höhe treibt, in aller Seelenruhe neben mir ein. Ich wage es nicht, ihm ein weiteres Mal ins Gesicht zu sehen, weil ich nicht dafür garantieren kann, mich noch länger zurückzuhalten.

»Wie wäre es mit einem kleinen Umweg? Ich möchte dir etwas zeigen.«

Voller Neugier suche ich nun doch in seiner Mimik nach einer Antwort auf die vielen Fragen, die ich habe. Wohin geht es? Was will er mir zeigen? Geht es hier nur um Sex? Was hat ihn dazu veranlasst, mich aus Hamiltons Fängen zu befreien?

Aber statt all das auf einmal von ihm wissen zu wollen, nicke ich nur und labe mich an dem leichten Lächeln, das er mir schenkt. Die kleinen Lachfältchen um seine Augen sind magisch anziehend. Er sieht wirklich verdammt gut aus.

Unendlich langsam nähert Gavin sich mir. Im ersten Moment kann ich nicht glauben, dass wir uns jetzt hier tatsächlich erneut küssen werden, als seine weichen Lippen auch schon auf meine treffen. Nur kurz und hauchzart, aber trotzdem hat es diese Berührung in sich. Schlagartig pulsiert mein Unterleib und ein wohliges Ziehen erinnert mich an die leidenschaftliche Begegnung im Clubhaus.

Als wüsste Gavin sehr genau, wie er mich aus der Fassung bringt, startet er lässig den Motor und dreht sich grinsend nach hinten um, um sein Fahrzeug geschmeidig aus der Parklücke gleiten zu lassen.

GAVIN

Was zum Teufel tue ich hier?

Diese rothaarige Sirene hat meinen Verstand komplett aussetzen lassen. Im Moment haben meine Urtriebe das Kommando übernommen und ich bin kaum mehr zu einem klaren Gedanken fähig. Was ist das nur zwischen uns?

Ich begehre Melissa Lambert mit einer Intensität, die ich schon sehr lange nicht mehr erlebt habe. Der Duft, der vom Beifahrersitz zu mir herüberweht, zitronig frisch und zugleich blumig leicht, vernebelt mir die Sinne.

Aber da ist noch etwas anderes, das mich beunruhigt zurücklässt. Etwas, das mich dazu veranlasst ihr zu Hilfe zu eilen und meinen Beschützerinstinkt geweckt hat.

Gleichermaßen frage ich mich, was ich mir von diesem Ausflug, der eher einer Flucht gleicht, überhaupt verspreche. Ja, meine Hose ist mir längst viel zu eng geworden, aber nur um sie wie alle meine schnellen Nummern einfach unverbindlich zu vögeln, müsste ich mit ihr nicht dorthin fahren, wohin wir nun unterwegs sind.

Der Pavillon ...

Seit Dianas Tod bin ich nicht mehr dort gewesen. Vielleicht ist es aus mehreren Gründen eine schlechte Idee, ausgerechnet mit Melissa da aufzuschlagen, aber er kam mir spontan in den Sinn. Zum ersten Mal seit damals. Vermutlich hausen dort inzwischen Ratten, Spinnen und Mäuse. Und wahrscheinlich wird mir die Lust vergehen, sobald die Erinnerungen auf mich einstürmen, aber ... ich ziehe das jetzt durch.

Melissa wirft mir hin und wieder einen scheuen Seitenblick zu. Wenn ich ihn erwidere, lächelt sie, als würde gerade die Sonne aufgehen. Sie hat ein zauberhaftes Lächeln, das sie bei unserer ersten Begegnung sehr geschickt hinter einer frechen Fassade verborgen hielt. Warum nur habe ich nicht erkannt, wie erotisch ihre Ausstrahlung ist?

Immer wieder muss ich mich dazu zwingen, den Blick von der zarten Haut ihrer nackten Beine zu lösen und mich auf den Feldweg zu konzentrieren, auf den ich vor wenigen Augenblicken eingebogen bin. Wie ich den Weg vom Parkplatz bis hierher überhaupt hinter mich gebracht habe – keine Erinnerung.

Mit einer raschen Lenkbewegung weiche ich einem Schlagloch aus und Melissa lässt ein leises, erschrockenes Keuchen hören. Mein Kopf schnellt zu ihr, doch anstatt der erwarteten schockierten Miene lässt sie ein verschmitztes Grinsen sehen.

»Das wäre zu viel für deine Achse gewesen«, kommentiert sie mein Manöver.

»Allerdings«, gebe ich gespielt grimmig zu, reiße mich von ihrem Anblick los und richte den Blick wieder auf die Piste. Mehr ist das hier nicht, und dennoch bin ich überrascht. Diesen Weg, der zwischen hohen Hecken hindurch auf eine kleine Anhöhe und ein lichtes Wäldchen dahinter führt, hatte ich schlimmer in Erinnerung.

»Wenn ich dich daran erinnern darf ... ich habe kein geeignetes Schuhwerk dabei, um die Strecke im Notfall zu Fuß zu bewältigen.«

»Dann trage ich dich eben«, behaupte ich mit einem vielsagenden Seitenblick und ernte einen verführerischen Augenaufschlag.

»Auf diese Antwort hatte ich gehofft«, sagt sie und ihre Wangen beginnen zu glühen, bevor sie zur Seite und aus dem Fenster sieht.

Was für eine erotische Mischung! Sie vermittelt mir Verführung und Unschuld in einem. Das habe ich schon sehr lang nicht mehr erlebt, und ich reagiere mit ungekannter Intensität darauf. Trotzdem versuche ich mühsam, vernünftig zu fahren. Schließlich möchte ich ankommen, und zwar nicht nur ohne Schramme am Auto, sondern auch mit einer Frau im Schlepptau, die nicht vor Entsetzen schlottert oder seekrank geworden ist.

»Äh ... wohin fahren wir eigentlich?«, kommt von Melissa nun doch endlich die Frage, die sie sich bisher entweder nicht zu stellen getraute oder die sie erst interessiert, seit wir in den Wald eingefahren sind.

»Wir sind gleich da«, bleibe ich vage in der Antwort. »Hab noch einen Moment Geduld, ja?«

»Okay«, sagt sie und sieht mich unschlüssig an. Dabei rutscht sie ein wenig auf ihrem Sitz herum, als wäre sie nun doch nervös.

Da das letzte Stück des Weges nun wieder geradeaus führt, und nach meiner Erinnerung keine weiteren Schlaglöcher zu erwarten sind, löse ich eine Hand vom Lenkrad und lege sie ihr beruhigend auf den Oberschenkel. Wohlweislich da, wo der dünne Stoff ihres Kleides ihre nackte Haut noch gerade so bedeckt. Trotzdem zuckt sie leicht zusammen unter meiner Berührung und dreht mir das Gesicht zu. Ihre Augen blitzen, ihre Lippen glänzen, und eine Welle des Verlangens spült mir den Kopf noch eine Spur leerer.

Gut, dass wir nach der nächsten Biegung unser Ziel erreicht haben.

»Schließ die Augen und versprich mir, nicht zu schummeln«, verlange ich in einer spontanen Anwandlung von ... ja, von was? Längst weiß ich nicht mehr, wie ich mir hierüber Rechenschaft ablegen soll. Aber ... muss ich das überhaupt?

Ehe ich diese sonderbaren Gedanken selbst begreife, atmet Melissa ergeben aus und nickt.

»Okay«, sagt sie. »Versprochen. Ich habe die Augen zu und lasse sie auch zu.«

Kurz kontrolliere ich ihre Aussage, dann sehe ich wieder auf den schmalen Weg vor uns und nehme die letzte Kurve.

Der Anblick versetzt mir einen kurzen Schlag in die Magengrube und eine Sekunde lang will ich nur umkehren und im Höllentempo davonpreschen, doch dann beruhigt sich das Rumoren in meinen Innereien. Hier bin ich mit Melissa, und hier bleibe ich auch mit ihr.

Vor uns auf einer Lichtung steht das kleine Jagdhaus, das Diana immer nur den ›Pavillon‹ nannte. Sie kam oft und gern hierher – zusammen mit mir. Wenn wir allein sein und es genießen wollten.

Ein paar Herzschläge lang gebe ich der Sentimentalität nach, dann schiebe ich sie bewusst und entschlossen beiseite. Heute bin ich mit einer anderen Frau hier und werde mit ihr das tun, was ich an diesem Ort stets am liebsten getan habe: ficken. Doch kaum habe ich dieses

Wort auch nur gedacht, erscheint es mir irgendwie unpassend. Sex. Ich werde Sex haben – mit Melissa. Daran erinnert mich auch die Wärme ihres Oberschenkels, die noch immer unter meinen Fingern zu spüren ist. Leider muss ich sie jetzt wegnehmen, um beide Hände am Lenkrad zu haben. Bedächtig parke ich den Wagen so, dass sie einen guten Blick hat, und stelle den Motor ab.

»Du kannst jetzt die Augen öffnen«, sage ich zu Melissa und beobachte ihre Reaktion.

Beinahe zaghaft hebt sie die Lider und reagiert zuerst überhaupt nicht. Dann werden ihre Augen immer größer und ihr Mund öffnet sich zu einem lautlosen, staunenden ›Oh‹ – was in mir den Wunsch weckt, ihr meinen Schwanz zwischen die Lippen zu schieben. Himmel, bin ich scharf in diesem Moment!

»Gott, ist das schön«, wispert sie schließlich und wendet mir den Kopf zu.

Und damit hat sie recht.

Der Pavillon ist vom Stil her einem römischen Tempel nachempfunden. Irgendeiner unserer Vorfahren hatte es sich vor etwa zweihundert Jahren in den Kopf gesetzt, das Pantheon in Miniaturausgabe nachzubauen, allerdings mit vielen kunstvoll geschliffenen Fenstern anstelle der massiven Wände seines Vorbilds. Und natürlich hat auch das Dach kein Loch in der Mitte. Sinnvollerweise, denn darunter steht – oder stand? – ein äußerst bequemes Polstermöbel. Nein, kein Bett, aber so etwas Ähnliches.

Melissas Augen strahlen mich an und ich grinse breit. Bis hierher hat mein Plan also schon mal funktioniert. So kann es weitergehen. Ehe ich sie irgendetwas Dummes fragen kann wie zum Beispiel, ob sie den Pavillon von innen sehen möchte, hat sie schon die Hand am Türöffner und steigt aus. Einen Moment lang schaue ich ihr noch hinterher, wie sie mit ihren High Heels vorsichtig über den unebenen Boden auf das Gebäude zu stakst. Dabei schwingen ihre wunderschön gerundeten Hüften bei jedem Schritt einladend hin und her. Dieser Anblick würde meine Hose noch enger werden lassen, wenn das überhaupt möglich wäre.

Mit einer fahrigen Bewegung greife ich nach links ins Handschuhfach und ... ertaste erst mal nichts. Shit – wo ist dieser verdammte Schlüssel, wenn man ihn mal braucht? Ich weiß genau, dass ich ihn für den Fall, dass ich hier mal nach dem Rechten sehen wollte, immer im Auto habe, und jetzt ... ah! Meine Finger stoßen an etwas Kaltes, ich ziehe ihn hastig hervor, schiebe ihn zusammen mit einem Kondombriefchen, das ich ebenfalls immer im Handschuhfach habe, in meine Hosentasche und steige aus.

Melissa ist inzwischen bei dem kleinen Gebäude angekommen und späht durch eins der Fenster hinein. Der Vorhang ist ein wenig zur Seite gezogen, doch in diesem Moment achte ich nicht auf Details, sondern habe nur Augen für ihren Hintern. Sie steht ein wenig vorgebeugt, die Hände erhoben und an die Scheibe gepresst, damit keine Spiegelung ihren Blick behindert, und ihre beiden Hinterbacken zeichnen sich deutlich unter dem dünnen Stoff des Kleides ab.

Am liebsten würde ich sie auf der Stelle hier vögeln ...

Mit einem leisen Keuchen lehne ich mich von hinten an sie und presse meinen steifen Schwanz in ihre Pofalte. Ihre beiden Brüste schmiegen sich in meine Hände, als wären sie genau dafür und für nichts anderes gemacht. Für einen kurzen Moment frage ich mich noch, ob ich zu forsch bin. Immerhin habe ich keine Ahnung, ob Melissa mein Tempo mitgeht – aber da stöhnt sie schon leise auf und schiebt mir ihren Hintern entgegen, als ob sie bereits wüsste, wie gern ich sie von hinten nehmen würde!

Das ist Antwort genug. Ich löse meine Hände von ihren Brüsten und fahre an ihren Beinen entlang, unter ihr Kleid und an der zarten, nackten Haut ihrer Oberschenkel empor. Sie erbebt durch meine Berührung und wieder entkommt ihr dieses leise Geräusch, das an meiner Selbstbeherrschung zerrt.

»Oh Gavin«, murmelt sie mit hoher Stimme. »Ich ... das ...«

»Ja? Was denn?«, frage ich heiser an ihrem Nacken, während ich zugleich ohne weitere Umschweife zwischen ihre Beine greife. Sanft zwar, aber trotzdem direkt. Ihre Reaktion ist ebenso direkt: Sie stellt die Beine weiter auseinander, sodass ich besseren Zugang habe. Sachte fahre ich mit meinen Fingern über ihren Schritt. Der Stoff ihres Höschens ist spürbar feucht. Sie will es also auch. Das ist gut.

Als ich an ihrer Klit ankomme, die ich sogar durch den Stoff hindurch fühlen kann, zieht sie laut zischend die Luft ein und ihre Knie geben nach. Mit dem linken Arm umfasse ich ihre Taille, damit sie nicht einknickt, und stimuliere gleichzeitig das kleine Knöpfchen weiter.

»Gavin, ich ...« Wieder verstummt ihr leises Murmeln, geht unter in einem fast flehenden Ausatmen.

»Sag es mir«, ermuntere ich sie, verstärke meine Bemühungen an ihrem Kitzler und lecke zugleich über die blütenzarte Haut an ihrem Hals. Der Stoff stört mich, also schiebe ich ihn beiseite und erspüre nun ihre heiße Feuchte direkt und ohne weiteres Hindernis.

»Das ... kann ich nicht.«

»Nein? Das musst du auch nicht, denn ich spüre, wie

scharf du bist.« Zum Beweis schiebe ich ihr vorsichtig einen Finger in die nasse Pussy. »Gefällt dir das?«

»Oh ja.«

Ich kann ihre Stimme fast nicht mehr hören, so leise ist sie geworden, doch da sie ihre Beine noch ein wenig weiter spreizt, gebe ich mich mit diesem Zeichen ihrer Begierde zufrieden und reize ihren Kitzler ein bisschen härter. Ihr heiserer Aufschrei, mit dem sie den Kopf in den Nacken wirft, überrascht mich sehr – Himmel, so schnell?

»Oh Gott, Gavin! Ja, ... so, oh ja ...«, stöhnt sie und bebt in meinem Arm und an meinen Fingern.

Was für eine erregbare Frau! Wundervoll.

»Ich werde dich jetzt und hier nehmen, Melissa, verstanden?«, knurre ich an ihrem Ohr und lasse sie einen Moment los, damit ich meine Hose öffnen und mir das Kondom überziehen kann.

Sie nickt stumm und stützt sich mit den Händen am Fenster ab. »Ich ... ich habe es noch nie im Freien getan«, gesteht sie schließlich leise und sieht sich fast scheu zu mir um. »Und ... und von hinten auch nicht.«

Herr im Himmel, was für blinden Idioten ist diese Frau denn in ihrem Leben begegnet? Sie ist Sex pur und hat noch nie etwas erlebt? Anscheinend ist sie bisher nur in der Missionarsstellung und im Bett gevögelt worden, aber das werde ich jetzt ändern, und zwar sofort.

»Dann wird es Zeit, dass du auch das mal erlebst«, flüstere ich ihr ins Ohr und lecke erneut über ihre leicht salzige Haut. Melissa schmeckt köstlich und ich freue mich jetzt schon darauf, später den Geschmack ihrer Pussy zu erforschen. Denn eins ist mir in diesem Augenblick schlagartig klar: Ich werde ihr einige Erfahrungen verpassen, die sie so schnell nicht wieder vergisst.

»Jetzt mach die Beine schön breit, meine süße Melissa!«

Augenblicklich gehorcht sie und wieder presse ich mich von hinten an sie. Ich bin so scharf, dass ich wahrscheinlich aufpassen muss, nicht zu schnell zu kommen. Das hier will ich genießen und es auch sie genießen lassen. Ihr Hintern hat die perfekte Apfelform, mit zarter Haut und einladend knackigen Backen. Mit der Linken fasse ich sie um den sanft gerundeten Bauch und drücke sie mir entgegen, mit der anderen Hand führe ich meinen harten Schwanz an ihren Eingang. Langsam und genüsslich schiebe ich mich in sie. Sie ist so nass und erwartungsvoll offen, dass es ein Leichtes ist, ihre Pussy zu erobern. Als ich anfange, in sie zu stoßen, beantwortet sie meinen Rhythmus mit heiserem Keuchen.

»Gefällt dir das?«, erkundige ich mich der Sicherheit halber, obwohl ihre ganze Reaktion diese Frage eigentlich überflüssig macht.

»Oh ja«, wispert sie und biegt das Kreuz durch, damit ich sie noch tiefer ficken kann.

Ich liebe diese Stellung, denn einerseits ist mir die Frau dann komplett ausgeliefert, doch andererseits kann ich auch ihren Kitzler stimulieren. Das Gefühl, wenn sie durch meine Stimulation kommt, während ich in ihr stecke, ist so ziemlich das Schärfste, was ich mir vorstellen kann.

Mein Verlangen droht, sich zu verselbstständigen und mit mir durchzugehen. Schon lange war ich nicht mehr so scharf auf eine Frau wie auf diese hier. Mit kleinen, abgehackten Lauten, die sie im Takt meiner Stöße von sich gibt, macht sie ihre Lust hörbar, was mich wiederum ungeheuer aufgeilt. Schon auf der Fahrt hierher fiel mir ihre unschuldige Art auf, doch gepaart mit ihrer fast schamlosen Hingabe in diesem Moment, muss ich mich wirklich beherrschen. Schon spüre ich, wie sich bei jedem Stoß meine Hoden etwas mehr zusammenziehen und ich einem

Orgasmus entgegensteuere, der wahrscheinlich auch meine Knie zum Einknicken bringen wird.

Wieder mache ich mich an Melissas Kitzler zu schaffen, finde genau die Stelle, die sie erneut in die Erlösung katapultiert. Das ist mein Freifahrtschein. Ich lasse los, mache noch drei, vier wirklich heftige, tiefe Stöße und komme mit einer Intensität, die mir das Blut aus dem Hirn in den Unterleib sacken lässt. Kurz wird mir tatsächlich schwarz vor Augen, dann verschwindet die Schwäche jedoch.

Erst jetzt wird mir bewusst, wie heftig sie atmet, wie wir beide keuchen. Nun, wo wir reglos an das Fenster gelehnt stehen, spüre ich, dass ihre Knie zittern, und drehe ihr Gesicht zu mir. Ihre Wangen sind nass.

Zur Hölle – »Weinst du etwa?« Das klingt so schockiert, wie ich mich gerade fühle.

»Natürlich nicht!«

Ihr hastiges Kopfschütteln zählt für mich nicht. Ich ziehe mich vorsichtig aus ihr zurück und entsorge das Kondom, dann drehe ich sie zu mir herum und nehme sie in den Arm.

Diese Frau, die noch nie im Freien oder von hinten gevögelt wurde, muss ich jetzt sehr feinfühlig behandeln, wenn ich nicht will, dass sie Hals über Kopf davonläuft, weil sie sich schämt. Sie ist abgegangen wie eine Rakete, schließlich hat sie so etwas nach eigener Aussage bisher nicht erlebt. Aber ich will das noch einmal mit ihr haben, am besten drinnen und auf dem bequemen, breiten Sofa. Jeden Tag.

»Das war wahnsinnig heiß«, flüstere ich ihr ins Ohr, dann suche ich ihre Lippen und drücke die meinen darauf. Sie reagiert nicht sofort, doch ich bleibe sanft hartnäckig und umschmeichle sie mit meiner Zungenspitze, bis sie sich öffnet und mich einlässt. »Du bist eine fantastische

Frau und du machst mich wahnsinnig an«, gestehe ich ihr zwischen zwei tiefen und leidenschaftlichen Küssen, die sie nun mit immer mehr Intensität erwidert.

»Du ... machst mich auch unheimlich an, Gavin«, antwortet sie nun endlich und ihre Stimme klingt schon wieder fester als zuvor. »Und das hier war ... sehr schön.«

Sie errötet und blickt mir zum ersten Mal seit einer Ewigkeit in die Augen. Ihre Lippen sind halb geöffnet, rot und geschwollen von meinen heftigen Küssen. Sie sieht aus wie eine Nymphe und einen Moment lang ärgere ich mich darüber, dass ich sie hier vor der Tür im Stehen genommen habe, aber das war garantiert noch nicht das Ende.

»Komm, meine Süße«, locke ich sie und fasse nach ihrer Hand. »Lass uns jetzt endlich reingehen. Dort ist es viel bequemer als hier draußen.«

Mit einem verschmitzten Grinsen sieht sie zu Boden, folgt mir aber ohne Widerstand, und ich habe den Verdacht, dass ich von dieser Frau noch mehr kennenlernen werde als erst die kratzbürstige und dann die scheue Fassade. Ich bin gespannt, wer sie wirklich ist.

MELISSA

Als Gavins warme Finger sanft meine Hand umschließen, fühle ich mich noch immer emotional überwältigt. So etwas Intensives habe ich niemals zuvor erlebt.

Natürlich hatte ich schon Sex, aber etwas derart Gewaltiges ist noch nie über mich gekommen. Ich wusste nicht, dass ich so hemmungslos Lust empfinden kann. So fantastisch, dass mir vor lauter Glück die Tränen aus den Augen quollen.

Jetzt, nach dem Gipfel der Leidenschaft, fühlt es sich an wie in einer rasanten Talfahrt, aber Gavin ist hier, fängt mich auf, zieht mich hinter sich zu diesem speziellen Ort. Sein zartes Lächeln, sein aufmerksamer Blick zeigen mir, dass er für mich da ist, mich nicht nur kurz benutzen wollte, um mich dann fortzuschicken. Und dafür bin ich ihm sehr dankbar. Ich kann nicht verhindern, dass mein Herz sich für ihn öffnet. Außerdem möchte ich es auch gar nicht, weil es sich so unglaublich schön anfühlt, einen Mann in meinem Leben zu wissen, der sich für mich interessiert.

Halt! Ich sollte das nicht überbewerten und weiterhin vorsichtig sein. Schließlich gab es bis vor Kurzem noch diese Liv in Gavins Leben. Wer sagt denn, dass ich nicht doch nur ein kleines, unbedeutendes Zwischenspiel für ihn bin?

Doch ich weigere mich, diesem Gedanken zu viel Raum zu geben. Nach der erlebten Euphorie drohen sie, mich in die Tiefe zu ziehen. Also schiebe ich jede Idee an meine Zukunft zur Seite, genieße den Moment in der Gegenwart dieses außergewöhnlichen Mannes, der mir soeben auf eine anregende dominante Art bewiesen hat, dass hinter der vornehmen Fassade etwas Wildes lauert. Geahnt hatte ich es schon länger, aber nun ist daraus Gewissheit geworden.

Während Gavin mit mir an der Hand auf ein mit einer Folie abgedecktes Möbelstück in der Mitte des runden Raumes zusteuert, wage ich einen flüchtigen Rundumblick. Jeder eingefleischte Cotswolder würde dieses Bauwerk als unverschämten Stilbruch bezeichnen. Vielleicht habe ich deshalb bisher noch nichts davon gehört.

Das Rascheln der Folie lässt meine Aufmerksamkeit zu der riesigen Liege schnellen, die genau in der Mitte des Raumes steht. Das Tageslicht fällt eindrucksvoll durch das gläserne runde Fenster direkt in der Kuppel über mir und beleuchtet den Diwan mit dem rubinroten Bezug. Es fällt mir nicht schwer, mir Gavin seitlich liegend auf dem Polster vorzustellen, wie er lässig einen Ellenbogen als Stütze benutzt und Weintrauben nascht. Oder noch besser, wie er an mir nascht.

Sofort zieht mein Unterleib sich wohlig zusammen, was mir ein ertapptes Lächeln entlockt.

Als hätte Gavin meine Gedanken gelesen, zieht er mich an sich und wir sinken Arm in Arm auf die weiche Unterlage. Obwohl der Raum hier unbeheizt wirkt, ist der Stoff in meinem Rücken sofort wohlig warm und Gavins hitziger Körper sorgt sowieso dafür, dass ich mich rundum geborgen fühle, mich entspannt zurücklege und vollkommen im Hier und Jetzt und seinen heißen Küssen aufgehe. Ich kann gar nicht sagen, wie lange wir schweigend engumschlungen beieinanderliegen, uns dabei streicheln und aneinanderkuscheln, als gäbe es kein Morgen.

Nach einiger Zeit legt Gavin seinen Kopf auf meinem Brustkorb ab, während ich mit den Fingerspitzen durch sein dunkles Haar fahre. Unsere Atemzüge haben sich aneinander angepasst. Die hitzige Leidenschaft wurde von einer tiefen Befriedigung abgelöst. Ich könnte ewig hier liegen.

Irgendwann nehme ich mir die Zeit, den Raum erneut genauer anzuschauen. Wie ungewöhnlich die Bauweise doch ist. Normalerweise findet man hier fast nur die niedlichen Häuser aus dem Stein der Gegend. Bauvorschrift sozusagen. Alles an ihnen wirkt eckig und ist voller Kanten. Wie kommt man nur darauf, etwas Rundes in diese Gegend zu stellen? Gern würde ich Gavin danach fragen, aber diese Art von Frage kommt mir nach dem besten Sex, den ich je hatte, irgendwie unpassend vor.

Mein Blick schweift über die vielen Fenster, die zusätzlich in der Kuppel eingebaut wurden, gleitet tiefer auf die Gemälde an der Wand, die allesamt mit Folie abgehängt sind. Und obwohl ich durch das milchige Plastik nicht haargenau sehen kann, was sich darunter verbirgt, erkenne ich doch das Motiv auf dem größten Gemälde.

Das muss Gavins Frau sein.

Meine Finger erstarren und ich halte den Atem an. Ich habe wirklich den Eindruck, dass Gavins Frau Diana mich ansieht. Ihr Gesicht ist durch die Folie unwirklich verzerrt.

Gavin hebt den Kopf. Wahrscheinlich hat er meine Streicheleinheiten bis jetzt genossen und wundert sich, warum ich damit aufgehört habe. Sofort erkennt er, wohin ich sehe und mit einem Mal verspannt sich sein ganzer Körper.

»Ist das …?«, wispere ich.

»Ja«, bekomme ich zur Antwort und schon der Ton, mit dem er dieses eine Wort brummt, zeigt mir, dass er sich vor mir verschließen wird. Mit wenigen Bewegungen schiebt sich Gavin von mir und setzt sich auf eine freie Stelle des Diwans. Dort, wo eben noch sein Körper auf mir lag, macht sich Kälte breit.

Ich rapple mich ebenfalls auf, ziehe mir züchtig den Stoff meines Kleides tiefer und überlege, was ich nun sagen könnte, damit die Lage wieder lockerer wird. Ich möchte Gavin so gerne lächeln sehen, ihn wild und leidenschaftlich erleben, aber mit jeder Sekunde, die verstreicht, schließt sich die Tür, die er mir geöffnet hat.

Ich hätte dieses Bild nicht erwähnen sollen, hätte es nicht sehen dürfen. Ach wäre ich doch in der Lage gewesen, mich geschickter anzustellen.

»Sie ist wunderschön«, flüstere ich, bemerke, wie unsicher meine Stimme klingt, und schelte mich für meine unbedachte Äußerung.

»Das war sie«, ergänzt Gavin sofort und weist mich damit auf meinen Fehler hin.

Weil ich händeringend überlege, wie ich nun weitermachen soll, starre ich die Frau auf dem Bild an. Sie trägt eine elegante Hochsteckfrisur und ihr langer Hals wirkt edel. Überhaupt ist ihre komplette Erscheinung so graziös, dass ich mich dagegen wie ein Trampeltier fühle.

Und was noch dazu kommt? Ich bin mir sicher, dass Gavin noch überglücklich verheiratet wäre, wenn ihre

Erkrankung dem Glück nicht ein Ende gesetzt hätte. Er liebt sie und er wird sie immer lieben. Sofort schnürt ein unangenehm drückender Kloß meinen Hals ab. Ich stehe auf, mache ein paar Schritte durch den Raum, einfach, um irgendetwas zu tun.

»Wer hat das gebaut?«, frage ich nun doch, während ich mich umsehe.

»Einer meiner Vorfahren«, erklärt Gavin nach einer Pause. Dann steht er ebenfalls auf und entscheidet sich anscheinend dabei, meine Frage nun doch etwas ausführlicher zu beantworten. Denn während seine ersten Worte noch gelangweilt klangen, nähert er sich mir nun, legt seinen Arm um mich und führt mich durch den Raum, indem er mir haarklein alles erzählt, was ihm dazu einfällt.

Ich gebe zu, dass ich seinen Schilderungen nur halbherzig folgen kann. Denn während er detailliert auf beinahe jeden Stein eingeht, der hier verbaut wurde, spüre ich die Anwesenheit des Gemäldes in meinem Rücken wie einen schweren Rucksack. Doch Gavin sorgt dafür, dass wir während seiner Führung nicht mehr an dem Bild vorbeikommen. Geschickt umschifft er den Teil des Raumes. Ob er mich damit schonen möchte oder ob er um jeden Preis verhindern will, mir etwas über seine Frau erzählen zu müssen?

Ich denke, ich will es nicht wissen. Mir fällt jedenfalls auf, dass er zu seiner Leichtigkeit zurückgefunden hat, als wir den Ausgang erreichen. Höflich deutet er lächelnd mit einer Armbewegung an, dass er mir den Vortritt lässt. Gelöst trete ich ins Freie, sauge die warme Luft ein und erfreue mich an den vielen Blumen, die hier in einer Vielfalt wachsen, die mir den Atem verschlägt.

Warum ist mir das zuvor nicht aufgefallen?

Ja, da war ich mit meinen Gedanken auf einen Herrn fixiert.

»Fantastisch«, gebe ich jetzt von mir und betrachte die unzähligen Hyazinthen, die mit blauer Dominanz über die Wiese herrschen. Doch daneben blühen massenhaft Narzissen. Ein Schmetterling flattert aufgeregt zwischen den Blüten umher, als könne er sich nicht entscheiden, welcher er zuerst einen Besuch abstatten soll.

»Warum bestellst du Blumen bei mir, wenn du hier so eine fantastische Auswahl hast?«, frage ich atemlos, ohne den Blick von den Pflanzen zu nehmen. Hier gedeihen sogar eher seltene Exemplare wie die Frühlingssterne.

Jemand hat sich ganz eindeutig um den Garten bemüht, hat Blumen gepflanzt. Aber mir fällt auch auf, dass sich niemand mehr um die Gewächse zu kümmern scheint. Zwischen den ehemals liebevoll angelegten Rabatten wuchert Unkraut und die akkurate Reihe aus Steinen zur Abgrenzung ist an einigen Stellen aus den Fugen geraten.

Da ich die Antwort auf meine Frage erahne, wirble ich zu Gavin herum, der nicht näher zu dem Beet herangetreten ist. Er steht noch immer am Eingang zu dem Gebäude und sieht mich an, als hätte ich mit meiner Frage die Büchse der Pandora geöffnet. Schon wieder!

Erst das Bild und nun das!

»Diana liebte diese Blumen. Ich dagegen habe kein Händchen dafür«, erklärt er leise, aber bestimmt.

Warum nur hat er mich mit hierhergenommen? Wahrscheinlich kann er sich diese Frage selbst nicht beantworten. Mit einem Nicken wende ich mich ab und gebe ihm so zu verstehen, dass ich nun schweigen, ihn nicht weiter mit meinen Fragen bedrängen werde. Mit schnellen Schritten lasse ich das wunderschöne Grün hinter mir und begleite Gavin zurück zu seinem schnittigen Wagen.

Mit beklemmendem Gefühl sitze ich wenige Minuten später neben ihm im Auto. Ich traue mich kaum, zu ihm hinüber zu sehen. Dennoch spüre ich einen Schmerz in mir, der sich meinem Gefühl der Niederlage widersetzt. Ich will nicht aufgeben, will diesen Mann nicht einfach so ziehen lassen, weil er seine große Liebe längst gefunden hat. Soll ich die Finger von ihm lassen, nur weil sein Herz noch immer vergeben ist?

Als ich ihm nun doch einen vorsichtigen Blick zuwerfe, kenne ich die Antwort. Sein Anblick versetzt mir einen Stich, zeigt mir aber auch, wie sehr ich mich schon jetzt zu ihm hingezogen fühle. Er bräuchte nur mit dem Finger zu schnippen, mir fordernd seine erregenden Worte ins Ohr zu säuseln, und ich wäre Wachs in seinen Händen. Schon die Art, wie er seine Finger um das Lenkrad schlingt, der wilde Blick aus seinen Augen und der schwungvolle Fahrstil törnen mich an. Ich weiß, dass ich Gavin Kingsley nicht mehr aus meinem Kopf bekommen werde.

Unsere Blicke treffen sich. Ungebändigte Lust knistert erneut inmitten unter uns, der Hauch von etwas Gefährlichem liegt in der Luft. Und in mir tobt ein leidenschaftlicher Sturm, dessen Zentrum sich zwischen meinen Beinen befindet.

Natürlich muss Gavin sich wieder auf die Fahrbahn konzentrieren, aber seine Hand findet ihren Weg in meinen Nacken. Seine Finger massieren meinen Hals immer intensiver. Mit einer Bewegung lenkt er sein Auto an den Straßenrand und bremst abrupt ab. Obwohl ich hin und her geschleudert werde, dirigiert Gavin mich zielsicher mit seiner Hand zu sich und schon trifft mich sein brennender Kuss. Ich keuche auf, gebe mich der Unruhe in mir hin und genieße es, wie er mich in Besitz nimmt.

»Wann werde ich dich nackt sehen?«, höre ich ihn nahe an meinem Ohr.

Am liebsten würde ich mir sofort die Kleider vom Leib reißen, aber aus dem Augenwinkel bemerke ich den Fahrradfahrer, der sich uns nähert. »Bei der nächsten Lieferung«, sage ich, ohne nachzudenken.

Überrascht lässt Gavin von mir ab, schiebt sich ein Stück von mir weg und sieht mich sehr lange und intensiv an.

»Dann bei der nächsten Lieferung.« Als wäre es für ihn kein Problem, seine Erregung im Zaum zu halten, dreht er sich nach vorn, umfasst wieder das Lenkrad und steuert den Wagen in aller Seelenruhe zurück auf die Straße. Lässig winkt er dem grinsenden Fahrradfahrer, der sich schwerfällig tretend auf der Gegenfahrbahn an uns vorbeischiebt.

Fassungslos und mit wild klopfendem Herzen schaffe ich es nicht, meinen Blick von Gavin zu lösen. Dieser Mann treibt mich noch in den Wahnsinn!

Leicht lächelnd gibt er mir zu verstehen, dass er mein Starren zur Kenntnis genommen hat. Als er dann sanft meine Hand ergreift, um sie zu drücken, muss ich mich wirklich zurückhalten, nicht über ihn herzufallen.

Dieser Mann steckt so voller Widersprüche. Auf der einen Seite ist er der noble Adlige, der sich gewandt ausdrückt und gut kleidet, und auf der anderen brennt ein Feuer in ihm, mit dem ich nur zu gern spiele. Eine explosive Mischung.

Ich kann nicht sagen, was mich mehr erregt. Sein fordernder Kuss von eben oder das sanfte Händchenhalten. Ich muss höllisch aufpassen, dass ich mein Herz nicht an diesen Mann verliere. Denn ich fürchte, hätte er es erst einmal in seinen Händen, könnte er damit überfordert sein. Ganz zu schweigen von der Tatsache, dass ich mit einem Mann wie ihm überfordert bin. Seine Welt und meine Welt passen nicht zusammen. Was mich aber nicht davon abhalten wird, meine neu entdeckte Leidenschaft mit ihm auszuleben. Vielleicht wird er wenigstens für ein paar Wochen mein sein.

»Wir sind da«, erklärt Gavin.

Ruckartig sehe ich auf. Wir parken vor dem kleinen Häuschen, in dem ich mit Bridget lebe. »Du weißt, wo ich wohne?«, frage ich nach, obwohl ich mich darüber wundere, warum ich nicht mitbekommen habe, dass wir hier längst stehen.

»Ich weiß so einiges.«

Schlagartig denke ich an meinen Noch-Ehemann. Ob er weiß, dass ich in Trennung lebe? Dass ich es nicht geschafft habe, den Ansprüchen eines Mannes gerecht zu werden, weil ich mich nicht verbiegen lasse?

»Du trägst gern Gummistiefel zum Beispiel. Und du besitzt keine Fahrradpumpe«, erklärt Gavin und ich atme erleichtert auf.

»Ja, richtig«, stimme ich zu und verliere mich erneut in seinem Gesicht mit den kantigen Zügen, die ich so mag. »Danke, dass du mich mitgenommen hast.«

Die Zweideutigkeit in der Aussage ist gewollt. Er hat mich nicht nur nach Hause gefahren. Nein, er hat mir heute einen persönlichen Ort gezeigt und damit auch einen Teil von sich, den er bestimmt nicht jedem vor die Nase hält.

»Gern geschehen«, erklärt er höflich. Jetzt ist er wieder ganz der gut erzogene Adlige. Er nimmt meine Hand, zieht sie zu seinem Mund und drückt mir einen Kuss auf den Handrücken, ohne mich dabei aus den Augen zu lassen.

Als ich dann für den Bruchteil einer Sekunde seine Zungenspitze spüre, presse ich automatisch die Schenkel zusammen. Gavin lächelt, weil er meine Verkrampfung natürlich sofort bemerkt.

In seinen Augen lodert wieder ein Feuer, als er sagt. »Ich erwarte Ihre Blumenlieferung voller Sehnsucht, Miss Lambert. Schließlich weiß ich jetzt auch von dem kleinen Muttermal auf Ihrer rechten Pobacke.«

Wie betäubt steige ich aus und versuche, das Kribbeln in meinem Körper unter Kontrolle zu bringen. So langsam glaube ich, dass er mich absichtlich aus der Fassung bringt, mich erregt, nur um mich dann im Regen stehen zu lassen.

»Melissa?«, höre ich Bridgets Stimme in meinem Rücken, während ich dem abfahrenden Wagen von Gavin noch nachsehe. »War das etwa Gavin Kingsley?«, hakt sie nach, weil ich mich nicht in der Lage sehe, mich zu bewegen.

Hab ich ihm noch nachgewunken? Oder warum sonst habe ich meine Hand erhoben. Lasch sackt sie hinunter und ich drehe mich zu Bridget um. »Ja«, seufze ich endlich.

»Aber ... ich verstehe nicht. Du fährst mit einem Mann weg und kommst mit einem anderen wieder?«

»Sieht so aus.«

»Ist etwas passiert?«

»Oh, wenn du wüsstest«, wiegle ich ab. Bridget wird schon noch erfahren, was heute alles geschehen ist. Natürlich muss ich ihr nicht alles bis ins kleinste Detail auftischen, aber den groben Ablauf muss ich loswerden, sonst platze ich. Momentan habe ich allerdings ganz andere Sorgen.

»Ich muss mir überlegen, welche Blumen ich für die nächste Lieferung zusammenstelle«, murmle ich mit erhobenem Zeigefinger vor mich hin und in Wirklichkeit denke ich darüber nach, welche Kombination an aufreizender Unterwäsche ich ganz hinten in der Schublade vergraben haben könnte.

GAVIN

Draußen vor dem Fenster erwacht der Tag. Wieder bin ich schon seit Stunden munter, kann nicht mehr einschlafen. Doch zum ersten Mal seit sehr langer Zeit ist es nicht die schmerzliche Erinnerung an Diana, die mich hat hochschrecken lassen.

Es fühlt sich merkwürdigerweise anders an als alle meine bisherigen Bettgeschichten. Melissa Lambert hält meine Gedanken auf eine gänzlich andere Weise auf Trab, als ich es gewohnt bin. Natürlich begehre ich sie. Allein der Gedanke an ihren prachtvollen Arsch lässt meinen Schwanz an diesem Morgen schon wieder hart werden. Immerhin ist es drei Tage her, dass ich sie gevögelt habe und seitdem ...

Himmel, und wie ich sie gevögelt habe. Und ich hätte sie noch einmal gefickt, wenn sie nicht dauernd Diana ins Spiel gebracht hätte.

Nun ja, hat sie eigentlich nicht. Was musste ich sie auch ausgerechnet in den Pavillon bringen? War ich vor lauter Gier so benebelt, dass es mir egal war, wo ich mir die hübsche Rothaarige nehme? Oder hat mir mein Unterbewusstsein damit ein Signal gesendet, das ich nicht überhören sollte?

Es war erstaunlich sauber dort, den Gedanken hatte ich in der pikanten Situation nicht wirklich zugelassen, aber unbewusst fiel es mir auf. Wenn da mal nicht Margret die Hände im Spiel hat. Ich werde sie bei Gelegenheit danach fragen. Andererseits weiß sie dann, dass ich endlich wieder dort war.

Es ist mir einerlei. Sie kann es ruhig wissen. Nicht, mit wem und warum, aber es wird sie sicherlich beruhigen, dass ich diese Hürde nach so langer Zeit tatsächlich genommen habe. Und es fiel mir erstaunlich leicht. Zumindest bis Melissa unbeabsichtigt die Sprache auf mehrere Details brachte. Nun gut. Zunächst werden wir uns ja erst wieder hier in meinem Büro sehen. Da besteht wenig Gefahr, dass sie irgendwelche schmerzlichen Erinnerungen heraufbeschwört.

Bald ist es soweit.

Genau genommen heute Vormittag.

Diese Aussicht lässt mich aus dem Bett springen. Zum ersten Mal seit langer Zeit fühle ich mich morgens beschwingt und voller Elan. Das liegt wahrscheinlich am Wetter, rede ich mir ein, doch genau genommen ist mir der Grund egal. Das Gefühl fehlte mir schon sehr lange und ich genieße es daher umso mehr.

~

»Was ist denn in dich gefahren?«, brummt mein Vater, als ich wenig später im Frühstückszimmer eintreffe. »So schwungvoll hast du diese Tür seit Monaten nicht mehr geöffnet.«

Ich bemühe mich um eine gelassene Miene und zucke

mit den Schultern. »Dann war es höchste Zeit, findest du nicht?«

Nebenbei bemerke ich einen Blick von Margret, den ich aber ignoriere. Da ich nichts mehr sage und auch niemand meine Laune noch einmal anspricht, fange ich schweigend an zu essen und lausche den Kabbeleien, die sich mein Vater und seine Hausdame liefern. Es geht mal wieder um nichts anderes als die dringend notwendige Hüftoperation, gegen die er sich immer noch sträubt. Ich habe es bereits aufgegeben, ihn überreden zu wollen, aber Margret lässt nicht locker. Mit funkelnden Augen und erhitztem Gesicht redet sie auf ihn ein. Dann bemerkt sie offenbar, dass ich sie beobachte, und wendet sich an mich.

»Nun rede doch du endlich mal ein Machtwort, Gavin!«

»Untersteh dich!«, funkt mein Vater mit erhobener Gabel dazwischen. »Du hast mir gar nichts zu sagen und schon gar kein Machtwort!«

»Du schnippst Bohnen durch die Gegend«, warne ich ihn ungerührt und nehme selbst eine Portion davon. »Außerdem bist du alt genug, um selbst zu wissen, was für dich gut ist.«

»Das weiß er eben nicht«, ereifert sich Margret. »Wie kannst du mir nur so in den Rücken fallen?«

Ein Zwinkern schwächt ihre Worte ab, doch ich erkenne wieder einmal, wie ernst es ihr damit ist.

»Ich falle dir nicht in den Rücken, Margret«, widerspreche ich mit einem schiefen Lächeln. »Du kennst den alten Dickschädel doch mindestens so gut wie ich und dürftest wissen, dass er zu nichts zu bewegen ist, was er nicht einsieht.«

»Und ich sehe es eben nicht ein, mich für nichts und wieder nichts unter das Messer irgendeines Quacksalbers zu legen«, pflichtet er mir mit einem triumphierenden Seitenblick zu Margret bei. »Da hörst du's. Er weiß eben Bescheid.«

»Bescheid weiß ich auch, aber das bedeutet nicht, dass ich es gutheiße«, versucht sie es noch mal, doch dann winkt sie ab. »Ach, was rede ich. Ihr beide haltet ja sowieso zusammen, und zwar gegen jede Vernunft.«

Eine Antwort darauf verkneife ich mir, denn mit meinen Gedanken bin ich schon der Zeit voraus. Sollte ich die Blumen öfter als einmal die Woche kommen lassen? Nicht zum ersten Mal stelle ich mir diese Frage und gleichzeitig schüttle ich innerlich den Kopf über mich selbst.

Was für ein Bullshit!

Plötzlich schmeckt mir das Frühstück nicht mehr. Ich schiebe meinen Teller von mir und säubere mir die Mundwinkel mit der Serviette.

»Pardon, Margret. Was sagtest du?«

Verwundert sieht sie mich an. »Ich? Aktuell nichts. Dein Vater grummelt schon wieder andauernd in sich hinein, aber wir kennen ihn ja nicht anders.«

»Das ist allerdings wahr. Und nun entschuldigt mich bitte, ich muss ins Büro.«

Ohne weiter auf die beiden zu achten, schiebe ich meinen Stuhl zurück und stehe auf. Sie werden sich jetzt noch eine Weile kabbeln und das muss ich nicht zwingend miterleben. Lieber mache ich meine Ankündigung wahr und suche meinen Arbeitsplatz auf.

Damit du dich geistig auf die Begegnung mit der verführerischen Rothaarigen vorbereiten kannst, flüstert eine innere Stimme hämisch in meinem Hinterkopf.

Ich schiebe das Verlangen, das mich bei diesem Gedanken überkommen will, energisch beiseite und schaffe es tatsächlich, mich die nächsten Stunden auf ein paar der anstehenden Projekte zu konzentrieren. Trotzdem habe ich immer ein Ohr an der Tür zu meinem Vorzimmer. Höre, wie Phoebe eintrifft und ihren Arbeitsplatz aufrüstet, den sie jeden Abend, ehe sie nach Hause geht, akribisch in Ordnung bringt. Hannah kommt vorbei und die beiden Damen wechseln einige Worte miteinander, die ich zwar nur als dumpfes Hintergrundrauschen wahrnehme, aber dennoch spitze ich die Ohren, um nur ja keine Veränderung in meinem Vorzimmer zu verpassen.

Um sie nicht zu verpassen.

Melissas Ankunft.

Hannah geht und es wird ruhig vor meiner Tür. Fast gespenstisch still. Kein Klingeln des Telefons, keine persönliche Störung durch wen auch immer, keine Phoebe, die irgendetwas von mir wissen möchte und durchklingelt oder hereinkommt.

Nichts.

Und die Zeiger der Uhr rücken unaufhaltsam voran. Ungeduldig werfe ich einen Blick auf mein Handgelenk. In wenigen Augenblicken wird es elf Uhr sein. Wann kommt sie endlich? Wurden die Blumen immer schon so spät geliefert?

Ach nein, normalerweise brachte ja Maisie den Strauß für Diana.

Diana.

Heute fühlt es sich anders an, sie zu vermissen. Das akute Reißen in meinem Herzen ist einem sanften Brennen gewichen. Die Trauer, die mir bisher den Atem nahm, hat einem tiefen Bedauern Platz gemacht.

Atemlos horche ich in mich und diese neuartigen Empfindungen hinein.

Kann das sein? Verändern sich meine Gefühle tatsächlich so schnell? Wenn man über zwei Jahre denn als schnell bezeichnen möchte. Gedankenverloren greife ich nach der Fotografie von Diana, die neben meinem Bildschirm steht, nehme sie in die Hand und betrachte sie. Noch bis vor Kurzem stach es dabei jedes Mal schmerzhaft in meinem Herz. Auch jetzt warte ich ganz automatisch darauf, doch dieser Stich bleibt aus. Stattdessen beantworte ich ihr Lächeln auf dem Bild. Noch immer ist Trauer das beherrschende Gefühl im Zusammenhang mit ihr. Aber es ist etwas in Bewegung geraten.

Ein Wirbelsturm vor meiner Tür holt mich so abrupt aus meiner Selbstreflexion, dass ich das Bild fallenlasse. Laute Frauenstimmen, hell und fröhlich. Lachen, das in Kaskaden bis zu mir dringt.

Und plötzlich weiß ich mit einer Gewissheit, die fast genauso schmerzt wie meine Trauer, dass ich unbedingt wieder glücklich sein möchte.

Irgendwann.

Bald.

Jetzt?

Die Tür geht auf und Phoebe steckt ihren Kopf herein.

»Miss Lambert bringt die Blumen, Sir.«

»Schicken Sie sie herein«, antworte ich und versuche vergeblich, das Rasen meines Herzens zur Ruhe zu bringen.

Herrgott noch mal, was ist nur mit mir los?

Die Tür schwingt ganz auf und der rote Wirbelwind fegt herein. Mit Melissa Lambert erobert eine Wolke verschiedenster Blumendüfte mein Büro, die ich automatisch tief in meine Lungen sauge.

»Guten Morgen, Sir«, höre ich Melissas Stimme. Sie zittert ein wenig und auch ihre Miene ist angespannt. »Tut mir leid, ich bin zu spät, aber ...«

»Allerdings sind Sie das«, unterbreche ich sie ein wenig

zu unwirsch für meinen eigenen Geschmack, doch plötzlich bin ich sehr ungeduldig und möchte einfach nur mit ihr allein sein. »Phoebe, bringen Sie Tee und Gebäck. Ich habe etwas mit Miss Lambert zu besprechen.«

»Sehr wohl, Sir.«

Sie eilt davon und während draußen das Geschirr klappert, begegne ich Melissas entsetzter Miene.

»Die Vase steht dort drüben.« Ich weise mit einer sparsamen Handbewegung in die Richtung des Tisches, auf dem Phoebe wie jeden Dienstagmorgen bereits das Behältnis vorbereitet hat, das den Strauß aufnehmen soll.

Melissa wirft mir einen weiteren, unsicheren Seitenblick zu, geht dann aber hinüber und stellt die Blumen in das geschliffene Kristall. Wenn sie das Bukett zusammengestellt und gebunden hat, dann hat sie sich dieses Mal selbst übertroffen. Es ist perfekt mit seinen lachsrosa Rosen und den weißen Margeriten, den Lavendelbüscheln, die dazwischengesteckt sind, und all den anderen Blättern und Blüten, die ich nicht mal entfernt beim Namen benennen könnte. Sie versteht etwas von ihrer Arbeit, so viel steht fest, aber davon konnte ich mich bereits auf Emilys Hochzeit überzeugen.

Mit geschickten Händen arrangiert sie die Blumen neu, nachdem sie das Band gelöst hat, das sie zusammenhielt. Angespannt folge ich ihren Bewegungen und stelle mir vor, wie sie mich berührt. Am liebsten meinen Schwanz. Hoffentlich ist Phoebe bald mit dem Tee fertig. Ich möchte unbedingt mit Melissa allein sein, und zwar jetzt. Da kommt mir die an sich kurze Wartezeit unendlich vor.

»Sir? Ihr Tee.«

Endlich.

»Richten Sie ihn auf dem Besprechungstisch an.«

»Natürlich, Sir.«

Während wir in angespanntem Schweigen warten, bis meine Sekretärin mit ihren Verrichtungen fertig ist, blickt Melissa angestrengt und mit ernster Miene aus dem Fenster. Ja, ich gebe zu, der Ausblick ist angenehm, aber er rechtfertigt keineswegs eine solch ungeteilte Konzentration, wie sie sie gerade an den Tag legt. Trotzdem – oder deswegen? – lasse ich sie nicht aus den Augen und registriere deshalb auch, wie sie sichtlich ausatmet, als die Tür hinter Phoebe zufällt. Dann wendet sie sich zu mir um, während ich noch immer wie angewurzelt neben meinem Schreibtisch stehe.

»Sir?« Ihre Stimme klingt trotzig und sie hebt das Kinn. »Was wollten Sie also nun mit mir besprechen?«

Langsam setze ich mich in Bewegung, gebe ihr aber noch immer keine Antwort. Es ist zu schön zu sehen, wie sie schneller atmet und ihr Puls genauso rast wie mein eigener. Sie ist nervös. Gut so, denn ich bin voller Erwartung.

»Tee?«, frage ich trotzdem und schwenke um, nähere mich statt ihr dem Besprechungstisch.

»Nein danke«, höre ich sie mit kühler Stimme hinter mir sagen und drehe mich nun doch wieder zu ihr um. Ihre Wangen sind gerötet und in ihren Augen steht Verwirrung. »Habe ich irgendwas verbockt, Gavin? Oder warum willst du mit mir reden? Wegen der Verspätung? Dafür habe ich mich entschuldigt. Wenn es also sonst nichts gibt, würde ich lieber wieder zurück zur Arbeit.«

»Das könnte dir so passen«, gebe ich mit einem Grinsen von mir. Mit wenigen Schritten bin ich bei ihr und ziehe sie in meine Arme. Presse ihren verführerischen Körper an mich und werde sofort hart. »Das war nichts weiter als ein Vorwand, um nicht gestört zu werden, während ich dich jetzt und hier verführe.«

Ihr gehauchtes *Oh* verklingt in meinem Mund, als ich meine Lippen auf die ihren lege und mit meiner Zunge eintauche. Sie schmeckt so süß, als hätte sie eben erst eins dieser Gebäckteilchen gegessen, die sie neulich auf der Party mithatte. Betörend und die Sinne verwirrend.

Ich muss sie haben.

Meine Finger gleiten an ihren Seiten aufwärts, ich umfasse ihre Brüste und spiele mit meinen Daumen an ihren bereits aufgerichteten Nippeln. Sie atmet zischend ein und lässt sich gegen mich sinken, während sie eifrig mit meiner Zunge spielt und mir voller Leidenschaft entgegenkommt. Ihre Kurven schmiegen sich herrlich weich an meinen Körper, was meine Lust noch weiter steigert.

Miss Lambert trägt gern Kleider – eine Vorliebe, die der meinen perfekt entgegenkommt. Ich vögle eine Frau gern von hinten und liebe es, wenn ich ihr nur den Rock über den Hintern hochzuschieben brauche.

»Ich will dich, Melissa«, knurre ich rau an ihrem Ohr, was ihr einen süßen, heiseren Laut entlockt. Mit der linken Hand greife ich nach ihrer rechten und führe sie an meinen Schritt. Als sie meine Härte spürt, stockt ihr einen Moment lang der Atem, als sei sie davon überrascht, doch dann greift sie zu und schließt ihre Finger fest um meinen Schwanz.

»Wie ... wie willst du es denn, Gavin?«, erkundigt sie sich atemlos und sieht mich mit einem Augenaufschlag an, der mir alles restliche Blut in die südlichen Regionen treibt. »Wieder so wie neulich?«

»Gefällt es dir denn so?«

Sie greift ein wenig fester zu und mein Schwanz zuckt in ihrer Hand. Ihre Zungenspitze lugt ein bisschen zwischen ihren Lippen hervor, und ich weiß schlagartig, wie ich es dieses Mal will.

»Nimm ihn in den Mund«, fordere ich rau und sehe deutlich, wie sie errötet. Himmel – hat sie denn auch das noch nie gemacht? Doch dann huscht ein verruchtes Lächeln über Melissas Gesicht. Sie dreht sich zu dem Sofa um und wirft von dort ein Kissen vor mir auf den Boden. Ohne ein weiteres Wort sinkt sie auf die Knie und macht sich an meinem Gürtel zu schaffen. Ein wenig ungeschickt zwar, aber mit ein bisschen Hilfe hat sie meinen harten Schwanz schnell ausgepackt.

Ich sehe ihr dabei zu und bin kurz davor, den Verstand zu verlieren vor Erregung. Sie ist so unverdorben, aber dennoch widerspruchslos bereit, meine sexuellen Forderungen zu erfüllen. Das ist eine Kombination, die mich unglaublich anmacht. Noch dazu sieht sie jetzt zu mir auf, kurz bevor sie meine Eichel in den Mund nimmt.

Hoffentlich werde ich nicht zu laut stöhnen, wenn ich in ihrem Mund komme.

MELISSA

Oh mein Gott! Ich wusste nicht, dass ich vor lauter Lust platzen könnte, nur weil ich vor einem Mann auf die Knie sinke und seinen Schwanz in den Mund nehme. Meinen Ex Ron habe ich zwar auch schon auf diese Weise verwöhnt, allerdings konnte ich mich nie richtig damit anfreunden. Inzwischen weiß ich warum. Ron und ich waren nie füreinander geschaffen.

Aber jetzt und hier mit Gavin lasse ich einer neuen Zügellosigkeit in mir freien Lauf und gehe völlig darin auf, an seinem Schwanz zu saugen und zu lecken, während ich seine Vorhaut auf und ab schiebe. Seine Reaktion törnt mich nur noch mehr an. Sein Keuchen und seine Bewegungen, mit denen er mich, selbst um Zurückhaltung bemüht, unterstützt, spornen mich nur noch mehr an.

Gavin verströmt eine unglaubliche Hitze und der Duft und Geschmack seiner Lust nehmen mich mit in eine Art Trance, in der es nur ihn und mich gibt.

»Melli«, stöhnt er beinahe tonlos. Die Verwendung eines Kosenamens berührt eine Stelle in meinem Herzen. Neben meiner Leidenschaft für Gavin füllt mich eine tiefe

Zuneigung und eine vertraute Zärtlichkeit aus. Ich möchte dieses Gefühl festhalten.

Aber ich will Gavin auch dazu bringen, diesen Namen erneut zu keuchen. Seine Finger krallen sich in mein Haar. Als ich einen Blick zu ihm nach oben wage, hat er den Kopf in den Nacken gelegt und die Augen geschlossen. Er genießt jede meiner Berührungen und scheint nicht mehr in der Lage zu sein, sich zu bewegen.

Umso eifriger bearbeite ich ihn, werde wilder und auch mutiger. Ich spüre, dass er bald so weit sein wird. Bisher habe ich immer vorher aufgehört, keinen Mann jemals in meinem Mund kommen lassen. Aber dieses Mal will ich alles von Gavin haben. Ohne zu zögern, nehme ich ihn auf und als sein Schwanz in meinem Mund zuckt, schlucke ich alles gierig hinunter, ohne lange darüber nachzudenken.

Verrückt! Ich fühle mich ein bisschen schmutzig, wie ein leichtes Mädchen, das einem adeligen Herrn Befriedigung verschafft. Dennoch bin ich erregt wie nie in meinem Leben. Zwischen meinen Beinen pulsiert es so heftig, als bekäme ich selbst jeden Augenblick einen ungezügelten Orgasmus.

Ich ziehe mich von Gavin zurück und beobachte ihn hingebungsvoll. Er entspannt sich nach und nach, seine Atemzüge werden ruhiger und als er schließlich zu mir hinuntersieht und sanft lächelt, streichelt er zärtlich durch mein Haar.

Stundenlang könnte ich ihm nur ins Gesicht blicken und hätte dennoch nicht genug von ihm. Wenn ich ihn nicht persönlich sehe, habe ich trotzdem ständig ihn vor Augen. Gavin Kingsley: Der Mann, der mich nicht mehr loslässt.

»Das war unglaublich«, raunt er nun und ich presse leicht beschämt die Lippen aufeinander. Dennoch weiche ich seinem Blick nicht aus, weil darin so viel Zärtlichkeit, so viel ... Gefühl? ... liegt. Kann das sein? Dass er vielleicht etwas mehr für mich empfindet, als ich je für möglich gehalten hätte?

Nein, ich darf nicht zu viel in seine Gesten interpretieren. Ich reagiere viel zu hoffnungsvoll auf diese Spekulationen und mein Herz wird brechen, wenn er erst genug von mir hat.

»Du bist der helle Wahnsinn«, ergänzt er und vertreibt meine Sorgen. Ich mache mir viel zu viele Gedanken.

»Vielen Dank, Sir«, sage ich neckisch und weil Gavin mir eine Hand reicht, lege ich meine hinein und lasse mich von ihm auf die Beine ziehen. Er presst sich an mich und schlingt seine Arme um mich.

»Nach dem kleinen Appetizer habe ich großen Appetit bekommen«, erklärt Gavin.

»So, so. Appetit?«, frage ich frech, während mein Unterleib schon allein vom Timbre seiner Stimme frohlockt.

»Wenn Mylady es sich auf dem Sofa bequem machen würden.«

Folgsam lasse ich mich von Gavin zu der Couch geleiten, von der ich vorhin das Kissen für mein Knie geklaut habe. Sanft aber bestimmt dirigiert er meinen Hintern auf die weiche Sitzfläche.

»Nicht bewegen«, fordert er leise. Ich gehorche, weil mich seine sanften Befehle alleine schon mit lustvoller Vorfreude ausfüllen. »Schließ die Augen.«

Voller Anspannung folge ich seinen Anweisungen und kann mir ein Grinsen nicht verkneifen. Schon spüre ich seine Hände auf mir und lasse mich, dem Druck seiner Finger folgend, in Rückenlage sinken. Dann umfassen seine Hände meine Fesseln. Mit wenigen Handgriffen streift er mir die Ballerinas von den Füßen und hebt meine Beine aufs Sofa.

Um möglichst viel hören zu können, versuche ich, den Atem flach zu halten, aber meine Lunge schreit nach Luft. Mein Herz klopft wie verrückt in der Brust und mit jedem Schlag wächst das sinnliche Gefühl in meinem Unterleib.

»Du bist wunderschön«, flüstert Gavin und stachelt meine explosive Stimmung damit nur noch mehr an. Die Couch gibt nach, als er sich zu mir setzt. Plötzlich spüre ich seine warmen Hände wieder an meinen Fesseln. Stück für Stück schiebt er sich höher, fährt unter mein Kleid.

Unruhig winde ich mich unter seiner Berührung, weil ich befürchte, ich halte das nicht lange aus. Er macht mich verrückt und er wird mich noch dazu bringen, dass ich um Erlösung bettle.

»Nicht bewegen«, erinnert er mich. Weiß er überhaupt, was er da von mir verlangt? Ein klein wenig öffne ich noch meine Schenkel für ihn, bevor ich ganz brav sein will.

Und schon fahren seine Finger unter den zarten Stoff meines Höschens. Es fühlt sich so fantastisch an, sie direkt auf meiner Haut zu spüren. Ich drücke den Kopf auf die leicht erhöhte Lehne des Sofas und öffne den Mund, während er seine Finger unendlich langsam bewegt.

Mit der anderen Hand schiebt er mein Kleid nach oben. »Miss Lambert. Eine derart verruchte Unterwäsche hätte ich Ihnen gar nicht zugetraut.«

Eigentlich will ich ertappt kichern, weil ich die durchsichtige Spitzenunterwäsche natürlich mit voller Absicht ausgesucht habe, aber dann senkt Gavin seinen Mund direkt zwischen meine Beine und küsst mich durch den Stoff an meiner intimsten Stelle.

Ich sauge Luft ein und bin ansonsten zu keiner Reaktion mehr fähig.

Als Gavin sich von mir löst, zieht er mir das Höschen hinunter.

»Jetzt werde ich dich so lange lecken, bis du kommst«, kündigt er mit rauer Stimme an.

Und wieder zwickt es verräterisch erfreut zwischen meinen Beinen. Ich kann es kaum erwarten. Als ich endlich von meinem Slip befreit bin, greift mir Gavin beherzt an die Schenkel und spreizt sie auf.

»Und auch hier bist du wunderschön«, raunt er und dann umschließt er meine Schamlippen mit seinem Mund, schiebt sich immer näher an mich, züngelt sanft mit der Spitze seiner Zunge, als wolle er mich überall damit erkunden.

Immer tiefer dringt er in mich. Er leckt mich mit sinnlichem Rhythmus über die empfindsamste Stelle und treibt mich immer höher und höher. Ich versuche, mich irgendwo festzuhalten, und greife planlos um mich. Dann erwische ich Gavins Haar und umgreife seinen Kopf.

Als er zusätzlich seine Finger zum Einsatz bringt, kann ich nur noch keuchend atmen und staunend wahrnehmen, wie geschickt er mich in Richtung eines gewaltigen Orgasmus treibt. Beinahe erbarmungslos stachelt er mich weiter und weiter an. Ich kann gar nicht anders, als mich dem Tornado zu stellen, der mich erfasst und herumwirbelt.

»Oh, Gavin«, stöhne ich viel zu laut. Egal. Von unglaublichem Glücksgefühl erfasst, nehme ich alles, was mir dieser Höhepunkt zu bieten hat.

Dann strecke ich mich durch, liege völlig entspannt auf der Couch und ziehe Gavin auf mich. So verharren wir eine Weile friedlich beieinander und sprechen nicht. Kein Wort der Welt könnte beschreiben, wie erfüllt ich mich fühle.

»Das war unbeschreiblich schön«, sage ich dennoch irgendwann. Gavin hebt den Kopf und sieht mich an.

»Das war es«, ergänzt er.

Wie aufs Stichwort hören wir Schritte draußen vor dem Büro im Gang vorbeigehen. Obwohl niemand klopft, werden wir unruhig. Gavin rappelt sich auf und ich schiebe mein Kleid tiefer.

Haben wir überhaupt abgesperrt? Wahrscheinlich könnte jederzeit jemand zu uns hereinkommen.

»Ich muss zurück in den Laden. Maisie fragt sich sicher schon, wo ich so lange bleibe«, nuschle ich und sehe mich nach meinen Schuhen und meiner Unterwäsche um. Meine Schuhe finde ich vor dem Sofa auf dem Boden, aber von meinem Höschen fehlt jede Spur.

»Wo ist mein Slip?«, frage ich Gavin, der sich eben die Hose geschlossen hat und nun sein Hemd ordentlich im Bund platziert. Die Art, wie er die Augenbrauen nach oben zieht und leicht lächelt, sagt alles.

Er hat ihn also irgendwo. Und er will ihn anscheinend behalten.

Alles klar! Das soll nicht mein Problem sein.

Entschlossen schlüpfe ich in meine Schuhe und drücke mich vom Sofa hoch. Während ich mein Kleid glattstreiche, sehe ich mich noch einmal nach dem Wäschestück um. Keine Chance. Wahrscheinlich hat er es irgendwo versteckt. Ob ich in seine Hosentasche greifen soll? Doch ich entscheide mich dagegen.

»Dann bis zum nächsten Mal«, sage ich stattdessen, als wäre nichts, und küsse Gavin kurz, bevor ich mich zum Gehen abwende. Verschmitzt grinsend spüre ich seine Verblüffung in meinem Rücken regelrecht vibrieren.

»Du willst wirklich *so* gehen?«

»Du hast mein Höschen«, gebe ich scheinbar locker

von mir und drehe mich wieder zu Gavin um. Seine ganze Erscheinung haut mich jedes Mal von Neuem aus den Socken. Es fehlt nicht viel und ich werfe mich ihm an den Hals, um ihn erneut zu vernaschen. Ohne es zu wollen, ziehe ich wieder am Rock meines Kleides. Mein Heimweg auf dem Fahrrad wird bestimmt lustig. Ein Windstoß, und alle Welt sieht, dass ich meinen Slip offensichtlich irgendwo verloren habe.

Schweigend zieht Gavin das gute Stück Spitzenunterwäsche aus seiner Hosentasche und lässt es provokant an einem seiner Finger baumeln.

»Willst du sie zurück?«

»Wäre nicht schlecht«, gehe ich auf seinen neckenden Tonfall ein.

»Was bekomme ich dafür?«

»Was möchte der Herr denn haben?«

Betont lässig schlendert Gavin auf mich zu. Er weiß bestimmt, welche Wirkung allein seine Bewegungen auf mich haben.

Als er direkt vor mir steht, fühle ich mich seinem wilden Blick ausgesetzt, den er so gekonnt verstecken kann. Aber ich erkenne das ungebändigte Feuer in seinen Augen inzwischen. Provokant hält er mir das Höschen hin und als ich endlich danach greife, zieht er blitzschnell seine Hand weg.

Ich will mich lauthals beschweren, aber da sinkt Gavin vor mir auf die Knie. Sein stechender Blick lässt mich keine Sekunde frei.

»Wie wäre es ...«, beginnt er, während er einen meiner Füße durch die erste Beinöffnung lotst. »Wenn du heute Abend ...«, spricht er weiter und hilft dem zweiten Fuß ebenfalls durch das entsprechende Ziel, »... zum Essen hierher kommst ...« Mit wenigen Bewegungen zieht er mir das Höschen nach oben, greift mir mit der flachen Hand in den Schritt und sorgt damit für ein heftiges Gefühlsecho des vorherigen Orgasmus, »... und über Nacht bleiben würdest?«

Meint er das ernst? Sichtlich überrascht betrachte ich Gavin, dabei kenne ich meine Antwort längst.

»Gern«, sage ich sofort.

»Wunderbar. Gegen 19 Uhr?«

Nickend bekunde ich mein Einverständnis, dann schlucke ich schwer. Gavin zieht seine Hand zwischen meinen Beinen weg, dreht sich um und marschiert lässig schlendernd hinter seinen Schreibtisch.

Bevor er sich setzt, wirft er mir einen feurigen Blick zu. »Wenn du nicht gleich gehst, dann kann ich für nichts mehr garantieren. Ich packe dich und sperre uns die nächsten Monate in meinem Schlafzimmer ein.«

Hilfe! Ich täte wirklich nichts lieber, als ihn hinter dem Schreibtisch zu überfallen, aber irgendwo in meinem Gehirn melden sich doch noch ein paar Zellen der Vernunft, die mich an meine Arbeit erinnern.

Und auch auf Gavins Schreibtisch türmen sich die Papiere, die bestimmt darauf warten, abgearbeitet zu werden.

»19 Uhr«, keuche ich blitzschnell und dann fliehe ich regelrecht aus dem Raum und bin froh, dass das Vorzimmer gerade leer ist. Auf dem Flur halte ich einen Moment inne, drücke mir mit der flachen Hand auf die Brust und versuche, meine Atmung in unbedenkliche Bahnen zu lenken.

Dann mache ich mich beschwingt davon.

Keine zehn Minuten später erreiche ich den Blumenladen. Vor lauter Aufregung wegen heute Abend habe ich wie eine Irre in die Pedale getreten und bin nicht einmal außer Puste, als ich um die Ecke der Straße biege.

Dann der kleine Schock. Auf dem Parkplatz vor dem Geschäft steht Richard Hamiltons schicker Wagen, und er selbst erwartet mich lässig an das Gefährt gelehnt. Jetzt meldet sich mein schlechtes Gewissen, weil ich seit meinem Aufbruch aus dem Golfclub nichts mehr von mir habe hören lassen. Vermisst habe ich ihn schließlich nicht. Kein bisschen.

Als Mr Hamilton mich erblickt, langt er in den offenen Wagen und zieht eine glänzende Platte daraus hervor, mit der er mir winkt.

Mein Tablett!

Auch das noch. Das bewirkt nicht gerade, dass mein Gewissen sich beruhigt. Freundlich lächelnd komme ich neben ihm zum Stehen.

»Guten Tag, Miss Lambert. Sie haben auf der Party etwas vergessen«, beginnt Mr Hamilton sofort und hält mir das Utensil entgegen.

»Guten Tag. Das ist wirklich sehr nett von Ihnen. Vielen Dank!« Ich greife nach dem Tablett, aber er lässt es nicht los. Im Gegenteil. Er zieht sogar noch ein bisschen daran und reißt mich dabei fast vom Fahrrad weg, das ich nur leicht zwischen meinen Beinen eingeklemmt habe.

»Und Sie haben *mich* vergessen, Teuerste«, erinnert er mich gespielt beleidigt.

»Ja, tut mir sehr leid. Aber ... Gavin ... Mr Kingsley ...« Ich weiß gar nicht, wie ich ihm erklären soll, was da alles passiert ist. Und außerdem hat er sich danebenbenommen und mich behandelt, als wäre ich eine lebende Puppe, die er dort vorführen kann.

»Ich verstehe. Gegen einen wie Gavin kommt unsereins nicht an. Alle wollen das gebrochene Herz des armen Witwers kitten. Was kann ich dagegen schon bieten?«

Dieses unechte Selbstmitleid kotzt mich an, aber dummerweise treffen mich Mr Hamiltons Worte über Gavin. Am liebsten würde ich sofort widersprechen und mich dafür rechtfertigen, aber dann erinnere ich mich, dass das nicht nötig ist. Mr Hamilton weiß nichts von mir und Gavin.

Mit einem Ruck reiße ich mein Tablett an mich. »Danke, dass Sie es mir vorbeigebracht haben.« Ich bemühe mich, höflich zu bleiben. Auf Streit mit dem Kerl habe ich keine Lust.

»Bitte sagen Sie mir nicht, dass Sie auch im Team Kingsley sind?«, redet Mr Hamilton weiter. »Diana ... wenn ich daran denke, dass ich die beiden miteinander bekannt gemacht habe, dabei hatte sie zuerst ein Auge auf mich geworfen.« Dann bricht er ab. »Er ist ein frauenverschlingendes Monster. Emma, Stacy und zuletzt Olivia ...«

»Sie hätten das Tablett auch bei Maisie abgeben können«, sage ich, nur um irgendetwas zu äußern. Ich will ihm gegenüber möglichst unverbindlich bleiben. Und ich will mir auf keinen Fall anmerken lassen, wie sehr mich seine Äußerung über Gavins Eroberungen schmerzt.

»Nun ja ... heute sehe ich ihn wieder ... zu einem *friedlichen* Abendessen, weil mein Onkel wünscht, dass wir uns wohlgesonnen sind.«

»Abendessen?«, hake ich erschrocken nach und nun hat Mr Hamilton meine volle Aufmerksamkeit.

Er nickt, als würde er meine aufgebrachte Reaktion als Anteilnahme an seiner schrecklichen Situation deuten und seine Bemerkung bestätigt meinen Verdacht. »Abendessen, richtig. Sie sind eine sehr einfühlsame junge Frau. Danke für Ihr Verständnis.« Gedankenverloren tätschelt er meinen Oberarm.

Gavin hat mich also nicht zu einem vertraulichen Candle-Light-Dinner eingeladen. Er hat mich eingeladen, obwohl Mr Hamilton auch kommt. Oder vielleicht gerade deswegen?

Was soll ich davon halten?

»Gern geschehen«, murmle ich und überlege, ob ich Mr Hamilton vorwarnen sollte, dass wir uns dort treffen werden. Ich entscheide mich dann aber dagegen. Stattdessen verabschiede ich mich von ihm und wende mich meinen Geschäften im Laden zu. Die nervöse Vorfreude auf den heutigen Abend, die sich bis gerade eben mit dem noch immer prickelnden Ziehen zwischen meinen Beinen gepaart hat, wird nun allerdings von einem mulmigen Bauchgefühl begleitet.

GAVIN

Merkwürdig. Noch nie erschien mir ein Nachmittag so unerträglich lang wie dieser. Oder zumindest ist seit dem letzten Mal, als ich dieses Gefühl hatte, schon so viel Zeit vergangen, dass ich mich daran nicht mehr erinnern kann.

Zu meiner Verwunderung muss ich mir eingestehen, dass ich es gar nicht erwarten kann, Melissa heute zum Dinner wiederzusehen. In der Regel bin ich jedes Mal froh, wenn sich meine Gespielinnen nach dem befriedigenden Sex wieder verabschieden und mich meinen Aufgaben – oder meiner Ruhe – überlassen.

Bei Melissa fiel mir der Abschied heute schwer. Am liebsten hätte ich sie hierbehalten, aber das ging natürlich nicht. Also kam mir die spontane Idee mit dem Essen. Im Geiste sehe ich sie mit ihrem verführerischen Körper bereits auf meinem Tisch liegen. Als delikates Dessert sozusagen. Und danach werde ich vorsichtig ausloten, wie weit ich bei ihr meine Vorliebe für eine gewisse Dominanz im Bett ausleben kann.

Mein bestes Stück quittiert diese erfreulichen

Gedanken damit, sich in meiner Hose eilig aufzurichten und das an sich gut sitzende Kleidungsstück zu einem unangenehm engen Gefängnis werden zu lassen. So kann ich unmöglich beim Lunch mit meinem Vater erscheinen. Also überlege ich einen Moment lang, ob ich die Familientradition nicht besser heute mal ignoriere und mir einen Happen ins Büro bringen lasse. Aber bereits der Gedanke an meinen alten Herrn hilft schon dabei, die Erregung auf ein unauffälliges Ausmaß zu reduzieren. Also mache ich mich auf den Weg.

Wie erwartet sitzen er und Margret bereits am Tisch, denn ich habe mich durch das erotische Spiel mit Melissa verspätet und ernte einen mürrischen Blick.

»Setz dich«, knurrt mein alter Herr und versucht mühsam, auf seinem eigenen Stuhl eine bequemere Sitzposition einzunehmen. Sein verkrampftes Gesicht zeigt mir, dass er wieder große Schmerzen in der Hüfte hat.

»Euch beiden auch einen guten Appetit«, erwidere ich ungerührt. »Vater, du weißt, es kostet mich nur einen einzigen Anruf bei dem Spezialisten in London, und du hast am übernächsten Tag ein neues Gelenk. Erspar dir doch endlich diese Schmerzen.«

Kirk - so nenne ich ihn bei mir, wenn er mal wieder diese Laune hat, wie er sie gerade eben zur Schau trägt – lässt mit einem lauten Klirren den Löffel in die Suppe fallen, dass die feine Rinderbrühe nur so spritzt, und wendet mir betont langsam das Gesicht zu.

»Ich habe dich nicht nach deiner Meinung gefragt, mein lieber Herr Sohn«, tut er mit eisiger Stimme kund. »Wie kommst du überhaupt darauf, dass mir etwas wehtut?«

»Deine Laune sagt alles«, entgegne ich ungerührt und ernte ein verstecktes Nicken von Margret.

»Du weißt, dass er recht hat, Kirk«, bestätigt sie mich mit sanfter Stimme.

Mein Vater stöhnt genervt auf, aber heute wird er nicht ärgerlich, sondern driftet eher ins Weinerliche ab. »Kann man tatsächlich nicht mal in Ruhe zu Mittag essen? Muss ich mir das in meinem eigenen Haus wirklich immer wieder anhören? Nur, weil ich dir vorsorglich irgendwann die entsprechenden Vollmachten gegeben habe, heißt das nicht, dass du über meine Gesundheit bestimmen kannst.«

»Schon klar«, erwidere ich und tauche nun meinerseits den Löffel in die duftende Flüssigkeit. »Wir können auch über etwas anderes sprechen, sofern deine schlechte Laune es zulässt.«

»Ich habe keine ...«, poltert er los, wird sich jedoch schnell des Widerspruchs zwischen den Worten seiner Antwort und deren Ton bewusst, und rudert zurück. »Ja, lasst uns lieber das Thema wechseln. Ich erwarte dich heute Abend um halb acht zum Dinner.«

»Heute Abend kann ich nicht.« Die Abende halte ich mir für gewöhnlich frei von der Familie, außer, ich habe keine anderen Pläne. Manchmal macht es mir auch nichts aus, mit ihm und Margret zu essen, aber heute kommt das definitiv nicht in Frage.

»Dann wirst du es eben einrichten«, erwidert er mit einer Bestimmtheit, die mich von der Suppe aufsehen lässt.

»Werde ich nicht. Ich habe bereits eine Verabredung.«

»Schön, dann bring sie mit.« Unbeeindruckt löffelt er weiter und macht plötzlich einen sehr zufriedenen Eindruck.

»Sie?« Woher zum Teufel ...

Er sieht mich mit erhobenen Brauen an. »Wer denn sonst? Und ich habe auch schon so einen Verdacht, wer *sie* sein könnte. Ich bin weder dumm noch habe ich schlechte Augen.«

Ich werfe Margret, die ein Kichern kaum hinter einem Stück Weißbrot verbergen kann, einen finsteren Blick zu.

»Ach«, sage ich nur. »Dann ist ja wohl umso klarer, warum ich den Abend privat verbringen möchte.«

Wieder sieht er mich an und jetzt ist sein Blick hart und unnachgiebig. »Du wirst kommen und sie mitbringen. Das lockert die Atmosphäre, und das passt sehr gut. Ich will, dass du dich mit deinem Vetter Richard verträgst. Ich habe ihn zum Dinner geladen. Von dir als meinem Sohn und Erben erwarte ich, dass du weißt, was deine Pflichten sind, und dass du sie wahrnimmst. Haben wir uns verstanden, Gavin?«

Unser Blickduell dauert eine kleine Ewigkeit, während der ich versuche, mir darüber klar zu werden, was eine endgültige Ablehnung bedeuten würde. Dass unser Butler Humphrey mit dem zweiten Gang in diese Kraftprobe platzt, unterbricht meinen Gedankengang, bevor ich zu einem zufriedenstellenden Ergebnis kommen kann. Spontan entscheide ich, dass ich es im Augenblick wegen Richard nicht zu einem Bruch mit meinem Vater kommen lassen werde. Das ist dieser Idiot nicht wert, daher nicke ich schließlich.

»Na schön. Um dir einen Gefallen zu tun. Aber ich verlange eine Gegenleistung dafür.«

»Ich verhandle nicht mit dir«, knurrt er und lehnt sich zurück, damit man ihm das Roastbeef servieren kann.

»Aber ich mit dir.« Obwohl er nicht antwortet, sondern schweigend die Gabel aufnimmt und isst, rede ich weiter. »Du wirst noch eine Untersuchung deiner Hüfte machen lassen, und zwar ohne Widerrede und großes Tamtam.«

Er sieht mich nicht an, als er gleichmütig zwischen

zwei Bissen nickt. Zögernd widme ich mich meinem Teller. Dieses Eingeständnis kam überraschend schnell. Mein gutes Verhältnis zu seinem Neffen muss ihm erstaunlich wichtig sein. Und mir ist es wichtig, meinen engstirnigen, starrköpfigen Vater irgendwie dazu zu bringen, sich seine dämliche ruinierte Hüfte operieren zu lassen. Soll er ruhig glauben, dass er dieses kleine Duell gewonnen hat. Gelegentlich lasse ich ihm die Illusion, noch immer der Herr im Haus zu sein, denn tatsächlich tue ich in neunzig Prozent der Fälle ohnehin, was ich für richtig halte.

Trotzdem kaue ich schwer daran, dass ich meine erotisch-kulinarischen Pläne aufschieben muss, und das liegt nicht am heute erstaunlich faserigen Fleisch. Nun gut. Miss Lambert wird die ganze Nacht mit mir verbringen, da werde ich doch auf eine Stunde verzichten können.

~

Mit Melissa hatte ich neunzehn Uhr vereinbart, und sie ist überpünktlich, was mich, offengesagt, etwas verwundert. Ein wenig kenne ich sie ja nun schon und weiß, dass ihr das Leben manchmal Streiche spielt und ihre Pläne durcheinanderwirbelt. Doch nicht heute Abend. Freut sie sich etwa genauso auf die gemeinsame Zeit wie ich? Leider muss nun auch sie die Kröte schlucken, dass wir zumindest das Dinner in Gesellschaft absolvieren werden, doch die einzige Alternative – abzusagen und unser Treffen auf morgen zu verschieben – hatte ich schnell als inakzeptabel ad acta gelegt.

Sie trägt ein dunkelblau geblümtes Kleid im Jackie-Kennedy-Stil und sieht absolut zauberhaft darin aus. Ihre weibliche Figur kommt mit diesem Schnitt perfekt zur Geltung und treibt mir in Windeseile wieder das Blut aus dem Gehirn nach Süden, als sie mit einem schüchternen Lächeln auf mich zukommt und mich rasch und flüchtig auf die Wange küsst.

»Guten Abend, Gavin«, sagt sie dann und legt mir mit einem steinerweichenden Augenaufschlag die linke Hand auf die Brust. In der rechten hält sie einen kleinen, aber sehr eleganten Blumenstrauß. Wieso das denn?

»Guten Abend, meine Süße«, antworte ich heiser und entscheide mich dafür, gleich mit der Tür ins Haus zu fallen. »Ich muss dir leider mitteilen, dass sich meine Pläne für heute Abend etwas geändert haben.«

Im ersten Moment sieht sie mich wortlos an, als würde sie in meiner Miene nach einer Erklärung suchen. »Aha«, sagt sie dann leise und mit einem sonderbaren Unterton in der Stimme. »Inwiefern?«

Ich drücke sie noch ein wenig enger an mich und lasse sie den sehr bereiten Inhalt meiner Hose spüren. »Ich hatte mir ein romantisches Dinner zu zweit mit dir vorgestellt und dann ...«

»Und dann?«, erkundigt sie sich unschuldig.

»Das *Und dann* bleibt wie geplant, nur der Rahmen für das Dinner ist leider etwas größer geworden, als ich es vorhatte. Aber wir werden uns beizeiten zurückziehen, versprochen.«

»Was bedeutet *Etwas größer*?«

Ich räuspere mich. Meine Verstimmung kehrt zurück. »Mein Vater hat Richard eingeladen und mich ... gebeten, an dem Essen teilzunehmen.« Ich bedenke sie mit einem prüfenden Blick. Melissas Reaktion empfinde ich in diesem Moment als ein wenig sonderbar. Stört es sie denn gar nicht, dass wir nun mit anderen zusammen essen werden? »Wir sind also zu fünft.«

Sie kraust die Stirn. »Fünf? – Ach ja, mit Margret natürlich. Nun, das ... geht schon in Ordnung. Wir werden ja sicher nicht die ganze Nacht im großen Kreis zusammensitzen.«

»Worauf du dich verlassen kannst.« Ich schiebe sie wieder von mir und greife nach ihrer Hand. »Es macht dir also nichts aus?«

Melissa zuckt die Schultern. »Nein. Warum sollte es?«

Etwas tief in mir stört sich mächtig daran, dass sie sich so schnell mit der neuen Situation abfindet, doch ich sage mir, dass ich froh sein kann, sie so vernünftig zu sehen. »Das freut mich sehr.«

Als ich mich umdrehe, um hineinzugehen, hält sie mich mit einem Griff am Ärmel auf.

»Natürlich macht es mir was aus«, zischt sie und sieht nun doch missmutig aus. »Ich hatte auf einen Abend mit dir allein gehofft und bin nun in der Verlegenheit, auch mit dem Baron, deinem Vetter und Mrs Lawson zu essen. Das verunsichert mich, kannst du dir das nicht denken?«

Das also ist es? Sanft nehme ich ihr Gesicht in meine Hände. »Melissa, das muss es nicht. Du siehst zauberhaft aus und bist die charmanteste Frau, die ich kenne.« Dick aufgetragen, ich weiß, aber in diesem Moment empfinde ich es tatsächlich so, wie ich es sage.

Sie schnauft und entzieht sich meinen Händen. »Bringen wir es hinter uns, Gavin«, sagt sie resigniert und greift in einer versöhnlichen Geste nach meiner Hand. Doch ehe sie losgeht, hebt sie ihr Gesicht erneut zu mir hoch und schließt die Augen.

Mit einem leisen Lachen folge ich der stummen Aufforderung und küsse sie. Jetzt kann sie mich noch dirigieren. In wenigen Stunden wird das Kräfteverhältnis anders aussehen – dann nämlich, wenn sie nackt unter mir liegt.

»Ach, sieh an – was für ein trautes Beisammensein«, fährt Richards Stimme wie ein Dolch zwischen uns.

Melissa zuckt zusammen und wendet sich abrupt ab, als wäre es ihr peinlich, mit mir erwischt zu werden. Die Reaktion befremdet mich, doch ich habe keine Gelegenheit mehr, darauf zu reagieren, denn mein lieber Vetter baut sich vor uns auf.

»Na, so eine Überraschung, Miss Lambert. Hätte nicht gedacht, dass wir uns nach heute Nachmittag so schnell wiedersehen würden.«

Moment mal – heute Nachmittag? Ich werfe Melissa einen fragenden Blick zu, doch sie weicht mir aus.

»Warum haben Sie mir nicht erzählt, dass Sie heute Abend auch hier sein würden? Ich hätte Sie abholen können, dann wären wir gemeinsam hergefahren.«

Melissa räuspert sich unbehaglich. »Sie haben mir nur das Tablett zurückgebracht, Mr Hamilton«, antwortet sie steif. »Und ich muss sagen, ich bin gar nicht auf den Gedanken gekommen, mit Ihnen zu fahren. Mr Kingsley hat mich eingeladen, deshalb bin ich hier.«

»Ich hätte Sie auch eingeladen«, tönt Richard.

»Es reicht, Richard«, bremse ich ihn kalt aus. »Du bist hier nur Gast und wirst niemanden einladen. Schon gar nicht Miss Lambert.« Das fängt ja gut an.

Zum Glück ertönt in diesem Moment der Gong, der zum Essen ruft. Perfektes Timing. Mit Melissa im Schlepptau, deren Hand ich mir demonstrativ in die Armbeuge lege, gehe ich voraus ins Speisezimmer, wo mein Vater und unsere Hausdame bereits auf uns warten.

»Richard, schön, dass du es einrichten konntest«, poltert mein alter Herr gut gelaunt drauflos. Von seiner Gereiztheit zum Lunch ist nichts mehr zu spüren.

Nun gut. Offensichtlich tut es ihm auf seine alten Tage

wirklich gut, den kläglichen Rest an Verwandtschaft um sich zu scharen. Ich werde also meinen Teil dazu beitragen, dass diese Farce heute Abend einigermaßen harmonisch verläuft. Sofern der Idiot Richard mitspielt.

»Aber um nichts in der Welt hätte ich dich enttäuschen wollen, Onkel Kirk«, schmeichelt der ungeniert und verzieht das Gesicht zu einem schmierigen Grinsen.

»Ah, Miss Lambert!«, posaunt mein Vater weiter. »Dachte ich es mir doch, dass Sie die Verpflichtung sein würden, die meinen Sohn beinahe daran gehindert hätte, mit uns zu dinieren.«

»Das wollte ich auf keinen Fall, Mylord«, antwortet sie und wirft mir einen raschen Blick zu, den ich nicht deuten kann. »Ich freue mich sehr, dass ich heute Abend hier sein darf. Bitte schön.«

Mit einem zauberhaften Lächeln streckt sie meinem Vater das Sträußchen entgegen. Deshalb also. Das war von Anfang an nicht für mich gedacht, sondern für ihn, da sie ja bereits von Richard wusste, welche Konstellation sie erwarten würde. Groll steigt in mir auf.

»Das ist sehr aufmerksam von Ihnen, meine Liebe.«

»Guten Abend, Melissa«, meldet sich nun auch Margret zu Wort. »Schön, Sie hier zu sehen.«

Die Erleichterung ist Melissa anzusehen, als sie sich unserer Hausdame anschließt und plaudernd Richtung Esstisch geht. Wir drei Männer folgen den beiden Damen schweigend, mein Vater stützt sich heute schwerer auf seine Krücken als die letzten Tage.

Die Stimmung bei Tisch ist angespannt, obwohl Margret ihr Bestes gibt, das Schweigen, das immer wieder zwischendurch entsteht, mit Smalltalk zu füllen, und Melissa sie in diesem Versuch tatkräftig unterstützt. Ich selbst muss mich schwer beherrschen. Immer wieder, wenn Richard mit seinen so unverhohlenen Schmeicheleien auf meinen Vater einredet, als müsste er sich für einen Wettbewerb qualifizieren: Wie schleime ich mich in die Erbfolge von Chastleton House in zwei Stunden ein – so kommt es mir wenigstens vor, und ich muss wirklich an mich halten, ihm nicht gehörig die Meinung zu sagen. Mein Vater muss doch merken, dass das unecht und vollkommen übertrieben ist.

Grimmig stochere ich im Essen herum und versuche, alles außer Melissas Stimme auszublenden. Obwohl sie Richie nicht mehr Aufmerksamkeit schenkt als meinem Vater, stört es mich, dass sie ihm überhaupt antwortet. Dabei weiß ich durchaus, dass sie nur der Etikette und ihrer guten Erziehung Genüge tut.

Trotzdem wurmt es mich, daher lehne ich einen Kaffee am Ende des Dinners kategorisch ab und erhebe mich vom Tisch, sobald die letzten Teller abgeräumt sind. Mehr kann mein Vater nicht von mir erwarten. Melissa steht ebenfalls auf und macht einen erleichterten Eindruck.

»Ich ... muss noch eben meine Nase pudern«, flüstert sie mir zu.

Auch Margret hat sie gehört. »Kommen Sie, meine Liebe« sagt sie und nimmt Melissa mütterlich beim Arm. »Ich zeige Ihnen den Weg.«

»Du könntest mir vorher noch helfen, diese neue Flasche Whisky zu öffnen«, schnarrt mein Vater, als die Tür hinter den beiden zugefallen ist.

»Warum lässt du das nicht Humphrey machen?«, weiche ich ungeduldig aus.

»Herrgott – was ist denn schon dabei, diese dämliche Banderole aufzuschneiden und den Korken aus der Flasche zu ziehen«, mault er.

»Das kann ich doch auch erledigen, Onkel Kirk«, mischt sich Richard ein.

»Lass nur«, wehre ich ab, »Ich mache das schon.«

Genervt widme ich meine Aufmerksamkeit der Flasche, die ich erst umständlich aus einem viel zu kompliziert verklebten Karton befreien muss. Nachhaltig und umweltschonend ist das nicht, aber schließlich habe ich es dann doch geschafft. Mit einem lauten Plopp öffnet sich die Flasche und gleich darauf erfüllt aromatischer Whisky-Duft den Raum. Da Melissa noch nicht zurück ist, übernehme ich das Einschenken, aber damit muss es nun genug sein. Ich selbst verzichte, habe ich doch Aussichten auf ganz andere Genüsse als diesen.

Als ich mich umdrehe, betritt gerade Margret das Zimmer, das ansonsten leer ist. Dass ich inzwischen mit meinem Vater allein war, war mir nicht aufgefallen.

»Wo ist Miss Lambert?«, erkundige ich mich.

Margret hebt die Brauen. »Ist sie denn noch nicht zurück? Ich habe sie im Gästewaschraum abgeliefert und noch kurz mit Humphrey etwas für morgen besprochen.«

So lang kann man doch nicht brauchen, wenn man nur mal eben einem Bedürfnis nachgeht. Selbst wenn ich der Möglichkeit Rechnung trage, dass Melissa sich im Hinblick auf unsere kommende Nacht noch frischmachen wollte, was sie natürlich auch im Badezimmer meiner Suite könnte, müsste sie allmählich zurück sein.

»Ich werde sie abholen. Wir ziehen uns dann auch gleich zurück«, verkünde ich. »Gute Nacht, Vater. Margret.«

Sie lächelt mir aufmunternd zu. »Gute Nacht, Gavin.« Und nach einem Seitenblick auf Kirk schenkt sie mir noch ein verschwörerisches Zwinkern. »Ich mag sie«, flüstert sie halblaut.

»Ich auch«, lässt sich mein Vater vernehmen. Gute Ohren hat er ja für sein Alter.

»Das beruhigt mich sehr.« Meine Ironie ist unüberhörbar. »Und jetzt entschuldigt mich und Miss Lambert. Ich werde sie von euch grüßen.«

Draußen auf dem Flur sehe ich mich um. Ist Melissa tatsächlich noch nicht fertig?

Die Gästetoilette liegt den Gang hinunter und um die Ecke. Am besten schaue ich nach, ob alles in Ordnung ist, und nehme sie dann gleich mit hinauf in meine Suite, es sei denn, sie besteht darauf, sich ebenfalls noch persönlich von den anderen zu verabschieden.

Leicht genervt atme ich tief aus und biege um die Ecke.

Dort allerdings bleibe ich wie angewurzelt stehen.

Vor mir stehen Melissa und Richard.

Und sie küssen sich.

MELISSA

»Hier, meine Liebe«, sagt Margret und drückt mir die Tür zu einem Raum auf, der sich als Badezimmer entpuppt.

»Vielen Dank.« Mit einem Lächeln schiebe ich mich an ihr vorbei in das kleine Badezimmer. Dann schließt sich die Tür hinter mir und ich höre ihre sich entfernenden Schritte auf dem Flur. Margret ist eine wirklich angenehme Person.

Eilig trage ich ein wenig Lippenstift auf und wasche mir anschließend die Hände.

In dem Moment der Ruhe nehme ich mir die Zeit, mich im Spiegel anzusehen. Sofort entspanne ich bewusst meine Schultern und bemerke dabei, dass ich sie die ganze Zeit über verkrampft zusammengezogen habe. Das lag aber bestimmt nicht an einer Verkrampfung meinerseits. Das Essen verlief zwar locker, doch es war nicht zu leugnen, dass die Anspannung zwischen Mr Hamilton und Gavin den Raum beherrschte. Dabei kann ich den Baron und seinen Wunsch nach guter Stimmung zwischen den beiden jüngeren Männern zu gut verstehen. Er hat nur noch wenige Angehörige und möchte wahrscheinlich verhindern, dass nach seinem Ableben eine dauerhafte Fehde zwischen den Cousins herrscht. An die Gesellschaft des älteren Herrn und seiner Hausdame könnte ich mich gewöhnen. Wie die zwei humorvoll miteinander schäkern finde ich niedlich. Ob da was läuft?

Während ich meine nassen Hände an einem der kleinen Gästehandtücher abtrockne, die nach dem einmaligen Gebrauch direkt in einen Wäschekorb befördert werden sollen, stelle ich mich auf die kommenden Stunden mit Gavin ein. Ja, was läuft da eigentlich zwischen uns? Die vielen Blicke, die der Baron und Margret sich zugeworfen haben, wenn Gavin mich ansprach, ließen mich vermuten, dass er selten weibliche Gäste zum Abendessen hier hat.

Mit Schwung befördere ich das zusammengeknüllte Handtuch in das geschmackvolle Bastkörbchen und streiche mir eine Haarsträhne aus dem Gesicht. Peinlich berührt nehme ich die Röte meiner Wangen wahr und muss darüber schmunzeln. Dann wende ich mich von meinem Spiegelbild ab und verlasse das kleine Gästebad.

Auf dem Flur renne ich in eine andere Person, die sofort ihre Hände an meine Unterarme legt. Das wird Gavin sein, aber als mein Blick nach oben schnellt, erkenne ich Mr Hamilton.

»Verzeihung«, sagt er, weil er mich beinahe zu Boden gestoßen hätte. Warum lässt er mich nicht los?

»Keine Ursache«, erkläre ich schnell und möchte mich wieder zu den anderen gesellen. Aber Mr Hamilton macht keine Anstalten, mich gehen zu lassen.

»Kann ich Sie einen Moment unter vier Augen sprechen?«, fragt er und fängt meinen Blick ein.

Es wäre sehr unhöflich, seine höflich formulierte Bitte abzuschlagen.

»Natürlich, aber bitte ... ich habe es eilig.«

Die Hand vertraulich um meinen Oberarm zieht mich Mr Hamilton ein Stück weiter den Flur entlang.

»Miss Lambert ... ach, darf ich Melissa sagen?«, raunt er plötzlich.

»Ähm ... nun ja«, antworte ich zögerlich, sehe mich aber um, ob nicht vielleicht Margret hier noch irgendwo unterwegs ist und mich aus dieser merkwürdigen Situation befreien kann. Was möchte er denn jetzt wieder?

»Ich muss Ihnen etwas sehr Wichtiges sagen, liebste Melissa«, erklärt er. »Ich fürchte, Sie könnten etwas missdeutet haben.«

Na endlich. Er hat verstanden, dass sein Verhalten auf der Party nicht angemessen war. Lieber spät als nie.

»Keine Sorge. Das war nicht besonders angenehm, aber ich trage es Ihnen nicht nach.«

»Wie?«, fragt er sofort und verzieht dabei sein Gesicht voller Unverständnis. Eine Antwort erwartet er wohl nicht, weil seine Züge sich gleich wieder entspannen. »Nachtragen? Wie auch immer, meine liebe Melissa, lassen Sie mich diese Gelegenheit nutzen, um Ihnen endlich meine Gefühle zu offenbaren.«

Mein irritiertes »Wie bitte?« Bleibt mir im Hals stecken.

»Seit unserer ersten Begegnung haben Sie sich in mein Herz geschlichen. Vielleicht war es mein Fehler, dass ich Ihnen nicht von Beginn an deutlich gezeigt habe, wie sehr Sie mich beeindrucken, ja, wie sehr Sie mich berühren.«

Sprachlos versuche ich zu fassen, in welchen Film ich hier geraten bin.

»Mr Hamilton ...«, beginne ich eilig, aber er unterbricht mich sofort.

»Richie, bitte, nennen Sie mich Richie.«

»Um ehrlich zu sein ...«

Weiter komme ich nicht, denn schon drückt er seinen Mund auf meinen. Perplex nehme ich die völlig überraschend kommende Berührung hin, weiß nicht, was ich machen soll. Manche Männer reagieren gar nicht gut auf Zurückweisung und irgendetwas sagt mir, dass Richie einer der Typen ist.

Trotzdem ist der Instinkt, mich zu wehren, stärker als meine Bedenken und steuern meine Handlung.

Im Affekt hole ich aus und knalle meine Hand auf *Richies* Wange. Sein Gesicht ruckt unter dem Druck zur Seite. Das patschende Geräusch ist heftig und mir brennt augenblicklich die Handfläche.

Am Rand meines Gesichtsfeldes erkenne ich eine Bewegung und reiße den Kopf herum. Gavin steht hinter Richie im Flur, als wäre er vom Himmel gefallen. Heilige Scheiße, das passt ja wie die Faust aufs Auge! Seine Miene ist wie versteinert und seine Hände sind geballt. Mir bleibt fast das Herz stehen, bin ich mir der Tragweite dieser Situation doch durchaus bewusst.

»Was wird das hier?«, fragt Gavin bedrohlich leise.

»Mr Hamilton ist leider einem kleinen Irrtum erlegen«, antworte ich mühsam beherrscht, denn mein Herz schlägt so wild in meiner Brust, als müsste es herausspringen. »Er hat wohl Freundlichkeit mit Verliebtheit verwechselt, was sehr bedauerlich ist. – Tun Sie das nie wieder«, zische ich ihn eisig an, während er sich mit der Hand die schmerzende Stelle im Gesicht reibt. Ich empfinde kein Bedauern für mein brüskes Vorgehen, denn wenn ich mich nicht gegen seinen absolut unangemessenen Übergriff gewehrt hätte, möchte ich nicht wissen, wie Gavin reagiert hätte. Außerdem – ob ich alles mit ein paar vernünftigen Worte hätte klären und Richie in seine Schranken weisen können, wage ich zu bezweifeln.

»Du solltest ganz schnell verschwinden«, knurrt Gavin.

Entsetzt sehe ich zu ihm. Wirft er mich wegen dieses Vorfalls jetzt hinaus? Dann erst erkenne ich, dass er nicht mich ansieht, sondern seinen Vetter. Erleichterung durchflutet mich augenblicklich und ich weiß plötzlich, wie sehr mich seine Zurückweisung verletzt hätte. Da meine Knie stark zittern, bleibe ich wie angewurzelt stehen und rühre mich nicht vom Fleck.

Richie bedenkt mich mit einem finsteren Blick und eilt schließlich auf Gavin zu. Dessen unübersehbare Aggressivität lässt mein Herz für den Bruchteil einer Sekunde aussetzen. Ich befürchte, er krallt sich Richie jeden Moment, aber der drängt sich mit steifem Kreuz so nah an ihm vorbei, dass er ihn mit den Schultern sogar knapp streift. Gavin ignoriert diese Provokation und würdigt ihn keines Blickes mehr. Hamilton biegt um die Ecke in Richtung des Raumes, in dem sich der Baron vermutlich schon wundert, wo wir alle abgeblieben sind.

»Onkel, ich muss aufbrechen«, hören wir ihn laut sagen, aber das folgende Gespräch zwischen dem Baron und Richie dringt nur wie ein Murmeln an mein Ohr, weil Gavin noch immer regungslos vor mir steht und mich ansieht, als wollte er mich am liebsten sofort fressen. Mein Atem geht schwer und als er sich langsam in Bewegung setzt und auf mich zukommt wie ein Raubtier, das seine Beute ins Visier genommen hat, kribbelt es nervös in mir. Bekomme ich jetzt meine eigene Abreibung?

Automatisch weiche ich ein paar Schritte nach hinten, stoße dann an die Wand des Flurs. Der Rahmen eines Gemäldes bohrt sich in meinen Rücken. Ich wage es aber nicht, nachzusehen, was das für ein spitzer Bilderrahmen ist, weil Gavins Blick mich gefangen nimmt.

»Melissa Lambert«, beginnt er, als er direkt vor mir steht. Sein Tonfall ist nicht zu deuten. Verschlossen wie eh und je kann er seine Gefühle meist gut verstecken. Ich spüre den Drang, mich für das Geschehene zu rechtfertigen, aber Gavin zieht ein Taschentuch aus der Brusttasche seines Jacketts, das dort vermutlich nur zu Dekorationszwecken drapiert ist. Sachte faltet er es auf und reicht es mir.

Ich verstehe sofort und wische mir damit den Mund ab. Der Druck von Richies Lippen auf meinem Mund will einfach nicht verschwinden und es tut gut, ein paar Mal darüber zu reiben. Ob mein Lippenstift das verträgt, ist mir einerlei.

Schweigend reiche ich Gavin das Tuch zurück und er stopft es achtlos in seine Hosentasche. »Vielleicht habe ich versäumt, dich darauf hinzuweisen, dass ich egoistisch bin, was meine Beziehungen angeht«, erklärt Gavin und drückt sich an mich.

»Ich war auf der Toilette. Als ich rauskam, war er plötzlich da und ...«

»Ich teile dich nicht, Melli. Mit niemandem.« Gavin senkt seinen Mund auf meinen, um mich fest zu küssen. Seine Arme umschlingen mich, ziehen mich von der Wand mit dem unbequemen Bilderrahmen weg und vereinnahmen mich völlig. Seine Worte und der intensive Kuss schüren ein Feuer, wie ich es nur mit ihm erlebe. Ich will gar nicht, dass er mich teilen möchte. Es fühlt sich fantastisch an. Ja, ich will ganz und gar ihm gehören.

»Auf Wiedersehen, Onkel«, brüllt es durchs Haus und dann knallt eine Tür.

»Aber ...«, hören wir den Baron rufen. Im nächsten Moment herrscht Stille.

Gavin und ich lachen gleichzeitig auf. Das mag ein bisschen gemein sein, doch unser gemeinsames Schmunzeln ist ein wunderschöner Moment inniger Zweisamkeit. Als das Lächeln nachlässt, sieht Gavin mir tief in die Augen, schließt dann die Lider und reibt mit seiner Nasenspitze an meiner.

»Und jetzt, meine süße Melli, gehörst du mir.«

Sanft küsst er mich erneut, jagt mir dabei elektrisierende Ströme voller Lust durch den Körper.

Plötzlich geht er leicht in die Knie, fährt mit einer Hand in meine Kniekehle, mit der anderen um meine Taille und hebt mich mit einem Ruck hoch.

Völlig entspannt, aber innerlich bebend voller Erwartung, lehne ich meinen Kopf an seine starke Schulter und lasse mich von ihm entführen.

Mit großen Schritten trägt Gavin mich in seinen privaten Bereich. Vorsichtig achtet er darauf, dass ich bei dem Weg durch die Tür nirgends anstoße. Er nutzt meine Füße, um die Tür nach uns zuzuschieben. Ich wage einen Blick in seine Wohnung. Wie im ganzen Gebäude wirkt es auch hier nostalgisch eingerichtet, als wäre die Zeit vor über hundert Jahren stehengeblieben. Die Möbel, die Tapete, die gesamte Ausstattung gleicht der noblen Unterkunft des Adels, wie man es bei einem Museumsbesuch nicht besser nachstellen hätte können. Nur, dass es sich hier vermutlich um Originale handelt. Einige Details, wie zum Beispiel ein modernes Fernsehgerät, verraten dem Betrachter, dass er keine Zeitreise unternommen hat.

Durch eine geöffnete Flügeltür fällt mein Blick auf das große Doppelbett, das mit seiner dicken Matratze überaus einladend wirkt. Und schon sind wir auf dem Weg dorthin.

Behutsam legt Gavin mich auf sein Bett und gesellt sich sofort zu mir. Als hätten wir alle Zeit der Welt, küssen und streicheln wir uns lange. Wie in Zeitlupe entkleiden wir uns gegenseitig.

In diesem Moment ist alles anders. Auch, wenn uns die Leidenschaft rasch übermannt, bleibt Gavin zurückhaltend und sanft. Mir kommt es vor, als halte er sich gezielt zurück, um seine dominante Art, die ich zu schätzen gelernt habe, für eine Weile zu bremsen. Ich muss zugeben, dass mir der einfühlsame Gavin auch sehr gut gefällt.

Es ist aber nicht nur das erste Mal, dass wir langsam miteinander schlafen. Zum ersten Mal sind Gavin und ich vollkommen nackt. Seine warme Haut auf meiner, wie wir uns eng umschlungen lieben, ist unbeschreiblich schön.

»Oh, Gavin«, keuche ich leise, während ich jeden seiner eindringlichen Schübe kaum erwarten kann. Völlig im Zustand der glückseligen Trance genieße ich Gavins Küsse, seine Streicheleinheiten und Liebkosungen. In diesem Augenblick fühle ich mich geliebt wie lange nicht mehr.

Gefühlte Stunden später liegen wir eng umschlugen unter der Bettdecke wie eine Einheit. Unsere Hände können auch nach der erlösenden Befriedigung nicht voneinander lassen. Ich streichle Gavin ohne Unterlass durchs Haar, über die Arme und Schultern.

Er liegt entspannt atmend halb auf mir und kitzelt mich auf eine sinnliche Art mit seinen Fingerspitzen. Wir sprechen nicht, aber die Stille zwischen uns ist Sinnbild der friedlichen Einigkeit, die herrscht.

Und wieder überschlagen sich meine Gedanken und Gefühle. Im Grunde habe ich gewusst, dass ich Sex und Emotionen nicht trennen kann. Das konnte ich noch nie, und ehrlich gesagt, habe ich keine Ahnung davon, wie andere das schaffen. Aber bisher war ich immerhin in der Lage, mir nicht allzu große Hoffnungen zu machen, Gavin könnte sich tatsächlich in mich verlieben. Nach dem wunderschönen Sex eben fällt es mir schwer, ihn nicht ganz und gar für mich zu wollen.

Außerdem gab es da seine Worte zu Richie auf dem Flur, die ich in der ersten Schrecksekunde auf mich bezogen habe. »Du solltest jetzt ganz schnell verschwinden«, hatte er gesagt. Da wurde mir klar, dass es für mich die schlimmste aller Vorstellungen wäre, wenn er mich von sich stoßen, mich aus seinem Leben verbannen würde.

Oh Gott! Wie soll das nur weitergehen? Ich weiß, dass ich verloren bin, weil ich kurz davorstehe, mich ernsthaft in ihn zu verlieben.

Wenn es nicht sogar schon zu spät ist. Wahrscheinlich ist das Unglück längst passiert. Mein Brustkorb bebt unter einem tiefen Einatmen. Ich brauche diese Luft, als müsste ich sonst ersticken, dabei ist es meine eigene Erkenntnis, die mir den Atem nimmt.

Gavin hebt sofort den Kopf und mustert mich eine Weile schweigend. Auch ich habe nichts zu sagen. Sanft streicht er schließlich über meine Wange. Ob er meinen inneren Aufruhr spüren kann? Ich hoffe nicht. Sonst würde meine Seele nackt vor ihm liegen. Und dann?

GAVIN

»Ich möchte dir etwas erzählen«, sage ich plötzlich, ohne lang darüber nachgedacht zu haben, und zeichne ein paar Mal mit der Spitze meines Zeigefingers die Kontur von Melissas Lippen nach.

Ob es richtig ist, was ich tue, weiß ich nicht. Ob ich lieber schweigen und meine Gedanken für mich behalten sollte. Aber es muss heraus, koste es, was es wolle.

Als ich Melissa vorhin im Flur in Richards Armen entdeckte, musste ich mich schwer beherrschen, nicht über ihn herzufallen und ihn zu verprügeln. Hätte ich den Impuls zugelassen, weiß ich nicht, ob er nur mit einem blauen Auge davongekommen wäre. Ich fühlte mich in diesem Moment wie ein Steinzeitmensch, dem ein Rivale das Weibchen rauben wollte. Derselbe Instinkt wollte kurz darauf dringend schnellen, harten Sex mit ihr haben, um meinen Besitzanspruch an sie klarzustellen. Auch hier bin ich froh, dass ich ihm nicht nachgegeben habe. Es hätte sie verletzt, wäre ich so egoistisch und unsensibel gewesen.

Gleichzeitig macht mir meine eigene Reaktion Angst. Ob ich es nun zugeben will oder nicht – ich empfinde bereits viel zu viel für diese Frau, die nun weich und warm und zufrieden in meinen Armen liegt und mit großen, erwartungsvollen Augen zu mir aufsieht. Nicht genug, dass ich scharf auf sie bin. Sie berührt auch etwas in mir, das seit Diana in den hintersten Winkeln meines Selbst vergraben war. Etwas, das nicht nur mit meinen animalischen Instinkten zu tun hat, sondern vielmehr mit Gefühlen. Ich möchte sie beschützen und besitzen zugleich, will sie hart ficken und zart lieben in einem.

Obwohl der Gedanke, wie gut es sich anfühlt, in ihr zu sein und sie zum Stöhnen zu bringen, mich schon wieder hart macht, ziehe ich mich körperlich ein wenig von ihr zurück. Besser so, denn sonst kann ich nicht mehr klar denken.

»Gavin?«, fragt sie leise und vorsichtig, als ich meine Ankündigung noch immer nicht wahrgemacht habe.

Weil ich noch immer zweifle. Ist es richtig?

»Hättest du Richie nicht geschlagen, hätte ich es getan«, weiche ich aus, obwohl das die Wahrheit ist.

Als würde sie spüren, dass diese Aussage nicht das ist, was ich eigentlich hatte loswerden wollen, sieht Melissa mich mit einer Mischung aus Skepsis und Neugier an.

»Dann ist es wohl besser, ich habe das für dich erledigt«, sagt sie mit einem feinen Lächeln, das mein Herz schmelzen lässt.

Herr im Himmel! Sie sieht so süß aus, wenn sie auf diese Weise zu mir aufsieht. Scheinbar schwach und anschmiegsam, und doch ahne ich Stärke hinter der fraulichen Fassade. Sie würde nie etwas tun oder zulassen, das sie nicht wirklich will, und das nötigt mir Respekt ab.

Diana besaß diese Stärke auch. Die Stärke, schwach zu sein und sich anzulehnen, weil sie selbst es wollte.

Wehe dem Mann, der das mit tatsächlicher Schwäche verwechselt und auszunutzen versucht!

»Das ist es«, bestätige ich ihr mit einem schiefen Lächeln. »Mein Vater und Margret mögen dich«, setze ich mein Ausweichmanöver fort und werde nun mit einem echten Lächeln belohnt.

»Das freut mich sehr, denn ich mag die beiden auch«, verkündet sie und strahlt mich an. Dann wird ihre Miene verschmitzt. »Sag mal, Gavin – wie stehen die beiden eigentlich zueinander?«

Ihre Frage bringt mich kurzzeitig aus dem Konzept und lässt mich vergessen, worüber ich mit ihr sprechen wollte. »Wie meinst du das?«

»Na ja ...« Melissa fährt mir sanft mit den Fingerspitzen über den Oberarm und grinst verschmitzt zu mir hoch. »Mir kommen sie vor wie ein verliebtes Pärchen mit ihren Kabbeleien und den vielen versteckten Blicken, die sie sich zuwerfen.«

Erst mal bin ich sprachlos. Dann sickert etwas wie Erkenntnis in meinen Kopf. Natürlich! Warum nur bin ich nicht schon längst selbst darauf gekommen?

Mit einem amüsierten Auflachen drücke ich Melissa einen Kuss auf die Nasenspitze. »Damit könntest du tatsächlich recht haben.«

Sie schürzt die Lippen. »Wusste ich es doch. – Aber was wolltest du mir eigentlich sagen, Gavin? Oder hast du es etwa schon wieder vergessen?«

Als ob ich das vergessen könnte. Nur erscheint es mir nicht mehr so wichtig wie noch gerade eben. Aber solange sie diesen intensiven Blick auf mich richtet, geht das nicht. Ich möchte reden, ohne sie ansehen zu müssen, also ziehe ich sie enger an mich und bette ihren Kopf auf meine Brust.

So ist es besser.

»Du hast dich wahrscheinlich schon gewundert, warum ich jede Woche Blumen für meine ... für Diana bestelle«, beginne ich umständlich.

»Na ja ... schon ein bisschen.« Sie will zu mir aufsehen, aber ich verhindere es, indem ich sie ein wenig fester halte. »Wie lange ist es jetzt her?«

»Zwei Jahre. Und in all dieser Zeit ... Diana liebte Blumen. Der wöchentliche Strauß war für mich stets ein wenig so, als würde ich tatsächlich ihr eine Freude machen.«

»Du hast die Freude dir selbst gemacht, nicht wahr?«, kommt es leise zwischen meinen Armen hervor.

Wie klug sie ist!

»Ja. Allerdings lange, ohne es mir je einzugestehen. Erst, als du mir den Strauß brachtest, fing ich damit an, dieses Ritual zu hinterfragen.« Wie so viele Dinge neuerdings.

»Du hast sie sehr geliebt.«

Die leise, fast bange Feststellung löst ein tiefes Einatmen bei mir aus. Langsam und kontrolliert lasse ich die Luft wieder entweichen und spüre dem Gefühl nach, das Melissas Worte in mir auslöst. Trauer. Aber auch eine warme Welle der Dankbarkeit, dass ich eine so wunderbare Frau an meiner Seite hatte. Und gleichzeitig spüre ich, dass ich anfange, loszulassen.

»Ja, das habe ich. Und sie mich«, kann ich halblaut zugeben. »Es war ein Geschenk, sie kennen zu dürfen.« Sanft drücke ich Melissa einen Kuss auf den Scheitel. Ihr Duft nach Blumen und Honig steigt in meine Nase und mein Herz wird weit. »Und ich hätte nie gedacht, dass das Leben noch ein zweites solches Präsent für mich bereithalten würde. Dich.«

Nun befreit sie sich aus meiner Umklammerung und ich lasse es zu, dass sie sich zu mir umwendet und mich aus ihren großen, grünen Augen glücklich anstrahlt.

»Habe ich das gerade eben wirklich gehört, Gavin?« Offenbar kann sie es kaum fassen.

»Hast du.« Mein Lächeln vertieft sich, als sie nun ihrerseits ihre Arme um mich schlingt und sich eng an mich schmiegt.

»So etwas Schönes hat mir noch nie ein Mann gesagt«, gesteht sie und küsst mich auf die Schulter. Dann seufzt sie wohlig und kuschelt sich wieder ruhig in meinen Arm. »Und was hat es nun eigentlich mit dir und Mr Hamilton auf sich? Kabbelt ihr euch schon lange so?«

Kabbeln ist nun beileibe nicht der treffende Ausdruck für die Feindschaft, die zwischen mir und meinem Vetter herrscht, aber ich verzichte darauf, Melissa zu korrigieren. »Das ist tatsächlich eine ziemlich alte Geschichte. Wirklich grün waren wir uns wohl nie, aber als ich dann mit Diana zusammenkam, lief bei ihm das Fass über.«

»Aber ... wieso denn eigentlich? Ich verstehe das noch nicht wirklich.«

»Er dachte, sie wäre mit ihm zusammen.«

»Und das war nicht so?«

»Nein. Sonst hätte ich die Finger von ihr gelassen.«

»Ach.«

»Allerdings. Du wirst es vielleicht nicht glauben, aber ich respektiere bestehende Beziehungen und würde mich nie an eine Frau heranmachen, die in irgendeiner Form gebunden ist.«

»Aha.«

»Die Beziehung zwischen den beiden fand nur in Richards Fantasie statt. Erst als ich das mit Diana geklärt hatte, kamen wir zusammen.«

»Das ... ist dir wohl sehr wichtig.«

»Absolut. Bestimmte Werte kann und werde ich nie über Bord werfen. Dazu gehören Ehrlichkeit genauso wie das Respektieren einer Beziehung oder gar Ehe.«

Melissa antwortet nicht, sondern liegt still in meinem Arm. Vermutlich ist sie müde und erschöpft. Der Tag war lang, der Abend für sie anstrengend. Eine Weile noch versuche ich, mich so wenig wie möglich zu bewegen, um sie nicht aufzuwecken, dann aber schläft mir der Arm ein, mit dem ich sie halte, und ich bette sie vorsichtig neben mich, decke sie zu und stehe leise auf.

Noch kann und möchte ich nicht schlafen, fühle mich einerseits aufgewühlt und andererseits erleichtert. Darum gehe ich nach nebenan in meinen kleinen, aber sehr gemütlich Salon und schenke mir noch ein Glas Scotch ein.

Ich liebe diese ruhigen Nachtstunden, wenn das einzige Geräusch das Ticken meiner altmodischen Uhr auf dem Kaminsims ist. Dann mit einem guten Glas Whisky in der Hand am Fenster zu stehen und in die Nacht hinauszusehen, beruhigt seit jeher meine Nerven und entspannt mich. Das tat ich auch während meiner viel zu kurzen Ehe mit Diana gelegentlich. Wusste, dass sie nebenan in unserem Bett liegt und sich mit einem leisen, liebevollen Murmeln an mich kuscheln würde, wenn ich wieder zu ihr unter die Decke käme.

Sonderbarerweise wird mir in diesem Moment zum ersten Mal bewusst, dass Melissa die erste Frau ist, die ich in dieses Bett geholt habe. Nie zuvor hat es eine andere so weit in meine Privatsphäre hineingeschafft. Das Gefühl ist gut. Nichts daran stört mich. Und zu meiner großen Erleichterung habe ich nicht die befürchteten Gewissensbisse, wenn ich an Diana denke. Mir ist, als wäre sie mit Melissa einverstanden. Ich gehe nicht so weit, mir einzubilden, dass Diana sie mir geschickt hat, aber ... sie hätte sicher nichts dagegen, dass ich endlich wieder glücklich werde.

Großer Gott, ich klinge schon wie Margret!

Mit einem Schmunzeln nehme ich einen Schluck Whisky und schmecke dem torfigen Aroma nach, das er in meinem Mund hinterlässt. Diana mochte keine getorften Whiskys, sie hatte die weicheren lieber. Und Melissa? Mag sie überhaupt Whisky? Ich habe keine Ahnung, aber ich werde sie bei Gelegenheit fragen.

Es gibt so vieles, was ich nicht weiß. Was ich noch entdecken und kennenlernen möchte. Und mit einem Mal freue ich mich darauf.

Ein neuer Mensch in meinem Leben, eine neue Frau.

Wer hätte das gedacht?

MELISSA

Als Gavin sich zu mir unter die Bettdecke schiebt und dabei die mollig warme Zudecke anhebt, holt er mich damit aus einem tiefen, traumlosen Schlaf.

Wo er wohl gewesen ist? Bestimmt im Bad.

Anschmiegsam wie eine Katze kuschle ich mich rücklings an ihn und als er seinen Arm um mich legt, fühle ich mich geborgen wie nie.

Nach kurzer Zeit werden seine Atemzüge länger und sein Körper schlaff. Während ihn rasch der Schlaf übermannt, bleibe ich wach.

Unser Gespräch geht mir nicht mehr aus dem Sinn. Ich ahne, welch großen Schritt er auf mich zu getan hat. Er hat mir das Gefühl vermittelt, ich sei wahrhaftig wichtig für ihn. Und es waren nicht nur seine Worte. Nein, da ist wirklich etwas bei mir angekommen, das mich zutiefst berührt.

Gleichzeitig verursacht mir seine Offenheit ein unangenehmes Rumoren in der Magengegend. Als er betont hat, dass er niemals die Frau eines anderen Mannes umgarnen würde, die Ehe als unerschütterliches Hindernis im Wege stünde, hätte ich ihn am liebsten sofort unterbrochen und ihm reinen Wein eingeschenkt.

Ron und ich sind noch verheiratet. Punkt. Das ist so, und da gibt es auch nichts zu beschönigen. Aber nach der ersten Schrecksekunde beschloss ich, ihm nichts davon zu erzählen. Die Geschichte mit Ron ist aus und vorbei. Wir müssen uns nur endlich scheiden lassen. Das ist nur noch eine Formsache, und daher werde ich deswegen nicht mehr Wind machen als unbedingt nötig.

Ich möchte doch nur ein bisschen glücklich sein. Wer weiß, wie Gavin es aufnimmt, wenn er erfährt, dass ich noch verheiratet bin? Ehrlich gesagt möchte ich es nicht herausfinden. Endlich bin ich so weit, emotional frei für einen Mann in meinem Leben zu sein. Da werde ich mir das doch nicht indirekt von Ron zerstören lassen. Andererseits sollte ich ehrlich sein. Denn auch das war ein Punkt, der Gavin schrecklich wichtig erscheint.

Ich bin hin und her gerissen und grüble noch lange über Gavins Worte nach. Letztendlich lasse ich los und schlafe ein. Für ernste Gespräche gibt es sicherlich noch die passende Gelegenheit.

~

Die Wochen fliegen nur so dahin. Während ich tagsüber als Geschäftsführerin des Eden glänze, verbringe ich einen Großteil meiner Freizeit mit Gavin. Gefühlt sind wir ein glückliches Paar, auch wenn wir uns diese Liebe noch nicht mit Worten eingestanden haben. Das müssen wir auch nicht, denn mir reichen Gavins Blicke, seine Aufmerksamkeit, seine Nähe und Liebenswürdigkeit.

Im Prinzip verbringe ich inzwischen mehr Zeit bei Gavin in Chastleton House als in der kleinen Wohnung mit Bridget. Sie nimmt es mir nicht übel, sondern gönnt mir meine aufregende Beziehung von Herzen.

Wenn Gavin und ich uns nicht lieben, was unverschämt oft vorkommt, unternehmen wir lange Spaziergänge und reden über einfach alles.

Na ja, über fast alles. Ich habe mich bisher nicht überwinden können, ihm von Ron zu erzählen. Nachdem er mir sein Herz geöffnet und über Diana gesprochen hat, scheint das Kapitel Ex-Partner irgendwie vom Tisch zu sein. So gelöst und entspannt wie die letzten Tage habe ich Gavin noch nie erlebt. Ich will das nicht kaputt machen.

Auch heute, an einem Sonntagnachmittag, schlendern wir händchenhaltend und querfeldein über die hügelige Landschaft rund um Chastleton House. Es weht ein warmer Wind, der das hohe Gras auf den Wiesen wie eine stürmische See erscheinen lässt.

Gemeinsam kämpfen wir uns einen besonders steilen Hügel hinauf und werfen oben angekommen einen Blick auf das eindrucksvolle Panorama.

»Einfach wunderbar«, staune ich und verfolge beeindruckt, wie sich die hohen Grashalme wellenförmig unter den Böen neigen. Ich kann mich nicht erinnern, so etwas schon einmal gesehen zu haben. Gavin drückt meine Hand und wir starren gemeinsam eine Weile auf das Naturschauspiel.

»Wenn der Landwirt in der nächsten Woche mäht, dann war es das«, bedaure ich.

»Muss ich ihm ein Verbot aussprechen?«, neckt Gavin mich.

»Nein, der arme Mann. Der braucht das Gras sicherlich für sich.«

»Nicht für sich. Für seine Schafe, nehme ich an.«

Wieder grinst Gavin mich schelmisch an und ich lasse ihm einen tadelnden Blick angedeihen.

Dabei versinke ich sofort in seinem Anblick. Der Wind wirbelt durch sein Haar und verleiht seiner unbeherrschten Seite jede Menge Gewicht. Längst wirkt er nicht mehr so kaltherzig auf mich, wie ich zu Beginn vermutet habe.

Seine Gesichtszüge haben sich verändert. Vor ein paar Wochen noch musste ich jede Regung erahnen und deuten. Jetzt zeigt er sich viel offener. So lässt er mich auch seinen Humor mit Leichtigkeit wahrnehmen, stelle ich immer wieder mit Staunen fest.

»Was ist?«, will er wissen. Wahrscheinlich starre ich ihn länger an, als ihm lieb ist.

»Ich bin glücklich«, platzt es aus mir heraus.

Er stutzt einen Augenblick, aber dann nähert er sich mir, um mir einen sanften Kuss aufzudrücken.

»Ich auch«, raunt er anschließend. Für kurze Zeit stehen wir uns gegenüber, drücken unsere Stirn aneinander und sehen uns tief in die Augen. Eine plötzliche Windböe bringt wieder Leben in uns.

»Komm«, sagt Gavin. »Lass uns zurückgehen. Mein Vater wartet mit dem Tee auf uns.«

Obwohl der Wind lau ist und wir einen heißen Junitag hinter uns haben, freue ich mich auf ein warmes Getränk im Beisein des Barons. Gavin hat von Anfang an keinen Hehl aus unserer Beziehung gemacht. Inzwischen fühle ich mich wie ein Teil der Familie, für den selbstverständlich mitgedeckt wird.

Plötzlich beginnt Gavin, den Hang hinabzulaufen. Er wird immer schneller und da ich nach wie vor an seiner Hand hänge, zieht er mich unnachgiebig mit sich. Zum Glück trage ich heute gutes Schuhwerk und so fällt es mir nicht schwer, mit Gavin mitzuhalten. Die hohen Gräser peitschen mir um die Beine, aber das bremst mich nicht aus.

Lachend und völlig außer Puste erreichen wir schließlich Chastleton House. Mein Elan verpufft sofort, als ich Richies Auto vor dem Haus stehen sehe. Seit der kleinen Auseinandersetzung im Flur habe ich ihn nicht mehr wiedergesehen.

»Was will *der* denn hier?«, fragt Gavin und nimmt mir damit die Worte aus dem Mund. Dennoch zögert er keinen Augenblick und steuert zielstrebig auf das Haus zu. Trotzdem fällt mir auf, dass er meine Hand fester umschließt, und ich ahne, dass er bereit ist, sofort mit seinem Vetter auf Konfrontationskurs zu gehen.

Aber von Richie fehlt jede Spur. Womöglich sitzt er schon mit Kirk bei Tee und Keksen und versucht, Gavin bei seinem Vater in möglichst schlechtem Licht dastehen zu lassen. Mittlerweile traue ich dem Mann alles zu.

Mit schnellen Schritten nehmen wir die steinernen Stufen auf die große Veranda und steuern auf die Haustür zu.

Humphrey öffnet uns sofort die Tür, als hätte er unsere Ankunft abgepasst.

»Sie werden schon erwartet, Sir«, begrüßt der Butler Gavin und verbeugt sich leicht.

»Das habe ich vermutet. Ist mein Cousin da?«

»Sehr richtig, Sir.« Als wir Humphrey passieren, senkt er den Kopf noch ein Stück tiefer. »Miss.«

»Humphrey«, begrüße ich ihn, obwohl ich ihn heute schon gesehen und gegrüßt habe.

Wir eilen durchs Haus, der Stimme von Richie folgend, die in hörbar selbstgefälligem Ton eine Unterhaltung führt. Das Bild, das sich mir bietet, als ich neben

Gavin in den kleinen Salon trete, verursacht mir beinahe Brechreiz.

Mit übereinandergeschlagenen Beinen und dem filigranen Henkel einer Tasse Tee zwischen zwei Fingern eingeklemmt, sitzt Richie da und kokettiert mit seinem Onkel.

»Aber natürlich, Onkel Kirk. Da hast du vollkommen recht«, hören wir ihn nur noch sagen.

»Worum geht es hier?«, fragt Gavin bissig und das überaus zufrieden wirkende Gesicht des Barons lässt mich ahnen, dass er einen Deppen gefunden hat, der ihn unterstützt, sich die Hüfte nicht operieren zu lassen.

Dabei geht es dem alten Mann von Tag zu Tag schlechter. Er leidet unter so starken Schmerzen, dass die tägliche Dosierung des Schmerzmittels bedenkliche Mengen erreicht.

Jeder, aber wirklich jeder bestärkt ihn darin, sich endlich helfen zu lassen. Und ich hatte auch den Eindruck, dass wir langsam bei ihm weiterkamen. Letztendlich offenbarte der Baron sogar, warum er so gegen einen Eingriff ist. Er ist tatsächlich noch nie in seinem ganzen Leben operiert worden und hat eine Heidenangst vor der Narkose. Ja, er zieht ein Leben im Rollstuhl einer Operation vor.

Mit vereinten Kräften hatten Margret, Gavin und ich den Baron aber immerhin so weit, dass er zumindest zu einem Spezialisten gehen will, um sich beraten zu lassen. Ich vermute, dass dieser kleine Erfolg dank Richie hinfällig ist.

»Richie teilt meine Meinung über die Operation«, bestätigt der Baron meine Befürchtung.

Gavin stöhnt ungehalten auf. »Vater, wir waren uns doch einig ...«

»Papperlapapp, hör dir an, was Richie zu sagen hat. Im Krankenhaus könnte ich mir einen resistenten Keim einfangen und mir Gott weiß was alles zuziehen.«

»Richtig«, pflichtet Richie bei und nimmt mit spitzem Mund einen kleinen Schluck aus der Tasse.

»Der Termin bei dem Facharzt steht«, sagt Gavin. »Und wenn du ihn nicht wahrnimmst, dann sorge ich persönlich dafür, dass Richies Hüfte unters Messer kommt.«

Erschrocken gerät Richies affektierter, kleiner Schluck Tee unkontrolliert groß. Er verschluckt sich und hustet geräuschvoll, wobei er zeitgleich versucht, die Tasse samt Unterteller sicher auf den Couchtisch vor sich zu befördern.

Gavin ist sofort bei Richie und schlägt ihm dermaßen kraftvoll auf den Rücken, dass jeder Anwesende sicher sein kann, dass es sich hier nicht um eine Aktion der ersten Hilfe handelt.

»Geht ... es ... wieder?«, fragt Gavin unter den beherzten Schlägen.

Vor lauter Hustenreiz kann Richie sich nicht gegen Gavin wehren. Bei jedem Hieb wird er nach vorne geschleudert, als hätte jemand den Faden einer Marionette fallenlassen. Schließlich springt er auf und bringt ein paar Meter Sicherheitsabstand zwischen sich und Gavin, bevor er abwehrend die Hände in dessen Richtung streckt und dann endlich nach Atem ringt.

»Ja ...«, krächzt er mit belegter Stimme.

Wüsste ich nicht um die Ernsthaftigkeit der Rivalität zwischen Gavin und Richie, könnte ich diese Situation mit einem Schmunzeln quittieren. Stattdessen verschränke ich die Arme und warte ab, was noch passieren wird.

Der Baron stützt beide Hände auf seinen Stock und drückt sich wackelig in den Stand. »Euer ewiges Gezanke geht mir gehörig auf den Zeiger. Schon, als ihr noch grün hinter den Ohren wart, musste man euch mit Gewalt trennen. Jetzt seid ihr alt genug, um die Sache ein für alle Mal zu klären, und zwar ohne mich. Bitte entschuldige mich, Melissa.« Immerhin schenkt mir der Baron ein leichtes Lächeln, das ich gerne erwidere.

»Oh, da gibt es nichts zu entschuldigen, Sir«, sage ich zu ihm und beobachte, wie er sich schleichend langsam auf den Weg aus dem Salon macht. Am liebsten würde ich ihm zu Hilfe eilen, ihn stützen, aber ich wage es nicht, mich zu bewegen. Die Anspannung zwischen den beiden jüngeren Männern erfüllt den Raum und auch ich fühle mich in Richies Anwesenheit beklommen.

»Und du kannst ganz beruhigt sein, mein lieber Sohn. Ich nehme den Arzttermin selbstverständlich wahr«, gibt der Baron von sich, bevor er die Tür hinter sich schließt. »Margret zieht mir sonst das Fell über die Ohren«, höre ich ihn draußen noch murmeln.

Dann ist es gespenstisch still.

Ich wage einen Blick zu Gavin, dessen Miene eindeutig gegen jede Unterhaltung mit seinem Vetter spricht und von daher ist es kein Wunder, dass der aalglatte Richie sofort das Wort ergreift, bevor Gavin ihn aus dem Haus komplementieren kann.

»In der Tat, mein lieber Cousin. Wir sollten die Sache klären. Ein für alle Mal.«

Die Worte klingen gut, aber der Ton verspricht mehr. Welche Gemeinheit hat Richie sich ausgedacht?

»Wie du weißt, haben wir noch eine Rechnung offen«, führt Richie weiter aus und beginnt, sich ausschweifend gestikulierend im Raum zu bewegen. Der hat wirklich Nerven, sich hier so aufzuführen.

Gavin und ich tauschen einen Blick voller Abscheu

gegen Richie. Aber Gavin bleibt erstaunlich ruhig. Ist sein Maß an Geduld tatsächlich noch nicht erschöpft oder will er nur den geeigneten Moment abwarten, um Richie in seine Schranken zu weisen?

»Ach ... das sehe ich nicht so«, erwidert Gavin.

»Oh doch. Du hast mir die Liebe meines Lebens ausgespannt, hast mit ihr angebandelt, obwohl ich sie zuerst gesehen habe. Du hast sie mir weggenommen, dafür ...«

Gavin stößt einen Laut purer Genervtheit aus. »Das reicht. Verschwinde!«, fordert er und deutet in Richtung der Tür.

»... und dafür werde ich dir Melissa wegnehmen.«

Ich lache auf. Der hat sie nicht mehr alle.

Auch Gavin zieht amüsiert die Augenbrauen nach oben. »Ach wirklich?«

Die Ansage von Richie hat ihn wohl neugierig gemacht. Wirkte er eben noch wild entschlossen, ihn wenn nötig an den Haaren aus dem Raum zu schleifen, gibt er sich nun entspannt.

Als ich zu Richie sehe und mir dessen fiese Fratze entgegen grinst, beginnt mein Herz wie wild zu schlagen. Klar hat er einen an der Waffel, aber da ist noch etwas mehr in seinem Blick. Er hat einen Trumpf, den er jeden Moment ausspielen wird.

»Deine Angebetete verschweigt dir etwas.«

Mein Herz bleibt stehen. Er weiß es? Mir rauscht das Blut in den Ohren. Ich kann nicht auf seine Drohung reagieren.

»Ach.« Gavins Stimme ist fest, aber ich bemerke den Seitenblick zu mir, in dem ich seine stumme Frage erkenne. In diesem Moment bewundere ich ihn dafür, dass er mich nicht vor Richie fragt, worum es sich dreht.

»Können wir unter vier Augen sprechen?«, frage ich Gavin voller Panik.

Ich habe keine Ahnung, ob Hamilton nur blufft oder wirklich etwas von Ron weiß, aber ich habe nicht die Nerven, es darauf ankommen zu lassen. Momentan will ich das Gespräch mit ihm beenden und Gavin alles in Ruhe erklären.

Panikartig wird mir klar, dass er es nur schlecht aufnehmen kann, wenn er die Wahrheit von Richie serviert bekommt. Selbst, wenn er weiß, dass Richie ihm schaden will, wird er erkennen, was ich ihm all die Wochen über verheimlicht habe.

»Bitte ...«, lege ich flehentlich nach.

»Ihr richtiger Name ist Melissa Cook. Ihren Mädchennamen Lambert darf sie nämlich offiziell erst *nach* der Scheidung von ihrem Ehemann führen. Nicht wahr, Melissa?«, zischt Richie und wirkt dabei wie ferngesteuert. »Soweit ich weiß, hat bisher keiner von beiden die Scheidung eingereicht. Wartet sie auf eine Versöhnung? Mich würde interessieren, ob ihr Mann sich noch Hoffnung machen kann, oder ob ...«

Weiter kommt Richie nicht, weil Gavin blitzschnell bei ihm ist und ihn mit einem gezielten Faustschlag zum Schweigen bringt. Richie würde vermutlich auf dem Boden aufschlagen, wenn Gavin ihn nicht am Kragen packen und auf den Beinen halten würde.

»Du verziehst dich jetzt auf der Stelle und wenn du es noch einmal wagen solltest, auch nur einen Fuß nach Chastleton House zu setzen, dann sorge ich eigenhändig dafür, dass es dein letzter Besuch auf Erden war«, zischt Gavin bedrohlich und schubst ihn mit Schwung in Richtung Tür.

Richie fällt beinahe der Länge nach hin, aber er rappelt

sich auf, richtet sich mit einem gehässigen Lachen Jackett und Krawatte und schlendert aufreizend lässig an mir vorbei.

»Wollte das nur mal loswerden. Und jetzt hab ich das erledigt und kann gehen.«

Obwohl ich mich innerlich in einem Ausnahmezustand befinde, entgeht mir nicht sein fieses Lächeln unter dem geschlossenen Auge, das vermutlich in kurzer Zeit zugeschwollen sein wird. »Das war es wert«, flüstert er so leise in meine Richtung, dass es Gavin nicht hören kann.

Ich könnte Richie umbringen. Aber letztendlich kann er nichts dafür, dass ich nicht ehrlich zu Gavin war. Im Grunde bin ich selbst schuld an allem, weil ich Richie das Werkzeug in die Hand gegeben habe, mit dem er meine Beziehung zu Gavin sabotieren kann. Die Frage, wie er mir auf die Schliche gekommen ist, drängt sich an den Rand meines Bewusstseins, aber die Antwort darauf ist dabei meine kleinste Sorge. Jetzt kann ich nur noch abwarten, wie Gavin mit dieser Neuigkeit umgehen wird.

Richard Hamilton ist weg und ich bin mit Gavin allein.

GAVIN

Da steht sie also vor mir und sieht mich aus riesengroßen, schockierten Augen an.

Melissa.

Die erste Frau, der ich seit einer gefühlten Ewigkeit vertraut habe. Der ich mich anvertraut habe. Und nun das.

Ich spüre, wie sich ausgehend von meinem Magen ein eisiger Klumpen in mir ausbreitet. Er sackt mir in die Beine, sodass ich wie angewurzelt stehen bleibe; sinkt in meine Arme, die reglos an meinen Seiten hinunterhängen; und lässt mich die Fäuste ballen. Am schlimmsten ist die Kälte, die sich von meiner Magengrube aus in Richtung des Herzens schleicht. Die Eiskristalle, die sich in meinen Gehirnwindungen bilden, kommen mir allerdings sehr entgegen, denn sie lassen mich trotz des Orkans, der in mir tobt, noch einigermaßen ruhige Worte finden.

»Ich würde es begrüßen, wenn auch du dieses Haus nun verlassen würdest.« Ist das meine Stimme?

Es kommt mir vor, als wäre eine Ewigkeit vergangen, seit wir hier stehen und uns nur ansehen. In Wirklichkeit sind es sicherlich nur ein paar wenige Sekunden gewesen, denn Melissa hat noch nicht einmal den Versuch gemacht, den Mund zu öffnen und irgendetwas zu sagen. Das tut sie allerdings jetzt. Mit flehend erhobenen Händen geht sie einen Schritt auf mich zu, bleibt aber dann angesichts meiner reglosen Miene wieder dort stehen.

»Gavin, es tut mir so leid! Bitte lass es mich erklären.«

Mir tut es auch leid, ich weiß nur nicht, ob mir dasselbe leidtut wie ihr. Ich kann nicht antworten.

»Ich wollte es dir sagen, aber dann war immer der falsche Moment.«

Ja. Die üblichen Ausreden. Gleich wird sie sagen, dass es nicht so ist, wie es aussieht.

»Ich wollte es dir sogar heute Abend noch sagen, erinnerst du dich?«

Ja, aber nur, weil sie wusste, dass Richard sie verraten würde.

Die Kälte in mir lähmt alles, unterdrückt jegliche Regung. Darüber bin ich sehr froh, denn ich weiß nicht, wie ich in diesem Augenblick reagieren würde.

»Ich würde es wirklich begrüßen, wenn du jetzt gehst«, wiederhole ich mit ausdrucksloser Stimme meine Aufforderung von gerade eben.

Ich kann – ich will jetzt nichts hören. Keine Erklärungen, keine Ausflüchte, keine Lügen. Ich fühle mich wie erstarrt und kann noch nicht einordnen, welche meiner Emotionen die vorherrschende ist. Und irgendwie will ich in diesem Augenblick auch nichts anderes mehr als meine Ruhe, einen doppelten Scotch – nein, lieber einen dreifachen – und so tun, als wären die letzten Wochen nicht gewesen.

»Gavin, bitte – hör mich an«, macht Melissa einen neuen Versuch.

Doch jetzt bin ich in der Lage, meine Erstarrung abzuschütteln und mich wieder zu bewegen. Das nutze ich, ihr den Rücken zuzuwenden und auf die Terrasse hinaus zu treten. Ich lasse Melissa einfach stehen und tatsächlich folgt sie mir nicht, obwohl sie mir ein verzweifeltes »Gavin, bitte nicht« hinterherruft. Das könnte vermutlich sogar die Steine von Westminster Abbey erweichen, erreicht mein Herz aber nicht. Unmöglich, mich ihr jetzt noch einmal zuzuwenden.

Zu tief sitzt der Schmerz, den mir Richies Eröffnung bereitet hat. Im Augenblick weiß ich sowieso nicht, auf wen mein Zorn größer ist: Meinen dreimal verfluchten Vetter, weil er diese haarsträubende Tatsache über meine Geliebte ausgegraben hat, oder Melissa selbst, weil sie mir verschwiegen hat, dass sie verheiratet ist.

Im Grunde ist es gleichgültig. Sie hat mich belogen, obwohl sie doch wissen musste, wie wichtig mir Ehrlichkeit in einer Beziehung ist. Eine so elementare Sache zu verschweigen, ist für mich Verrat, egal, ob die Ehe am Ende ist oder nicht – es wäre an mir gewesen, zu entscheiden, ob ich trotzdem mit ihr zusammen sein möchte oder nicht.

Noch einmal erklingt ein leises »Gavin, bitte« aus dem Salon zu mir heraus, doch ich tue so, als hätte ich es nicht gehört. Mit verschränkten Armen und vor Anspannung schmerzenden Muskeln stehe ich da und starre blicklos über das Terrassengeländer hinweg in die sattgrüne, hügelige Landschaft. Nichts von deren Schönheit, die mich schon so oft beruhigt hat, kann mich jetzt gerade berühren.

Endlich dringt das Geräusch einer sich schließenden Tür zu mir. Melissa wird es wohl begriffen haben und gegangen sein. So lange bleibe ich reglos auf der Terrasse stehen, bis ich mit einiger Gewissheit annehmen kann, dass sie endlich fort ist. Der Schmerz in meiner Brust verstärkt sich noch einmal und ich schließe die Augen.

Verdammt, warum?

Warum habe ich mich auf sie eingelassen? Warum bin ich das Risiko erneut eingegangen? Ich wollte doch ohnehin nach Diana nie mehr eine Frau in mein Herz lassen – wie also konnte das geschehen?

»Gavin? Gavin! Komm schnell! Bitte beeile dich!«

Margrets panische Stimme reißt mich aus meinem Selbstmitleid und lässt mich herumwirbeln. Mein Herz rast. Wenn diese sonst so beherrschte Frau einen solchen Ton an den Tag legt, muss etwas passiert sein. In der nächsten Sekunde starte ich los und durchmesse im Laufschritt den Salon, reiße die Tür auf und pralle auch schon gegen sie.

Margret ist bleich, ihre Augen sind weit aufgerissen und stehen voller Tränen. Sie packt mich am Revers meiner Jacke und schüttelt mich, als müsste sie mich aufwecken.

»Bitte komm schnell und hilf mir«, stößt sie unkontrolliert hervor und schluchzt auf.

Ich lasse mich von ihr an der Hand packen und mitziehen. Längst habe ich eins und eins zusammengezählt – irgendetwas ist mit meinem Vater. Auf dem Weg nach oben in den ersten Stock redet sie wie ein Wasserfall und beschreibt mir in allen Einzelheiten, wie sie meinen Vater auf dem Boden liegend in seinem Ankleidezimmer gefunden hat.

»… und nun kann er sich nicht mehr bewegen und er kann auch nicht aufstehen und ich selbst bin nicht stark genug, ihm zu helfen. Ich kann ihn einfach nicht auf die Füße bringen, denn sobald ich versuche, ihn zu bewegen, schreit er vor Schmerzen …«

In ihrer Panik holt sie kaum Luft, während die Worte nur so heraussprudeln.

Im nächsten Moment kann ich mich selbst von der Situation überzeugen. Wie auch immer es passiert sein mag, mein Vater ist gestürzt und auf die kaputte Hüfte gefallen. Ich sehe keine andere Möglichkeit, als den Rettungswagen zu rufen. Dass Kirk dieses Mal nicht versucht, mich davon abzuhalten, beweist mir zweifelsfrei, wie groß seine Schmerzen sein müssen.

Ab diesem Augenblick reagiere ich nur noch wie auf Autopilot. Die folgenden Stunden rauschen wie in einem schlechten Film an mir vorbei.

Der Rettungswagen, der viel zu lange braucht, um zu uns zu gelangen. Meinen vor Schmerzen schreienden Vater, bis er endlich auf der Trage liegt und in den Wagen verfrachtet werden kann. Margret, die in Tränen aufgelöst die Hände ringt und sich selbst die Schuld an diesem Unfall gibt, obwohl sie nicht mal in der Nähe war. Meine eigenen kreisenden Gedanken. War es die Aufregung über unseren Streit, die meinen Vater hat unvorsichtig werden lassen?

Ich bestehe darauf, im Rettungswagen mitzufahren, und begleite meinen alten Herrn ins Krankenhaus. Der wunderbare und sonnige Nachmittag, den ich voller Glück und Liebe begonnen habe, ist in einen kalten, dunklen Abend übergegangen, den ich auf einem Krankenhausflur voll eisigen Neonlichts verbringen.

Der hinzugerufene Spezialist bestätigt meinen Verdacht.

»Ihr Vater muss sofort operiert werden. Er hat sich bei seinem Sturz das Hüftgelenk endgültig zertrümmert. Das war zu erwarten, hätte aber noch eine Weile dauern können.«

Ich nicke. Meine Gefühlslage ist irgendwo zwischen verzweifelt und ungerührt. Dabei weiß ich genau, dass ich nur versuche, mich vor dem Chaos zu schützen, in das mein Leben die letzten paar Stunden abgeglitten ist.

»Tun Sie, was Sie tun müssen«, instruiere ich den Chirurgen und unterschreibe alle nötigen Unterlagen, die mir vorgelegt werden. Meinen Vater hat man inzwischen so weit betäubt, dass er keine Schmerzen mehr hat, doch das nimmt ihm auch die Möglichkeit, bei klarem Verstand diese Dokumente zu unterschreiben. Zum Glück haben wir längst für alles Nötige gesorgt und die entsprechenden Vollmachten erleichtern mir nun den Umgang mit der allgegenwärtigen Bürokratie.

Dann also eine schnelle und unerwartete Operation.

Jetzt erst nehme ich wahr, dass das Handy in meiner Brusttasche schon seit einer Ewigkeit vor sich hin vibriert. Es ist Margret, natürlich will sie Bescheid wissen. Ich informiere sie in knappen Worten über die Situation und bitte sie, ein paar persönliche Dinge meines Vaters zusammenzupacken und ins Krankenhaus zu bringen. Immerhin hat sie sich wieder soweit beruhigt, dass sie nicht haltlos ins Telefon schluchzt, sondern einigermaßen gefasst wirkt.

Melissas Worte fallen mir ein und versetzen mir einen scharfen Stich ins Herz. »Läuft da was zwischen den beiden?«

Margrets Reaktion legt die Vermutung nahe, dass dem tatsächlich so ist, bestätigt damit auch meinen Verdacht.

Es ist mitten in der Nacht, als sie im Krankenhaus eintrifft, eine kleine Reisetasche mit den gewünschten Utensilien in der Hand. Dann sitzen wir beide sprachlos nebeneinander in dem sterilen und ungemütlichen Krankenhausflur und warten. Das alles kommt mir vor wie ein schlechter Traum, aus dem ich liebend gern erwachen und feststellen würde, dass der ganze Tag nur in meinem Kopf stattgefunden hat. Doch das geschieht nicht. Natürlich bin ich derjenige, der Margret tröstet, der alle nötigen organisatorischen Entscheidungen trifft, der die Fassung wahrt und den Überblick behält. Und ich bin auch sehr froh darüber, dass ich nicht die Möglichkeit habe, meinen eigenen Gedanken und Gefühlen nachzuhängen.

Irgendwann geht auch diese beschissene Nacht vorüber. Zwischenzeitlich hat man uns in ein First-Class-Krankenzimmer gebeten, in dem für Besucher eine komfortable Sitzgruppe mit Sofa, zwei Sesseln und einem Couchtisch bereitsteht, Tee und Kaffee in Thermoskannen auf uns warten und wir endlich etwas bequemer sitzen. Ich habe Margret die Couch überlassen und tatsächlich ist sie vor Erschöpfung eingeschlafen.

Gegen acht Uhr morgens öffnet sich die Tür und zwei Krankenpfleger rollen das Bett mit meinem Vater herein. Er ist bereits wach und sieht besser aus, als ich befürchtet habe.

»Sagt jetzt nichts«, ist das erste, was wir von ihm hören. »Wer hatte die abstruse Idee, mich sofort operieren zu lassen?«

»Das war ich«, gebe ich zu und weiß nicht, ob ich angesichts seiner Laune kurz nach der Narkose lachen oder schreien soll. »Du weißt, es ging nicht anders«, setze ich hinzu.

»Ja, ja«, murrt er und winkt mit einer schwachen Handbewegung ab. »Verdammter Mist, nun hast du deinen Willen ja doch noch bekommen.«

»Kirk, es ging nicht anders«, mischt sich nun Margret

ein, die auf der anderen Seite des Bettes steht und seine Hand fest in ihren beiden hält. »Du hast vor Schmerzen gewimmert.«

»Wie ein kleines Kind«, blafft er. »Ich erinnere mich. Scheiße war das. Ganz beschissene Scheiße, verdammt.« Dann lässt er sich wieder zurücksinken und schließt die Augen.

Baron hin oder her, in Krisensituationen wie dieser greift mein Herr Vater gern auch mal zu Kraftausdrücken. Das hier ist ja noch gemäßigt.

»Du wirst sehen, dass es dir schnell wieder besser geht«, setzt Margret an.

»Ich weiß«, knurrt er.

Irgendwie habe ich den Verdacht, dass er schon auch froh über die unerwartete Entwicklung ist. Die Entscheidung wurde ihm aus der Hand genommen, er hatte keine Zeit, noch länger darüber nachzudenken und sie wieder und wieder hinauszuzögern. Sein Sturz hat Tatsachen geschaffen.

Wieder schießt die Frage durch meinen Kopf, ob ihn wohl die gestrige Situation so aufgewühlt hat, doch vom eigentlichen Drama hat er ja ohnehin nichts mehr mitbekommen.

Als hätte er meine Gedanken gelesen, öffnet Kirk die Augen und blickt in die Runde.

»Wo ist Melissa? Kommt sie später auch noch?«

»Mal sehen«, weiche ich knapp und mit zugeschnürter Kehle aus.

»Und habt ihr schon Richard Bescheid gegeben?«, bohrt er weiter.

Himmel Herrgott und dreimal verflucht – muss das sein?

»Wenn du darauf bestehst, Richard Hamilton zu sehen,

wirst du künftig auf mich verzichten müssen«, platzt es unwirsch aus mir heraus, ehe ich meinen Verstand einschalten kann. Kaum bringe ich die Zähne so weit auseinander, dass die Silben meinen Mund verlassen können. »Er hat in meinem näheren Umfeld keine Existenzberechtigung mehr.«

Kirk und Margret starren mich mit offenen Mündern an, und zumindest sie scheint zu begreifen, wie ernst es mir damit ist, denn als mein Vater ansetzt und etwas sagen will, schüttelt sie sachte den Kopf und drückt seine Hand.

»Dazu stehe ich«, presse ich noch heraus, ehe ich mich umdrehe und fluchtartig das Krankenzimmer verlasse.

Dabei fühle ich mich so beschissen, dass ich mich am liebsten selbst hier einliefern und operieren lassen würde. Irgendjemand von diesen Halbgöttern in Weiß muss mir doch dieses Scheißloch in der Brust wieder flicken können.

MELISSA

»Kannst du mir jetzt sagen, was passiert ist?«, fragt Bridget vorsichtig. Ihre warme Hand übt sanften Druck auf meinen Rücken aus, während ich bäuchlings auf meinem Bett liege und das Gesicht ins Kissen vergrabe.

Bridgets Beharrlichkeit ist kein Wunder. Sie hat sofort gemerkt, dass etwas nicht stimmt. Seit ich vor einer Stunde nach Hause gekommen bin, heule ich beinahe durchgehend. Wie ein Häufchen Elend habe ich mich zuerst ins Badezimmer, dann auf mein Bett geflüchtet. Kein Taschentuch der Welt kann den Strom an Tränen auffangen, der unaufhörlich aus meinen Augen fließt. Das Kissen unter mir ist längst durchnässt. Seit Gavin mich sehr deutlich zum Gehen aufgefordert hat, ist mein Glück gegangen. Es hat Platz für eine Form des Schmerzes gemacht, den man niemals annehmen kann. Von solch einem Gefühl wird man überrollt und plattgetrampelt. Erst, wenn die Qual mit einem fertig ist, lässt sie einen wie ein emotionsloses Wrack zurück.

Zum Glück ist Bridget da, hat sich nicht abwimmeln

lassen und einfach so lange abgewartet, bis mein Beben sich beruhigt hat, mein Atem friedlicher geworden ist.

Ich wage es, den Kopf zur Seite zu drehen. Nasse Haarsträhnen kleben mir im Gesicht und ich sehe mit Sicherheit schrecklich verquollen aus, doch das ist mir egal.

»Hey, was ist denn los?«, hakt Bridget nach und streift mir eine einzelne Strähne hinters Ohr.

Ich will gar nicht daran denken, weil jeder Gedanke an den Bruch mit Gavin den Schmerz in mir sofort auf eine Art verstärkt, die ich kaum aushalten kann. Aber ich möchte es auch rauslassen und loswerden.

»Gavin ...«, beginne ich. Alleine schon seinen Namen auszusprechen, verursacht mir Höllenqualen. »Er hat mit mir Schluss gemacht.«

Was für ein dämlicher Satz, aber letztendlich trifft er den Nagel auf den Kopf.

»Warum denn?«

»Sein Cousin, dieser Richie, hat herausgefunden, dass ich noch verheiratet bin ...«

Mehr bringe ich momentan nicht heraus, aber Bridget zählt eins und eins zusammen.

Verständnisvoll nickend streicht sie mir über den Rücken. »Ich verstehe. Und da war Gavin natürlich sauer.«

»Sauer? Das ist gar kein Ausdruck. Er war ... absolut schockiert. Ich konnte richtig sehen, wie er dicht gemacht hat. Ich glaube, er hasst mich jetzt.«

»Aber Melissa, er hasst dich doch nicht.«

»Woher willst du das wissen? Er hat mich rausgeworfen.«

»Du darfst das nicht überbewerten. Wenn, dann zeigt sein Verhalten doch nur, wie viel er für dich empfindet.

Wenn du ihm egal wärst, dann hätte er bestimmt nicht so reagiert.«

»Du bist nicht dabei gewesen. Du hast nicht gesehen, wie er mich angeschaut hat.« Zutiefst verzweifelt vergrabe ich mein Gesicht erneut im Kissen und schluchze. Es tut so schrecklich weh. Ich mag dieses Gefühl nicht länger aushalten. »Sein Blick hat wirklich alles gesagt. Ich habe es kaputt gemacht ...« Das Kissen verschluckt meine Worte, aber Bridget versteht trotzdem alles.

»Nein, nicht du. Dieser Cousin war es.«

Richtig. Ich bin unendlich sauer auf diesen Kerl. Was kann ich denn dafür, dass er ein Problem mit Gavin hat. Die Sache mit Diana ist ohne mein Zutun schiefgelaufen und wenn ich es richtig verstanden habe, dann hat Richie schon damals so einiges völlig falsch gedeutet. Warum muss er ausgerechnet jetzt beschließen, Gavin und mich auseinanderzubringen? Warum hat er so viel Macht?

Fragen, die mich nicht weiterbringen.

»Ich kann da nie wieder hingehen«, schluchze ich.

»Unsinn. Natürlich gehst du wieder hin und ihr werdet reden und euch miteinander versöhnen. Du musst hinfahren. Schließlich lieferst du auch die Blumen.«

Ruckartig hebe ich den Kopf. Shit. Die Blumen!

Das hatte ich ja völlig vergessen.

»Das geht nicht. Ich werde Maisie bitten, das wieder zu übernehmen. Oder noch besser: Ich werde den Auftrag canceln. Soll er sich doch einen anderen Laden suchen, der ihm seine Blumen bringt.«

»Das willst du doch nicht wirklich.«

Bridget kennt mich einfach zu gut. Natürlich will ich den Auftrag nicht für immer aufgeben. Aber momentan kann ich es mir überhaupt nicht vorstellen, mit ein paar Blümchen im Schlepptau nach Chastleton House zu fahren und diese dann mit einem Lächeln an Gavin zu überreichen. Sofort überschlagen sich meine Gedanken. Was, wenn er dann schon die nächste Frau an seiner Seite hat? Was, wenn er mich mit den Blumen nicht ins Haus lässt? Oder vielleicht will *er* ja nicht mehr die Blumen aus dem Eden haben.

»Ich bringe ihm seine Blumen«, knurre ich zornig. Wenn er mich loswerden will, dann muss er die Eier in der Hose haben und den Dauerauftrag stornieren.

»Na also«, gibt Bridget sich zufrieden. »Magst du etwas essen? Ich habe einen Salat gemacht.«

»Keinen Hunger.«

»Okay, falsche Frage. Du isst jetzt etwas mit mir«, berichtigt sie sich und zupft an meinem Shirt, damit ich endlich aufstehe.

Widerwillig lasse ich mich schließlich auf die Ablenkung ein. Ich habe zwar keine Ahnung, wie ich etwas hinunterbekommen soll, aber letztendlich bin ich Bridget so dankbar, weil sie für mich da ist. Da würde ich vermutlich sogar einen Salto aus dem Stand versuchen, wenn sie es mir vorschlägt.

Am nächsten Morgen stehe ich wie gewohnt im Laden. Trotz des Zwangs des Alltags fühle ich mich wie in einem schlechten Traum. Zum ersten Mal in meinem Leben kann ich die farbenfrohe Blütenvielfalt nicht leiden. Mir ist nicht nach schönen Blumen und schon gar nicht nach den vielfältigen Düften, die ich sonst so liebe.

Außerdem kommt es mir so vor, als könnten meine geschwollenen Augen das Klima des Ladens heute nicht gut vertragen. Ständig reibe ich mir die Lider und hoffe, dass ich überhaupt in der Lage bin, den bestellten Geburtstagsstrauß, dem Anlass entsprechend, zu binden.

Maisie verspätet sich etwas, was mich in leichte Unruhe versetzt.

Endlich sehe ich sie durchs Schaufenster, wie sie ihren Seniorenflitzer parkt. Wackelig verlässt sie das Gefährt und eiert auf die Ladentüre zu. Ihr Ruf nach mir wird vom klingenden Geläut der Ladenglocke übertönt.

»Guten Morgen«, rufe ich ihr trotzdem bemüht fröhlich zu. Sie soll nicht merken, wie schlecht es mir geht. Irgendwie hatte ich von Anfang an den Eindruck, dass sie meine Liaison mit Gavin nicht besonders gut findet. Gesagt hat sie nie etwas dazu, aber beglückwünscht hat sie mich auch nicht. Von daher wird sie mein gebrochenes Herz nicht zu spüren bekommen.

»Wie geht es dir?«, fragt Maisie sofort, während sie ihre kleine schwarze Lackhandtasche hinter der Verkaufstheke verstaut.

Irritiert sehe ich sie an. Woher zum Teufel weiß sie es?

»Der arme Baron«, sagt sie nun.

»Wie?«

»Warst du nicht dabei?«

»Ich verstehe nicht.«

»Na, ich habe eben Margret getroffen und sie hat mir voller Aufregung erzählt, dass der Baron gestern Abend schwer gestürzt sei.«

»Was! Um Gottes Willen.« Instinktiv legt sich meine Hand auf mein Herz, das wie verrückt schlägt.

»Aber ich dachte, du wärst auch mit dabei gewesen ... egal ... auf jeden Fall musste er sich nun die Hüfte richten lassen. Und Gavin hat sich, laut Margret, völlig neben der Spur verhalten. Stand wohl unter Schock, der Gute.«

Natürlich war er nicht er selbst. Ich habe ihn schwer

enttäuscht, sein Vertrauen missbraucht, ihm etwas vorgemacht. So sieht er es jedenfalls. Dann verletzt sich auch noch sein Vater, um dessen Gesundheitszustand er seit Wochen besorgt ist. Das war zu viel.

»Melissa?«, fragt Maisie, die mich verwundert ansieht. Mir fällt auf, dass ich mich aus der Unterhaltung ausgeklinkt habe.

»Geht es dem Baron gut?«, frage ich deshalb schnell.

»Ja«, sagt Maisie und winkt ab. »Unkraut vergeht nicht, hat Margret gesagt.«

Erleichterung durchflutet mich. Wann mag das passiert sein? Ich hätte mich von Gavin nicht vertreiben lassen sollen, dann hätte ich ihm zur Seite stehen können. Bestimmt leidet er schrecklich, bräuchte jetzt jemanden, mit dem er reden kann. Und da fasse ich einen Entschluss.

»Könntest du den Strauß für die Geburtstagsfeier der Moores fertigmachen und den Laden hüten?«, bitte ich Maisie, die sofort nickt.

Ich weiß nur eins. Ich muss sehen, wie es Gavin geht. In Windeseile binde ich einen Strauß für ihn. Dabei ist es mir einerlei, dass heute nicht der Tag ist, an dem er normalerweise seine Lieferung bekommt. Trotzdem wird er seine Blumen für Diana bekommen. Vielleicht lässt er mich ohne sie gar nicht ins Haus. So habe ich zumindest einen Vorwand.

Keine zehn Minuten später sitze ich in meiner APE und düse nach Chastleton House. Gott sei Dank hat Bridget darauf gedrängt, dass ich das Ding reparieren lasse – ich selbst hätte das bestimmt auf die lange Bank geschoben.

Ob er überhaupt da ist? Sicherlich wird er bei seinem Vater im Krankenhaus sein. Aber Margret machte Maisie gegenüber Andeutungen, die ich als Streit deute. Hat Gavin sich mit seinem Vater überworfen? Bestimmt ging es um die nötige Operation, die der alte Herr schon seit ewigen Zeiten vor sich herschob.

Rasant lenke ich mein kleines Fahrzeug um die Kurve in die Einfahrt nach Chastleton House. Dabei kommt das dreirädrige Gefährt bedrohlich ins Schwanken. Es hätte nicht viel gefehlt und ich wäre genau an der Stelle umgekippt, an der ich damals beinahe mit dem Fahrrad hingefallen war. Instinktiv lenke ich so, dass ich der Fliehkraft wieder auf die richtige Spur helfe, und schon prescht das Auto mit voller Geschwindigkeit auf das Herrenhaus zu.

Kurz vor der Ummauerung der Veranda trete ich in die Bremse und springe mitsamt dem Strauß aus der Fahrerkabine, bevor die Räder richtig stehen.

»Miss Lambert!«, begrüßt mich Humphrey, der mir auf der Veranda entgegenkommt, als ich mehrere Stufen auf einmal nehme.

»Humphrey, guten Tag. Ist Gavin da?« Als müsse ich mich für mein Erscheinen rechtfertigen, ergänze ich. »Ich habe die wöchentliche Blumenlieferung dabei.« Das kann er natürlich selbst sehen. Schließlich ist der große Strauß in meinen Händen eindeutig.

»Mr Kingsley ist ausreiten.«

»Ausreiten?« Jetzt bin ich baff. Ich weiß, dass er gerne reitet, aber in den letzten Wochen ging sein Pferd Guinness lahm und der neue, wilde Hengst ist noch längst nicht so weit, dass man ihn sicher reiten kann.

»Geht es Guiness wieder besser?«, erkundige ich mich, dabei ahne ich anderes.

»Nein, leider nicht. Mr Kingsley ist auf seinem Neuzugang unterwegs.«

Kraftlos lasse ich den Blumenstrauß am ausgestreckten Arm hängen. Ich kann es nicht glauben. Der junge Hengst wird nicht über Nacht plötzlich zum braven Jungen mutiert sein.

Was ist nur in Gavin gefahren?

Eine Frage, auf die ich längst die Antwort weiß. Ich bin schuld.

»Möchten Sie die Blumen abgeben?«, fragt Humphrey mich. »Oder darf ich Ihnen eine Tasse Tee anbieten?«

Der gute Humphrey ahnt nicht, dass ich kein willkommener Gast dieses Hauses mehr bin.

»Ich ...«, beginne ich, als ich aus der Ferne ein Wiehern höre. Und da sehe ich den Hengst oben auf einem der unzähligen Hügel um Chastleton House. Sein Reiter kämpft sichtlich mit ihm. Das sieht mir stark nach einem Zweikampf darum aus, wer hier das Sagen hat.

Ohne Humphrey anzusehen, reiche ich ihm den Strauß. So gefesselt bin ich von Gavin auf dem Pferd.

Das Tier bäumt sich auf, hebt beinahe mit den Vorderhufen vom Boden ab, dreht sich dann ein paar Mal im Kreis. Und plötzlich wendet es sich in Richtung Chastleton House, um mit einem Affenzahn den Hang hinabzurasen.

Gavin, in gebückter Haltung, scheint dem Pferd auch noch die Sporen zu geben. Spinnt der?

Mein Blick verfolgt den Weg, den Tier und Reiter nehmen. Da ist diese verdammt hohe Mauer. Der wird doch nicht!

Ich kann gar nicht anders. Voller Aufregung renne ich los, Gavin entgegen.

Das Pferd ist natürlich schneller als ich. Ich habe die Mauer noch nicht erreicht, als das Tier mit einem gewaltigen Satz abspringt und das Gemäuer nimmt, als habe es noch nie etwas anderes getan. Gavin, ganz Herr der Lage, prescht mitsamt dem Hengst an mir vorbei. Mir schlägt der Luftzug der beiden ins Gesicht. Erstaunt drehe ich mich um und sehe dem Pferd nach. Wie es scheint, hat Gavin den Machtkampf gewonnen. Denn je näher er dem Herrenhaus kommt, umso langsamer wird das Tier. Schließlich trabt es lässig auf Humphrey zu, der mit dem Blumenstrauß am Ende der Veranda steht, als sei er ein Verehrer, der ein paar Blumen überbringt.

Mit klopfendem Herzen jogge ich Gavin hinterher. Ich bin mir sicher, dass er mich gesehen hat, aber noch hat er sich nicht zu mir umgedreht. Das macht mir wenig Hoffnung. Die Eiseskälte, die sich gestern Abend zwischen uns breitgemacht hat, beherrscht ihn nach wie vor.

Inzwischen steht das Pferd und Gavin beugt sich nach vorne, um den Hals des Hengstes geräuschvoll zu klopfen.

Mit langsamen Schritten nähere ich mich den beiden.

Doch dann wird meine Aufmerksamkeit kurz auf einen Teil des Parks neben mir gelenkt. Da ist dieser lautlose Mähroboter, den Kirk Kingsley vor Kurzem angeschafft hat. Er liebt dieses Gerät und ich habe ihn schon mehrmals dabei beobachtet, wie er mit einer Tasse Tee auf dem Balkon saß und dem kleinen Roboter bei der Arbeit zusah.

Seufzend hoffe ich auf viele dieser Momente für mich in der Zukunft. Ich habe mich an diese Familie gewöhnt, habe alle liebgewonnen. Ich muss Gavin einfach dazu bringen, meine Geschichte anzuhören. Er wird mir verzeihen. Hoffentlich.

Der Mähroboter stößt an seine Begrenzung, wendet und fährt in eine andere Richtung.

Gavin will gerade von dem Pferd absteigen, als das Tier den Mähroboter bemerkt. In Sekundenbruchteilen spannt sich der ganze Körper des Hengstes an und schon bockt er. Gavin, der von der Reaktion des scheinbar gebändigten Hengstes an dieser Stelle sichtlich überrascht wird, reagiert einen Lidschlag zu spät und gleitet aus dem Sattel.

»Gavin!«, brülle ich.

Dann geht alles ganz schnell. Der Hengst springt davon, um sich vor dem vermeintlichen Feind in Sicherheit zu bringen, und Gavin stürzt. Er bleibt mit einem Fuß im Steigbügel hängen, wird ein paar Meter von dem Tier mitgeschleift und gefährlich durchgebeutelt. Wie durch ein Wunder löst sich der Reitstiefel aus dem metallenen Bügel und Gavin bleibt leblos im Gras liegen.

»Oh mein Gott«, hauche ich. Ohne darüber nachzudenken, eile ich zu ihm, sinke sofort auf die Knie und berühre ihn. »Gavin.«

Ich rüttle an ihm, versuche ihn auf den Rücken zu drehen, aber er liegt mit geschlossenen Augen völlig schlaff im Gras. Man könnte denken, er schläft friedlich, wenn aus seinem Ohr nicht ein bisschen Blut rinnen würde.

»Nein, bitte ... Gavin. Oh, nein, das darf nicht sein.«

Unruhig schicke ich einen flehenden Blick in den Himmel, als wäre dort jemand, der mir helfen könnte.

»Geht es ihm gut?«, fragt Humphrey hinter mir, dessen Schritte ich nun im Gras näherkommen höre.

»Rufen Sie einen Krankenwagen«, rufe ich ihm zu und vergewissere mich, dass er sich beeilt. So schnell, wie ein feiner Butler eben rennen kann, bewegt er sich in Richtung Haus.

Verzweifelt sehe ich zu Gavin und zu meiner großen Überraschung bewegt er sich kaum merklich. Seine Lider flattern.

»Gavin, oh mein Gott. Gavin!«

Er brummt etwas Unverständliches, will die Augen öffnen, sich mit der Hand aufstützen, wird dann aber wieder bewusstlos.

Ich könnte heulen, doch die Angst hält mich davon ab.

Also kontrolliere ich, ob Gavin einigermaßen so liegt, dass man es als stabile Seitenlage durchgehen lassen könnte, und beuge mich zu ihm. Sanft streichle ich durch sein Haar und konzentriere mich auf seine flachen Atemzüge.

Meine Panik um Gavin führt mir etwas vor Augen, was ich eigentlich schon so lange wusste.

»Bitte, Gavin. Du darfst nicht sterben. Ich brauche dich ... ich liebe dich«, flüstere ich ihm ins Ohr. »Ich liebe dich so sehr. Mir ist alles egal. Wenn du mich hassen willst, dann hasse mich. Wenn du mich nie mehr sehen willst, dann werde ich das akzeptieren. Aber bitte, stirb nicht ...«

GAVIN

Alles ist schwarz.

Und alles tut weh. In meinem Kopf brummt es und das linke Ohr schmerzt wie die Hölle. Das Atmen fällt mir auch schwer. Verdammt, was ist nur los?

Jemand tastet an mir herum, berührt mich, zieht an meiner Kleidung. Wie durch einen Schleier dringt eine weibliche Stimme an mein Ohr.

Diese Stimme kenne ich doch! Sie riecht nach Blumen, zumindest meistens. Jetzt rieche ich davon nichts. Allerdings wird die Stimme immer deutlicher. Sie klingt hektisch, geradezu panisch, und erinnert mich an Margret, wie sie vor ein paar Tagen wegen meines Vaters hysterisch auf mich eingeredet hat. Das gleiche passiert jetzt wieder, aber das ist nicht Margret, die mir ein Ohr abkaut.

Der scharfe Schmerz in meinem Kopf macht sich in einem gequälten Stöhnen Luft, was die weibliche Person an meinem Ohr dazu veranlasst, laut zu schluchzen und meinen Namen zu rufen.

»Bitte stirb nicht«, höre ich.

Was soll denn dieser Unsinn? Wieso sollte ich sterben?

Ich liege zwar etwas unbequem und habe Schmerzen im Kopf, aber ans Sterben denke ich noch lange nicht. Wenn nur der Boden unter mir nicht so hart wäre! Wieder stelle ich mir die Frage nach den Ereignissen, die zu dieser unangenehmen Situation geführt haben. Was zur Hölle ist passiert?

Langsam versuche ich, meine widerspenstigen Sinne und den Rest meiner Vernunft zusammenzukratzen. Unter mir ist es hart. Und das vom Kopf bis hinunter zu den Fersen, was den Schluss nahelegt, dass ich liege – in einer äußerst unbequemen Position. Die Frage ist nur, warum. Und warum ist es nur so verdammt schwer, die Augen zu öffnen? Ich bekomme sie einfach nicht auf.

Etwas Warmes, Weiches drückt sich gegen meine Wange und bläst mir feuchtwarme Luft ins Gesicht. Dieses Etwas riecht eindeutig nach Pferd.

»Hau ab, du blöder Gaul!«, faucht die hysterische Frauenstimme. Nun kann ich sie auch zweifelsfrei Melissa Lambert zuordnen. »Du bist an allem schuld! Wenn ihm irgendetwas passiert ist, lasse ich dich schlachten und zu Wurst verarbeiten!«

Da habe ich wohl auch noch ein Wörtchen mitzureden, schließlich handelt es sich um mein Pferd. Schlagartig ist alles wieder da. Dieser verdammte Gaul hat mich abgeworfen, vor meiner eigenen Haustür und vor den Augen von Menschen, vor denen ich mir freiwillig niemals diese Blöße gegeben hätte.

Kies knirscht, Schritte nähern sich.

»Ich bringe ihn besser in den Stall zurück und kümmere mich um ihn«, sagt eine Männerstimme. Ah ja, mein Stallmeister Peter. Gemeinsam mit seinen Schritten entfernen sich die Geräusche der Hufe des Pferdes.

»Der Rettungswagen ist bereits informiert«, höre ich

nun die Stimme meines Butlers Humphrey. »Er dürfte in wenigen Augenblicken hier sein.«

Rettungswagen? Wozu brauche ich einen Rettungswagen?

»Oh Gott, oh Gott«, jammert Melissa. »Das dauert alles viel zu lange! Was, wenn Gavin in der Zwischenzeit ...«

»Miss, das ist sehr wahrscheinlich keine lebensgefährliche Verletzung«, versucht Humphrey sie zu beruhigen.

Ich könnte aus der Haut fahren, weil ich nichts anderes herausbringe als ein heiseres Krächzen, das mehr wie ein Stöhnen klingt. Wie kann man nur so hilflos herumliegen, nur weil man vom Pferd gefallen ist?

Schließlich mobilisiere ich meine ganze Willenskraft, schaffe es, meine Lider zu öffnen, und sehe in Melissas bleiches Gesicht, die Augen vor Angst weit aufgerissen. Ihre linke Hand liegt auf meinem Arm, die andere an meiner Wange.

»Oh, Gavin«, schluchzt sie und Tränen stürzen aus ihren Augen.

Mit einem unbehaglichen Stöhnen drehe ich mich auf den Rücken und atme tief ein. Vage erinnere ich mich daran, dass ich sie nicht sehen will, doch es erscheint mir viel zu anstrengend, sie fortzuschicken. Dennoch ist es an der Zeit, meine peinliche Situation zu ändern. Darum versuche ich aufzustehen, stelle aber schnell fest, dass dies keine gute Idee ist. Augenblicklich wird mir schwarz vor Augen.

»Nicht«, interveniert sie sofort und hält meinen Kopf fest. »Du musst liegen bleiben, bis der Notarzt hier ist.« Eilig rückt sie noch näher an mich und bettet meinen Kopf auf ihren Oberschenkeln.

Endlich finde ich meine Stimme wieder. »Ich brauche

doch keinen Notarzt«, krächze ich. Das hört sich leider gar nicht so bestimmend an, wie ich es gern gehabt hätte.

»Doch, Sir, dies ist durchaus angebracht«, erklingt es von meiner anderen Seite.

Langsam wende ich den Kopf und sehe Humphrey dort knien. Auch er sieht sehr besorgt aus.

»Ich bin nur vom Pferd gefallen«, widerspreche ich mühsam. »Es würde mir schon reichen, wenn ihr beide euch dazu durchringen könntet, mir auf die Füße zu helfen.«

»Auf gar keinen Fall«, entfährt es Melissa.

»Nein, Sir, dem muss ich entschieden widersprechen«, höre ich Humphrey zeitgleich antworten.

Mein Butler probt den Aufstand? Hat er sich etwa mit Melissa verbündet?

Wie auch immer, ich fühle mich gerade nicht in der Lage, den Kampf gegen diese beiden Dickköpfe aufzunehmen. Dann muss ich es wohl erdulden, hier wie ein Käfer auf dem Rücken zu liegen und zu warten, bis irgendetwas passiert, das die Karten neu mischt.

Bis der Krankenwagen mit heulendem Blaulicht endlich auf unserem Hof erscheint, hat man mir fünfmal ein kühles Tuch auf die Stirn gelegt, mindestens drei Gläser kaltes Wasser eingeflößt sowie die Schuhe ausgezogen. Warum Letzteres, erschließt sich mir nicht. Mein gesamtes Personal flattert aufgeregt um mich herum, und ich bin heilfroh, dass mein Vater nicht anwesend und Margret bei ihm im Krankenhaus ist. Die beiden hätten mir jetzt gerade noch gefehlt.

Obwohl ich absolut dagegen war, wegen so einer Lappalie wie einem Sturz vom Pferd den Notarzt kommen zu lassen, bin ich nun geradezu froh darüber. Die eingetroffenen Herren sind sachlich und neutral, verbringen mich fachmännisch ins Innere des Rettungswagens und lassen sich nach einer etwa einstündigen Untersuchung tatsächlich dazu überreden, mich mit einer Infusion und zwei Schmerzspritzen wieder aus ihrer Obhut zu entlassen. Die einzige Bedingung, die sie stellen, ist die, dass ich weiter unter Beobachtung bleibe, da man eine Gehirnerschütterung befürchtet. Offenbar hatte mein Ohr geblutet, doch auch der Verdacht, mein Trommelfell könnte geplatzt sein, bestätigt sich nicht.

Himmel, was für eine entwürdigende Sache so ein Sturz doch sein kann! Man wird behandelt wie ein Kleinkind. In dieser Situation entwickle ich sogar Mitleid für meinen Vater, der sich jahrelang von Margret und mir so behandelt gefühlt haben muss.

Nun sitze ich in meinem Salon bequem auf das Sofa gebettet und versuche, an nichts zu denken. Erst habe ich versucht, zu lesen, doch mir wurde sofort wieder schwummrig. Dann wollte ich mich mit einem Film ablenken, aber bereits das Intro verursachte mir ein Flimmern vor den Augen, also lasse ich das nun lieber sein. Wenigstens ist niemand hier, auch wenn ich jede Menge Überredungskunst und am Ende all meine Autorität als sein Arbeitgeber aufwenden musste, Humphrey daran zu hindern, mir stehenden Fußes eine Krankenschwester anzuheuern. Er ist schlimmer als Margret!

Bleiben mir nur meine ständig kreisenden Gedanken um immer dasselbe Thema. Immer und immer wieder.

Melissa.

Aus meinem Herzen und meinem Kopf wollte ich sie mir reißen, trotzdem lässt mich ihr angsterfülltes Gesicht nicht mehr los. Genauso wenig wie die Worte, die sie mir ins Ohr geflüstert hat. Ach was, geflüstert – gebrüllt hat sie.

Dass sie mich liebt. Dass ihr alles andere egal ist. Und noch mehr solchen Unsinn.

Dass ich das nicht glauben sollte, weiß mein Verstand nur zu gut. Sie hat mich belogen, oder?

Dass ich das unbedingt glauben will, schreit etwas anderes in mir, das ständig zwischen meinem Herzen und meinem Unterleib hin und her springt.

Verdammt.

Die Tür öffnet sich und Humphrey tritt auf leisen Sohlen ein, in der Hand eine Vase mit einem Blumenstrauß.

»Oh – Sie sind wach! Ich dachte, Sie würden schlafen, Sir.«

»Nein, ich bin doch nicht krank, dass ich am helllichten Tag ein Nickerchen brauche«, grolle ich. »Was ist das?«

»Blumen, Sir.«

Als ob ich blind wäre!

»Humphrey!«

»Den Strauß hat Miss Lambert gebracht, während Sie ...« Er räuspert sich und stellt die Vase mitten auf den Couchtisch. Direkt vor meine Augen. »Während Sie ausritten, Sir.«

»Ist heute Dienstag?«, fahre ich unwirsch auf, weil ein scharfer, schmerzhafter Stich durch meine Innereien fährt. Das ist ein Schmerz, dem leider keine Spritze der Welt etwas anhaben kann.

»Nein, Sir«, erwidert mein Butler gleichmütig und drapiert den Strauß sorgfältig so, dass ich ihn auf keinen Fall übersehen kann. »Diese Blumen sind für Sie, wie mich Miss Lambert wissen ließ.«

Verdammt.

Ich starre ein paar Atemzüge wortlos auf die blutroten Rosen, die sie zusammen mit Vergissmeinnicht und irgendwelchen zweifarbigen grünen Blättern zu einem herzförmigen Bukett gebunden hat, und mein Hals schnürt sich zu.

»Bringen Sie mir einen Whisky, Humphrey«, ordne ich an.

»Bedaure, Sir, aber der Arzt hat Ihnen Alkohol in den nächsten Stunden untersagt.«

»Bin ich eigentlich noch Herr in meinem eigenen Haus?« Meine Lust, zu brüllen, sinkt in sich zusammen, als ich erneut den Strauß betrachte.

Rote Rosen. Vergissmeinnicht. So gut kenne ich mich immerhin mit dem Grünzeug aus, um zu wissen, was das bedeuten soll.

»Ist ... Miss Lambert noch in der Nähe?« Wenigstens bedanken könnte ich mich, das gebieten der Anstand und meine Erziehung.

»Als ich sie zuletzt sah, saß sie wie ein Häufchen Elend auf den Stufen zur Veranda«, informiert mich Humphrey. »Sie hat sich entsetzliche Sorgen um Sie gemacht.«

»Schicken Sie sie herauf, falls sie immer noch da sein sollte«, knirsche ich.

»Sehr wohl, Sir.«

Als er fort ist, frage ich mich, ob ich den Verstand verloren habe. Melissa jetzt zu sehen, heißt eindeutig, meine Schwäche für sie einzugestehen. Mir selbst. Und auch ihr.

Und dann?

Schneller als selbst ich es erwartet hätte, öffnet sich die Tür und da ist sie. Ein Bild des Jammers. Sie hat verheulte Augen, was ich trotz des gesenkten Kopfes deutlich erkennen kann, und die Hände ineinander verknotet. So kommt sie langsam und unentschlossen näher.

»Gavin, ich ...«, setzt sie an, als sie am Fußende meines Sofas stehenbleibt.

»Ich möchte mich in aller Form bei dir für die Blumen bedanken«, unterbreche ich sie steif. »Das wäre nicht nötig gewesen.«

Himmel, ist dieses Brennen in meinem Herzen übel. Und doch werde ich den Teufel tun, und über meinen Schatten springen. Vorbei ist vorbei.

Und zwar endgültig.

Warum Melissa einen Wimpernschlag später neben mir kniet und weinend ihren Kopf an meiner Schulter versteckt, weiß ich nicht. Kaum kann ich verstehen, was sie mir zwischen einzelnen Schluchzern zu sagen versucht, denn ich schaffe es nicht, sie von mir zu lösen, sondern presse sie noch enger an mich, sodass jedes Wort nur erstickt an mein Ohr dringen kann. Den Rest reime ich mir zusammen.

»Ich liebe dich, Gavin, und es tut mir so leid, dass ich dir das mit Ron verschwiegen habe, aber ich wollte es dir die ganze Zeit schon sagen ...«

Der einzige Weg, der mir einfällt, um sie endlich zum Schweigen zu bringen, ist der, ihr den Mund mit meinem zu verschließen. Dumm nur, dass dieses Manöver in einem unbeherrschten, leidenschaftlichen Kuss endet, der mir trotz aller Schwäche schlagartig das Blut in den Schwanz schießen lässt.

Endlich gelingt es mir, Melissa von mir zu schieben und auf Armeslänge von mir weg zu halten.

»Setzt dich. Dort drüben in den Sessel. Bitte!« Mühsam bringe ich sie auf Abstand und mit einem leisen Schniefen gehorcht sie.

»Ach, Gavin ...«

»Und nun erzählst du mir die ganze Geschichte von Anfang an. Aber bitte fasse dich kurz ...«

Es dämmert bereits, als ich endlich die Zusammenfassung ihres Lebens und ihrer missglückten Ehe kenne. Und zwar bis ins kleinste Detail, wie ich vermute. Warum sie nun inzwischen eng an mich gekuschelt neben mir auf dem Sofa liegt, weiß ich nicht. Keine Ahnung, wie das passieren konnte, doch ich halte sie, so fest ich kann. Es ist anzunehmen, dass die Gehirnerschütterung mich zu dieser unvernünftigen Handlung verleitet hat, aber ich nehme es in Kauf.

»Kannst du mir denn verzeihen?«, fragt sie erstickt nach einer längeren Pause, in der ich wortlos ihren Hinterkopf gestreichelt habe.

»Das werde ich wohl müssen, Melissa Lambert.«

»Oh Gavin!«

»Bitte keine Tränen mehr! Mein Hemd ist ohnehin schon ruiniert!«

»Tut mir leid – ich bringe es in die Reinigung, versprochen!«

»Ich habe allerdings eine Bedingung.«

»Für das Hemd?« Sie hebt den Kopf und sieht mich entgeistert an.

»Hemd? Nein, für dich!«

»Und ... welche ist das?« Zaghaft runzelt sie die Stirn. Ihre Augen sind wie zwei tiefe Seen, in denen ich am liebsten ertrinken möchte.

»Du wirst dich schnellstmöglich scheiden lassen, hast du verstanden? Ich werde keine Affäre mit einer verheirateten Frau pflegen, ist das klar?« Seit wann bin ich bloß so altmodisch? »Ich will dich ganz für mich allein, und dazu gehört, dass kein anderer Mann jemals irgendeinen Anspruch auf dich erheben darf.«

Sie lacht. Ein wenig unsicher noch, aber ihre Augen fangen bereits wieder an zu strahlen. »Versprochen, Sir. Irgendwie werde ich das schon hinkriegen. Meine Anwältin ist sowieso schon länger an der Sache dran. Aber ... was ist bis dahin? Wenn du keine Affäre willst, dann ...«

Als ob ich es je schaffen würde, mich von ihr fernzuhalten!

Hart presse ich meine Lippen auf ihre. »Dann werden wir bis dahin eben nur Sex haben, und keine Affäre«, rede ich mich heraus.

EPILOG

Melissa

Einige Monate später

»Zehn ... neun ... acht ... sieben ... sechs ... «, zählen wir gemeinsam, während wir auf den Sekundenzeiger der großen Standuhr im Salon starren. Mit den kurz zuvor bereitgestellten Sektgläsern zwischen den Fingern warten wir auf den Moment, der den Jahreswechsel amtlich macht.

»Fünf, vier, drei, zwei, eins ...«

»Ein gutes neues Jahr«, wünscht Kirk Kingsley feierlich in unsere Runde, die aus Margret, Gavin und mir besteht.

Die Familie hat sich im kleinen Salon von Chastleton House versammelt, um gemeinsam Silvester zu feiern.

»Glück und Gesundheit«, ergänzt Margret, deren Wangen vom Wein schon leicht gerötet sind oder vielleicht ist es auch wegen der Tatsache, dass der Baron seinen Arm um sie gelegt hat.

Lächelnd beobachte ich das glückliche Paar und freue mich für die beiden. Der Baron hat sich von der Hüftoperation erstaunlich gut erholt, ist aktuell nicht einmal mehr auf seinen Stock angewiesen. Und wenn es draußen winterlich glatt ist, dann achtet Margret peinlich genau darauf, dass er keinen Schritt vor die Tür setzt.

»Ich wünsche dir ein glückliches neues Jahr, meine Süße«, raunt Gavin mir ins Ohr. Das Timbre seiner Stimme weckt sofort erotisches Kribbeln in mir, aber für den Moment begnüge ich mich noch damit, ihn nur zu küssen.

»Danke. Das wünsche ich dir auch.«

»Wie fühlt es sich an, als frisch geschiedene Ehefrau in ein neues Jahr zu starten«, fragt Kirk euphorisch. Dann wird ihm bewusst, dass das vielleicht keine besonders angemessene Frage ist. Seine Gesichtszüge entgleiten ihm, aber ich tue einfach so, als hätte ich das übersehen.

»Ich würde sage, es fühlt sich gut an.« Das ist nicht gelogen. Kurz vor Weihnachten brachten Ron und ich es endlich hinter uns – in beiderseitigem Einvernehmen.

Gavin begleitete mich zum abschließenden Termin nach Birmingham und nach meiner Unterschrift entführte er mich über Weihnachten auf die Isle of Man. Dort haben wir ein paar romantische Tage zu zweit verbracht und sind erst heute Abend nach Chastleton House zurückgekehrt.

Und ich bin nun offiziell Melissa Lambert, glücklich geschieden und noch glücklicher verliebt in Gavin Kingsley.

»Dann steht einer Verlobung nichts mehr im Weg«, setzt Kirk nach, hält sich dann aber sofort die Hand vor den Mund, weil Gavin ihm ein entrüstetes »Vater« entgegenschleudert.

»Schon gut, schon gut. Ich werde niemanden drängen, aber ein paar Enkelkinder irgendwann fände ich tatsächlich begrüßenswert. Jetzt, wo du mir endlich reinen Wein eingeschenkt hast, was Richie betrifft.«

Die Aussprache zwischen Vater und Sohn war lange überfällig. Nachdem ich so vorbildlich meine Scheidung in Angriff genommen habe, konnte ich Gavin davon überzeugen, seinem Vater von Richies Machenschaften zu erzählen. Und das kam gerade noch rechtzeitig. Richie arbeitete bei dem guten Kirk nämlich zielstrebig darauf hin, von ihm ein großes Baugrundstück in der Nähe überschrieben zu bekommen. Darum schwänzelte er so penetrant um den Baron herum und redete ihm nach dem Mund. Zum Glück ist Richie nun erst einmal vom Tisch. Soweit ich weiß, macht er sich aktuell an eine reiche Frau aus Griechenland heran, die sogar den Titel *Prinzessin* trägt. Obwohl ich noch immer Groll gegen ihn hege, wünsche ich ihm, dass er wirklich sein Glück findet. Denn nur dann können wir irgendwann wieder in Kontakt miteinander treten und alles andere vergessen.

»Lasst uns heute nicht über meinen Vetter sprechen«, bittet Gavin. Dann begeben wir uns ins Freie, um das Feuerwerk zu bewundern.

Und während die Silvesterraketen über uns und in der Ferne krachend und wunderschön glitzernd zerschellen, schmiege ich mich rücklings in die Arme des Mannes, der mein Herz im Sturm erobert hat. Das letzte Jahr war ziemlich turbulent für uns beide, aber ich freue mich schon wahnsinnig auf alles, was noch auf uns zukommen mag.

Gavin schlingt seine Arme um mich und legt sein Kinn auf meiner Schulter ab. »Ich liebe dich«, flüstert er.

»Ich liebe dich auch. Wie verrückt«, antworte ich.

Dann genießen wir schweigend diesen Moment. Den

Abschluss des alten Jahres und den Beginn eines neuen. Mir kommt es vor, als stünden uns so viele Wege offen. Das Allerschönste ist allerdings, dass wir sie gemeinsam gehen werden.

ENDE

DANKE

Liebe Leserin,

hat dir das Buch gefallen? Dann würde ich mich über eine Bewertung sehr freuen.
Zur Bewertungsseite geht es über Amazon.

Vielen Dank für das Lesen meines Romanes. Ich hoffe sehr, dass dir die Story gefallen hat, und würde mich über deine Meinung zum Buch auf der Amazonbuchseite sehr freuen.

Als kleine Überraschung habe ich auf den nächsten Seiten noch eine kostenlose Leseprobe. Ich wünsche dir viel Spaß damit!

Alisha Bloom

LESEPROBE

WORKOUT FÜR DIE LIEBE

Rose

Mein Telefon schrillt laut und unerbittlich. Stöhnend öffne ich die Augen, werfe einen verschlafenen Blick auf meinen Wecker und stelle fest: Acht Uhr! Erst! Ich habe nur drei Stunden geschlafen.

Welcher Idiot wagt es, mich zu dieser Zeit anzurufen? Alle die mich kennen, wissen, dass ich in Burbank die Nachtschichten an der Tankstelle übernommen habe, um mich wenigstens ein bisschen über Wasser zu halten, nachdem mein Freund Barnes mich mit meiner besten Freundin betrogen hat und ich London überstürzt verlassen musste.

Ich hatte mich bisher nur auf einen einzigen Job beworben. Bei dem hatte ich meinen Ex kennengelernt. Er war mein Boss. Ich die Sekretärin. Klischee erfüllt. Dann der gemeinsame Traum von der Selbstständigkeit, einen eigenen Laden zusammen aufzuziehen. Aber nichts lief so, wie ich es wollte. Beziehung aus. Arbeitslos.

Hier in Inverness kenne ich nur wenige Leute. Eigentlich nur ein paar Kollegen und meinen Bruder. Doch Toni würde es nicht wagen, so früh aus dem Krankenhaus anzurufen, wo er als Arzt arbeitet. Es sei denn, es wäre etwas Lebensbedrohliches. Der Gedanke macht mich wacher, als zehn Tassen Kaffee es könnten.

Ich schnelle aus dem Bett hoch, haste nur in Unterwäsche bekleidet in den Flur und ziehe das Telefon aus der Handtasche. Blick auf das Display, die Nummer ist mir unbekannt. Dennoch erkenne ich an der Vorwahl, dass es sich um einen Anruf aus Inverness handelt. Hoffentlich ist Toni nichts passiert oder noch schlimmer: Barnes hat mich gefunden!

Erleichtert atme ich auf. Es ist nicht die Nummer des Krankenhauses oder Tonis Handynummer, die mir da entgegenleuchtet. Toni geht es gut und er will mich nicht warnen, weil ER mich gefunden hat.

Aber wer ruft mich sonst so früh am Morgen an? Vermutlich nur jemand, der sich verwählt hat. Ich gähne und nehme das Gespräch entgegen.

»Monroe, guten Morgen?«, melde ich mich mürrisch, ehe ich mich auf die kleine Bank im Flur setze. Nicht gerade mit meinem Bett zu vergleichen, aber besser als Stehen.

»Guten Morgen. Ich bin Adele Scott, Personalmanagerin im *McDunn´s*. Ich rufe an, weil ich mir gerade Ihre Bewerbung anschaue und gerne mit Ihnen einen Termin für ein Einstellungsgespräch vereinbaren möchte.« Die Dame klingt freundlich, hat aber einen harten, unnachgiebigen Tonfall.

Stopp! Habe ich richtig gehört? »*McDunn´s?*«

Augenblicklich bin ich voller Energie, springe auf und fahre mir durch mein verstrubbeltes braunes Haar, als wolle ich es ordnen, was totaler Blödsinn ist, schließlich kann die Frau mich ja nicht sehen.

»Ja, richtig? Sie sind doch Rosalie Monroe?«, hakt sie nach.

»Die bin ich.«

Ich hatte mich zwar im *McDunn´s* beworben, aber ich hätte nie damit gerechnet, damit Erfolg zu haben. Mein Puls schnellt in die Höhe und mein Mund ist staubtrocken.

»Miss Monroe? Sind Sie noch dran?«, unterbricht die Frau in der Leitung meine Gedanken.

»Ja ... ja«, stammle ich nervös. »Ich bin noch dran. Entschuldigen Sie bitte. Was wollen Sie von mir wissen? Wann soll ich vorbeikommen?«, frage ich voller Tatendrang.

Meine Gesprächspartnerin lacht erleichtert.

»Sehr schön. Sie gefallen mir. Solch einen Enthusiasmus wünscht man sich von seinen Mitarbeiterinnen. Wenn Sie sich immer noch für den Job interessieren, dann kommen Sie am besten morgen in mein Büro. Sagen wir um neun Uhr?«

»Neun Uhr ist perfekt.«

Sie gibt mir die Adresse durch, die ich mir nicht notiere, weil ich natürlich weiß, wo sich das Hotel befindet, dann verabschieden wir uns.

Erschöpft aber hellwach lasse ich mich auf den Stuhl plumpsen.

Wahnsinn! Ich habe ein Vorstellungsgespräch! Im *McDunn´s!*

Plötzlich fällt mir siedend heiß ein, was ich getan hatte. Ich hatte mich ganz dreist gleich auf drei Jobs bei der Hotelkette in der Niederlassung von Inverness beworben, als ich hier bei meinem Bruder vor ein paar Monaten gestrandet bin. Und nun habe ich vergessen, die gute Mrs Scott zu fragen, für welche dieser Bewerbungen ich eingeladen werde. Mist! Shit! Fuck!

Ich rase wie von der Tarantel gestochen in das Gästezimmer, in dem ich zurzeit wohne. Überall stehen Kartons, die den Teil meines Lebens enthalten, den ich aus London mitgenommen habe. Nicht viel, aber es reicht, um den kleinen Raum vollzustellen. Nervös krame ich aus der Schublade des Schreibtischs meinen Hefter mit den Bewerbungen hervor. Vielleicht steht bei den Anzeigen oder in den Bewerbungen der Ansprechpartner drin?

Adele Scott hieß die nette Frau am Telefon. Hektisch blättere ich den Hefter durch. Zuerst halte ich die Bewerbung für die Stelle eines Zimmermädchens in den Händen. Danach finde ich die für den Job als Kellnerin und dann halte ich die letzte in den Händen: Personal Trainerin.

Ich treibe für mein Leben gern täglich Sport, außerdem …

Schnell schiebe ich den letzten Gedanken beiseite, weil ich daran gar nicht denken möchte. Jedenfalls wäre ich dank meiner Ausbildung für den Job qualifiziert und es wäre genau das, was ich machen will. Ich treibe meinen Bruder in den Wahnsinn mit meinem Bewegungsdrang, seitdem ich London verlassen habe. Aber mein Körper dankt es mir mit Traummaßen, auch wenn die mein Ex-Freund nicht zu schätzen wusste.

Erneut schaue ich mir die Bewerbungen an, doch nirgends finde ich den Namen von dieser Mrs Scott. Nun bin ich auch nicht schlauer wie zuvor.

Ich setze mich an den Schreibtisch und starre auf den

Stapel der Bewerbungen. Die für die Stelle als Personal Trainerin liegt ganz oben.

Ich bete darum, mich für diesen Job vorstellen zu dürfen. Das wäre genial: Sport zu treiben und anderen Menschen etwas beizubringen und nicht mehr im Büro oder in der Tankstelle sitzen zu müssen.

Ich seufze. Ach ja … Personal Trainerin … mein Traumjob. Ich könnte wieder den ganzen Tag Sport treiben und würde dafür auch noch bezahlt werden. Ein Traum, den ich gerne noch einmal träumen würde.

~

Im ersten Augenblick zucke ich durch das Knallen der Haustür zusammen, da ich so in Gedanken versunken war. Toni knallt immer die Türen. Das ist eine seiner blöden Angewohnheiten. Aber böse kann ich meinem Bruder deswegen nicht sein. So war er schon immer.

Das Jobangebot und auch das bevorstehende Vorstellungsgespräch gehen mir nicht mehr aus dem Kopf. Es wäre so genial, wenn ich die Stelle als Personal Trainerin bekommen würde, aber vermutlich gibt es mindestens hundert Bewerber dafür. Zur Not wäre ich auch mit einer der anderen Stellen zufrieden, denn ich brauche dringend einen festen Job. An der Tankstelle arbeite ich nur Teilzeit und auch nur so lange, bis Moira aus dem Babyurlaub zurück ist.

»Rose! Ich bin wieder da«, ruft Toni unnötigerweise, als hätte er sich nicht schon durch das Türenknallen bemerkbar gemacht.

Seitdem ich bei meinem Freund ausgezogen bin, wohne ich in Tonis Gästezimmer. Schottland hat mich wieder, nachdem ich ein paar Jahre in London verbracht hatte. Zurück in der Heimat. Nicht ganz zu Hause, aber es fühlt sich ein wenig so an, weil ich nun meinem Bruder zur Last falle. Wohl ist mir dabei nicht, aber ich musste weg aus der großen Stadt, weg aus London, wo mich alles an Barnes erinnert.

Nervös drehe ich mich mit dem Schreibtischstuhl in Richtung meiner Zimmertür und erwarte seine Ankunft. Ich will ihm unbedingt berichten, dass die Personaltante von McDunn´s angerufen hat.

Bereits im nächsten Moment reißt er die Tür auf und grinst mich mit diesem schelmischen Gesichtsausdruck an, mit dem er mich schon früher immer um den Finger gewickelt hat. Sein kurzes, hellbraunes Haar steht strubbelig von seinem Kopf ab und er sieht müde aus.

»Wie war deine Schicht? Siehst fertig aus, Großer!«, begrüße ich ihn.

Mein Bruder ist Arzt im städtischen Krankenhaus von Inverness und momentan in der Notaufnahme tätig. Oft kommt er nach Hause und ist so müde, dass er sogar beinahe angezogen ins Bett zu fallen droht. Heute scheint das nicht anders zu sein. Insgeheim bewundere ich ihn, weil er sein Studium so knallhart durchgezogen und seinen Traumjob an Land gezogen hat. Ich bin eher der flatterhafte Typ. Nirgends hält es mich wirklich lange. Nur bei Barnes hatte ich Durchhaltevermögen bewiesen und wurde bitter enttäuscht.

»Heftig wie immer! Kids, die zu viel trinken. Männer, die ihre Aggressionen nicht im Griff haben und Leute, die nicht Auto fahren können. Such dir was aus. Es war von allem was dabei.« Während er berichtet, ist sein Blick zur Zimmerdecke gerichtet, als erwarte er von dort oben Hilfe. Um seinen Mund spielt ein trauriger Zug.

»Scheiße!«, bemerke ich trocken. Allein die Vorstellung,

mit welchen Verletzungen er es zum Teil zu tun hat, lässt ein Grauen in mir zurück. Niemals wäre das für mich der richtige Job.

»Ja. Ganz genau. Du triffst es mit einem Wort! Und bei dir?«, fragt er müde, dennoch schenkt er mir ein Lächeln.

»Vielleicht bist du mich bald wieder los«, beginne ich, doch sein Gesicht sieht nicht so aus, als würde ihn das sonderlich freuen. Mich eigentlich auch nicht. In den letzten Wochen haben wir uns zusammengerauft und verstehen uns mittlerweile besser als früher. In unserer Kindheit flogen bei uns manchmal ganz schön heftig die Fetzen. Aber wenn es hart auf hart kam, hielten wir immer zusammen und so halten wir es heute noch. »Ich habe ein Vorstellungsgespräch.«

Seine Augen werden groß und ich kichere. »Jetzt lass dir doch nicht alles aus der Nase rausziehen! Erzähl! Wo?«

»Im McDunn´s.«

»Im McDunn´s? Seit wann arbeitest du in der Hotelbranche? Oder suchen die da jemanden fürs Büro?«

Ich kann seine Zweifel verstehen. Eigentlich bin ich gelernte Sekretärin, aber irgendwie bin ich nicht für den Bürojob gemacht. »Nicht so wie du denkst!«

»Wie dann?«, will er skeptisch wissen.

»Als Kellnerin, Zimmermädchen oder Personal Trainerin für die reichen Gäste.«

»Das hört sich verwirrend an!« Als er mich anschaut, runzelt er seine Stirn. »Du siehst nicht aus, als wärst du auch nur von einem der Jobs wirklich begeistert.«

»Nein ... ja ... doch bin ich schon. Aber ich habe Angst. Wäre ja doof, wenn ich mich so sehr freue und nachher bekomm ich weder den Job als Kellnerin noch den des Zimmermädchens. Aber was mich am meisten treffen würde ist, wenn ich nicht den Job als Personal Trainerin bekomme«, gestehe ich leise.

Neugierig lehnt er sich gegen den Türrahmen. Ich muss zugeben, mein Bruder ist ein echt attraktiver Mann. Sein hellbraunes Haar, das meinem total gleicht, und seine sanften braunen Augen mit den langen dunklen Wimpern brechen so mancher Frau schon beim ersten Blick das Herz. Doch genau wie ich hat er bisher nicht viel Glück in Sachen Liebe gehabt. »Jetzt erklär mir erstmal, warum drei Jobs zur Auswahl stehen. Und warum sollten sie dir den Job nicht geben? Immerhin ...«

Neugierig geworden?

BÜCHER VON ALISHA BLOOM

Ein Highlander zum Verlieben

The Thunder - EinFunken Liebe

Warm up für die Liebe

Italian Bad Boy - Heiße Küsse

Miami Millionär - Liebe zum Dessert

One Kiss - Mitten ins Herz

One Day - Liebe ist gratis mit dabei

Workout für die Liebe

KONTAKT

Setze dich mit Alisha direkt auf Facebook in Verbindung:
https://www.facebook.com/AlishaBloomHeartbeat/

Oder abonniere den Newsletter, um nichts zu verpassen. Hier erhältst du vorab News und Hinweise zu Deals und besonderen Informationen über Alisha und ihre Romane. Für alle Abonnenten gibt es eine kleine Sequenz von Logan und Jay, den Männern aus „Warm up für die Liebe“ und „One kiss - Mitten ins Herz“.

Folgender Link führt dich zur Anmeldung:
https://www.alisha-bloom.de/newsletter/

Printed in Great Britain
by Amazon

45374535R00156